사계,
향(向)

전하율 지음

펴 낸 날 2026년 2월 9일 초판 1쇄

지 은 이 전하율
펴 낸 이 박지민, 박종천
편   집 김정웅, 김현호
책임편집 윤서주
디 자 인 롬디
책임미술 웨스트윤
마 케 팅 이경미, 박지환
펴 낸 곳 모모북스
         경기도 파주시 지목로89~37(신촌로 88~2)3동1층
         전화 010-5297-8303 팩스 02-6013-8303
         등록번호 2019년 03월 21일 제2019-000010호
         e-mail pj1419@naver.com

ISBN 979-11-90408-83-7 (03810)

- 책값은 뒤표지에 있습니다.
- 잘못된 책은 구매하신 곳에서 교환해드립니다.
- 모모북스에서는 여러분의 소중한 원고를 기다립니다.

투고처: momo14books@naver.com

사계, 향(向)

전하율 지음

모모북스

"이제, 말해." 겨울의 끝자락. 고집스러운 한기가 여전히 몸을 움츠리게 하던 그 밤, 나는 비로소 깨달았다. 그는 나의 실재가 아니었다. 그는, 결국 허상이었다. 정확히 일 년 전. 오늘보다 더 매서운 바람이 뼛속을 파고들어, 두 다리로 몸을 지탱하기조차 힘겨웠던 그날. "암이 재발했어." 그 문장은 공포에 가까웠다. 그 후로 내 모든 바람은 단 하나, 그의 실재를 바라는 것이었다. 그는 지금도, 아무 말이 없다.

지독한 침묵 속에서 오가던 수많은 밤과 계절은 어떤 의미도 남기지 못한 채, 이름 모를 바람처럼 흩어졌다. '이 작품이 전하는 언어는 감히 사랑이라 할 수 있겠네요.' 누군가는 어떤 작품을 보고, 감히 사랑을 깨달았다 했다. 그렇다면 우리가 나눈 감정 또한 삶의 한가운데를 가로지르던 사랑이었을까. 당신이 그 답을 알려주길 바란다. 당신이 이 침묵의 여백을 깨주기를 바란다. 나는 오랫동안 그의 죽음을 상상했다. 만약 그가 끝내 이 짧은 생을 버티지 못하고, 조용히 나의 손을 놓아버린다면, 어떤 노랫말처럼 만개한 꽃이 지는 봄날, 웃으며 당신을 보내고 싶었다. 그러니, 이제는 나를 갉아먹던 '죽음'에 대해 말해야 한다. 우리의 사랑이 단 한 순간이라도 '실재'했는지 이젠, 설명해야 한다.

1부

그(2017)

— 봄 —

그해의 시작은, 대낮의 햇살 아래 늑장을 부리던 어린 고양이처럼 여유로우면서도, 동시에 숨도 쉬지 못한 채 도망치는 이처럼 조급했다. 공존할 수 없는 두 감정이지만, 나는 그 모순적인 감정의 틈에서 흔들렸다. 마치 한 폭의 그림에서 상반된 색이 충돌하면서도 절묘한 조화를 이루듯, 내 안의 긍정과 부정도 끊임없이 겹쳤다. 이 이야기 속에 담긴 감정들은 대부분 모순되고, 이중적이다. 그런 마음으로, 어릴 적 첫 감정의 파동을 열어본다.

열 살 무렵, 어머니를 따라간 백화점 꼭대기 층 문화센터에 붙어있던 '연극반 모집'이라는 다섯 글자가 나의 오감을 사로잡았다. 연극반모집 그 단어 앞에 선 나는 한동안 움직이지 못했다. 작은 손을 들어 그 문구를 더듬었을 때, 내 마음에 잔잔한 물결 하나가 일었다. 그것이 내가 처음 느낀 '열정'이었다. 물론 그때는 '열정'이라는 단어를 몰랐지만, 시간이 지나 단어에 감정을 대입할 줄 알게 되었을 무렵, 나는 그때의 감정이 바로 열정이었다는 것을 알았다. 열정이 꿈이 되는 순간은 명확히 기억나지 않는다.

나는 열정이란 단어를 마음에 일렁인 '작은 파도'라 부르기로 했다. 제법 어린 시절부터 나의 작은 파도와 함께했고, 시간이 흘러 입시라는 거대한 산 앞에 다다랐다. 아침부터 새벽까지 반복되던 수험생의 삶. 그리고 단 한 번, 그 파도가 더는 아름답지 않다고 느꼈던 날, 어떤 위험한 감정이 슬며시 피어올랐다. 아름답지 않은 것은 가치가 없다. 그래서 고3이라는 중요한 시기에 입시를 포기했다. 짧은 생의 전부였던 파도에 대한 권태감 때문이었다. 그러나 나의 마음을 움직이는 무언가는 나타나지 않았다. 나는 별수 없이 다시 그 파도를 찾아 돌아갔다. 조용히, 부모의 도움 없이 대입을 준비했다.

2017년 봄, 나는 남들보다 조금 늦은 나이에 대학에 입학했다. 그 시작도 모순적이었다. 여유로우면서도 불안했고, 희미한 기대감과 함께 무감각한 감정이 교차했다. 연기에 대한 미적지근한 마음과 만족스럽지 못한 학교는 내 오만함을 자극했다. 나는 자신을 고립시켰고, 그 고립 속에서 공허를 느꼈다.

그날은 단지 타인으로부터 비롯된 공허를 느끼고 싶지 않았다. 오롯이 혼자일 때보다 타인이 함께 있는 공간에서 형상이 없던 공허는 실체가 되어 다가왔다. 오전 여섯 시, 커피를 끓이기 위해 전기 포트에 물을 올려 두고는 문득 학교에 가고 싶지 않다고 생각했다. 아직 끓는 지점에 도달하지 않은 물이 담긴 전기 포트의 전원을 껐다. 끓지 않은 물로 내린 커피는 뜨겁지 않았지만, 적당했다.

거실에 앉아 오늘 하루를 어떻게 보낼지 고민했다. 부산, 정확히는 광안리에 가고 싶었다. 스무 살의 끝자락, 난생처음 내 눈에 담긴 그곳의 밤은 밝았고, 파도는 거칠었다. 차가운 바람이 뺨을 때렸지만, 코끝에 닿는 바다의 짠 내음은 따뜻했다. 나는 모래 위에 주저앉아 바다를 등지고 펼쳐진 풍경을 바라봤다. 그 풍경은 나의 마음 어딘가에 고요하게 침잠했다. 그 장면은 설명할 수 없는 감정의 덩어리로 남아 있다. 그날 이후 그곳을 좋아하게 되었다. 불완전한 공허를 온전히 느끼고 싶었다.

나는 가장 좋아하는 흰색 원피스를 입고, 까만 고양이 인형이 달린 자동차 키를 집어 들었다. 대비되는 두 색처럼, 나의 마음도 반으로 갈라져 있었다. 이 즉흥적인 여행의 동행자는 단 하나, 자동차 키에 달린 까만 고양이 인형이었다. 목적지를 향해 달리는 내내, 창을 연 자동차 안으로 이른 봄의 바람이 날카롭게 밀려들었다. 속도가 붙자, 겨울의 잔향을 머금은 바람이 내 얼굴을 스쳤다. 영하로 떨어지는 혹한이 아닌 이상, 나는 언제나 인공적인 바람 대신 자연의 숨결을 선택한다. 흩날리는 머리카락, 피부 위를 스치고 스며드는 바람. 살아 있음의 감각이다. 그 바람이 주는 감각의 선물을 모든 오감을 곤두세워 받아내고 싶다. 급히 필요한 물건은 길가의 편의점에서 조달할 생각으로, 최소한의 짐만 챙겼다. 얼마나 머무를지도, 얼마나 오래 있게 될지도 알 수 없었기에, 짐을 줄이는 쪽이 더 나은 선택처럼 느껴졌다. 운전할 땐 늘 뜨거운 커피를 마신다. 부산에 도착하기까지 석 잔쯤 마셨을까. 카페인이 부족하면 피로가 빠르게 밀려왔고, 커피의 씁쓸하면서도 고소한 향이 없으면 어딘가 허전한, 어딘가 채워지지 않는 한 조각의 공허가 느껴졌다. 육체적 피로감을 제외하면, 그 시간은 오감이 완벽히 만족하는 여정이었다. 특히나 창틈 사이로 스며든 바람과 그 바람이 실어 온 이른 봄의 향은 더할 나위 없이 완벽했다.

어느 날, 한 드라마에서 주인공이 물회를 먹는 장면을 본 적이 있다. 그 장면은 별것 아닌 듯 스쳐 갔지만, 이상하게 마음에 오래 남았다. 그 날 이후로 '언젠가 꼭 먹어봐야지'하는 마음이 한 구석에 남아, 잊히지 않는 어떤 감정의 색처럼 희미하게 번져있었다. 그래서, 목적지에 도착하자마자 가장 먼저 눈에 띤 횟집으로 향했다. 지금이야말로, 오래 묵혀둔 감정을 꺼내도 좋은 순간이었다. 난생처음 맛보는 음식의 첫 한입은, 생각보다 더 깊은 인상을 남겼다. 그 한입이 주는 감각만으로도 이 즉흥적인 여정에 충분한 의미가 더해졌다.

식사를 마치고 나니, 금세 커피 생각이 났다. 나 자신도 놀랄 만큼 커피를 자주, 또 많이 마신다. 바다가 보이는 통유리창이 전면을 이루고 있는 카페에 들어섰다. 발길이 이끄는 대로 향한 곳이었지만, 분위기만큼은 실패가 없었다. 커피 맛이 조금 부족하더라도, 이 순간의 감정과 바꾸는 셈이라 생각하면 너른 마음으로 이해할 수 있었다. 바다가 보이는 창가 자리에 앉아, 뜨거운 커피를 천천히 마셨다. 낮의 직사광선이 통유리를 지나 얼굴에 닿았지만, 전혀 불쾌하지 않았다. 그 순간은 다시 오지 않을 실재하는 현재였다. 나는 그 감각을 꾹 눌러 담아 마음껏 누렸다. 언젠가 이 순간을 기억의 프레임에 걸어 두기 위해, 나는 시간을 샀다. 아직 다 느끼지 못한, 불완전한 공허의 잔상을 품은 채 카페를 나서니, 어느새 해가 저물고 있었다.

밤바다가 보고 싶었다. 나는 아무 계획도 없이 모래사장을 걷기 시작했다. 모래사장에는 여러 사람이 있었다. 여기서 말하는 '여러 사람'은 단순히 '많은 사람'이 아니다. 서로 다른 존재의 결, 각기 다른 이야기와 감정을 지닌 이들이 저마다의 방식으로 삶을 표현하는 장면이었다. 누군가는 앉아 있었고, 누군가는 무심히 걸었으며, 누군가는 하늘을 올려다보고 있었다. 그들이 짓는 표정이 진실한 감정의 투명한 드러냄인지, 아니면 정교하게 구성된 감정의 외피인지 알 수 없어 나는 문득 애매한 기분에 휩싸였다. 가방에서 작은 손거울을 꺼내 들어, 내 표정을 확인했다. 하지만 거울의 표면이 눈에 닿는 순간, 나는 본래의 '날 것'이 아닌 어딘가 꾸며진 얼굴을 하고 있었다. 오직 나만이 들여다보는 이 작고 사적인 프레임 앞에서도 나는 끝내 솔직한 표정을 지을 수 없었다. 아마 나만 그런 건 아닐 것이다. 많은 이들이, 때로는 자기 자신조차 속이며 살아간다. 나는, 찰나의 순간이라도 진실한 무언가를 있는 그대로 표정에 담아낸 적이 있었던가. 떠올리려 해도, 기억나지 않았다. 손거울을 든 채 모래사장을 걷는 내내, 나는 계산된 표정을 그려내고 있었다. 그리고, 그런 솔직하지 못한 내가 그를 만났다. 그는 인파의 한가운데 서 있었다. 내 시야에 처음 들어온 건, 그의 오른쪽 옆모습이었다. 한눈에도 드러나는 훤칠한 키와 내가 입은 흰 원피스처럼 맑고 깨끗한 얼굴. 말을 할 때마다 뺨에 깊게 패던 보조개, 그리고 무엇보다 상대를 바라보는 그의 눈빛 뜨겁지도 차갑지도 않은 미지근한 그 눈빛이 묘하게 내 시선을 끌어당겼다. 그를 처음 본 순간이었다. 그 찰나에 손거울로 내 표정을 확인하진 않았지만, 그 순간만큼은 거짓 없는 얼굴, 날것 그대로의 표정이 아주 잠깐, 내 얼굴을 스쳤겠다고 생각한다. 그는 온통 무채색이었다. 마치, 무채색의 질감을 표현하기 위해 존재하는 인물 같았다. 나는 그 무채색에 홀려 그를 중심으로 모여 있는 인파 가까이 다가갔다. 그에게 가까워질수록, 무리의 사람들은 하나둘씩 의아한 표정으로 나를 바라보았다. 나는 왜, 무채색의 그 남자를 보고 그토록 긴장했던 걸까. 나는 왜, 결국 그의 옆모습이 아닌 앞모습을 보기 위해 내 발걸음을 그의 앞에 멈췄을까. 정면에서 마주한 그의 얼굴은, 예상보다도 근사했다. 그리고 그 근사함을 정확히 인식한 순간, 이 상황을 어떻게 수습해야 할지 몰라 당황스러웠다. 얼굴이 붉게 달아오르는 것이 느껴졌다. 나는 급히 눈을 돌리며, 익숙하면서도 궁색한 변명을 했다. "아는 분인 줄 알았어요. 죄송합니다." 그는 조금 놀란 듯했지만, 특별한 반응은 보이지 않았다. 웅성임 속에서 몇 가지 질문이 내게 쏟아졌지만, 내 신경은 오로지 무채색의 그 남자에게 쏠려 있었기에 그 말들의 의미는 끝내 내게 닿지 못했다. 바다의 짠 내음이 은은히 퍼지는 가운데, 그에게서 풍기는 향이 공기를 가로질러 내게 스며들었다. 폭우가 한차례 지나간 고요한 숲에서 나는 축축하고 시원한 향이었다. 향에는 본래 색이 없지만, 그의 향에서 무채색을 떠올렸다. 나는 끝내 적절한 말을 찾지 못했고, 그저 실례했다는 짧은 인사만 남긴 채 돌아섰다. 내가 먼저 등을 돌렸지만, 그 순간에도 그가 나를 바라보고 있을까, 어떤 표정으로 내 뒷모습을 따라가고 있을까 그것이 몹시 궁금했다. 그가 더 이상 나를 볼 수 없을 만큼 멀어졌다고 느껴진 즈음, 걸음을 멈추고 천천히 숨을 들이마셨다. 입안까지 차오른 떨림을 가라앉히듯, 한 번, 길게 내쉬었다. 어디든 좋았다. 타인의 시선이 닿지 않는 철저히 혼자인 공간이면 되었다. 방금 내게 닥친 이 혼란스러운 감정을, 오롯이 나만의 시간 속에서 되새기고 싶었다.

광안대교가 한눈에 내려다보이는 숙소를 잡았다. 그 호텔은 '멋지다'라는 말로 요약할 수 있겠다. 겉으로 보이는 세련됨 때문만은 아니었다. 나의 시간을 조용히 붙잡아 두는, 설명하기 힘든 어떤 밀도가 이 공간 안에 있었다. 처음 머무는 낯선 장소임에도 불구하고 안락하고 편안했다. 그 순간만큼은 나라는 인간을 규정짓는 이중적이고 모순된 감정들로부터 잠시나마 자유로웠다. 그곳에서 나는 충돌하지 않았다. 자신을 갈라놓던 내면의 조각들과 맞서지 않았다. 그저 하염없이, 바다라는 자연의 유기적인 흐름 위에 인간이 그어놓은 거대한 선 하나—광안대교—를 바라보았다. 시간이 흐르고 있었다. 하지만 전혀 아깝지 않았다. 나는 파도를 보았다. 아니, 파도를 '느꼈다'. 내 마음의 작은 파도가 다시금 일렁이고 있었고, 그 파도는 분명 무채색의 그 남자로 인한 움직임이었다. 호텔 욕실에는 너른 욕조가 있었다. 평소 반신욕을 즐기던 나는 여행지에서도 그 습관을 유지했다. 그날도 예외는 아니었다. 욕조에 천천히 몸을 담갔다. 물이 식으면 식은 대로 감각을 받아들이고, 몸에 한기가 돌기 시작할 즈음 다시 뜨거운 물을 부었다. '따뜻함'을 넘어 '뜨거움'이 다시금 몸을 적실 때 느껴지는 감각—그 강렬한 자극과 쾌감은 말로는 도저히 다 설명할 수 없는 종류의 것이었다. 손이 퉁퉁 불어오도록 오래도록 물속에 앉아 무채색의 그 남자를 떠올렸다. 그의 묘한 향이 마치 실재하듯 코끝을 스치고 지나갔다. 마음에 미지근한 바람이 불었다. 그의 눈빛을 닮은 뜨겁지도 차갑지도 않은 바람. 그것은 굳이 피하지 않아도 될, 무해한 온도의 바람이었다. 나는 그 적당한 온도의 바람을 온몸으로 받아들이기 위해 이 밤의 시간을 조금 더 붙잡아 두기로 했다. 어떤 것도 곁에 두지 않고, 오직 그에 관한 생각만을 했다. 정의할 수 없는, 이름 붙일 수 없는 애매한 감정들에 지쳐 나도 모르게 깊은 잠에 빠졌던 것 같다. 극심한 갈증에 눈을 떴을 때, 충격적인 풍경과 마주했다. 혹은, 생애 가장 아름다운 장면이었다고 말해야 할까. 오전 여섯 시가 채 되지 않은, 이른 새벽. 고층 호텔의 통창 너머로 내려다본 광안리의 새벽은 그 자체로 하나의 완결된 세계였다. 현실과는 한참 떨어진, 오롯이 나만이 존재하는 것 같은 깊고 맑은 고요. 무채색의 광안리. 모든 소음과 현상을 유발하던 수많은 이유가 걷히고 난 뒤에 남겨진 순수한 바다. 오직, 파도가 해변을 쓰다듬는 소리만이 남았다. 그 풍경은 언제나 내가 느껴온 '불완전한 공허'와 닮아 있었다. 나는 갈증도 잊은 채, 그 공허의 한가운데로 가기 위해 호텔을 나섰다. 감각에 의존해, 해수욕장 가운데쯤이라 느껴지는 지점에서 걸음을 멈췄다. 신발을 벗고, 새벽의 차가운 공기를 깊게 들이마셨다. 맨발로 모래 위에 발을 얹었다. 처음엔 생각보다 차가운 모래의 온도에 움찔했지만, 이내 온도에 익숙해진 발은 모래의 입자감과 은은한 부드러움에 집중하기 시작했다. 해가 아주 천천히, 떠오르길 바랐다. 나는 왜, 늘 이 현재가 영원의 틀 안에 갇혀있기를 바라는 걸까. 모래 위를 맨발로 걸으며, 발에 스며드는 서늘한 감각을 하나씩 되짚었다. 그리고 바다의 짠 내음 사이로 스며든 그 향. 기척보다 먼저 도착한 향. 향이, 그를 알렸다. 나는 모래 위에 고정돼 있던 시선을 천천히 위로 올렸다. 무채색의 그 남자가 있었다. 그는 여전히 무채색이었다. 그리고, 여전히 미지근했다. 나는 그에게 어떤 질문도 던지고 싶지 않았다. 무언가를 묻는 순간, 그가 흩날리는 안개처럼 사라질 것만 같았다. 그는 위태로운 듯 아름다웠고, 나는 본능적으로 알았다. 아름다운 것들은 언제나 내게 큰 영감을 준다는 것을. 그의 존재가 내 안의 파도를 흔들었다. 그 감정은 낯설면서도 익숙했고, 무척이나 나의 본질을 건드렸다. 하지만, 나는 그에 대해 더 알고 싶지 않았다. 지금, 이 순간 불완전한 공허를 완벽히 감각하는 이 찰나에 그는 단지, 영감의 결정체로만 존재해야 했다. 나는 맨발로 모래사장을 걸었다. 그는 검은색 로퍼를 끝내 벗지 않은 채, 내게 단 한 마디도 건네지 않았다. 나는 이른 오전의 사색을 즐기고 있었고, 그 사색의 순간에 함께 머무른 '그'를 받아들였다. 분명, 마음의 일치였다. 지금껏 내 삶을 스치고 간 수많은 타인 중에서 그는 가장 특별한 존재였다. 어쩌면 별 의미 없는 각주일지 몰라도 나는 그에게서 나와 같은 부류의 인간이라는 기시감을 느꼈다. 갑작스러운 갈증이 밀려왔다. 사실 이 새벽에, 이 모래사장을 걷게 된 가장 본질적인 이유도 갈증이었다. 그 갈증이 아직도 해소되지 않았다는 걸 자각하는 순간, 목을 타고 올라오는 건조함은 더욱 짙어졌다. 나는 흙이 묻은 발을 대충 신발에 구겨 넣고 그를 한 번 바라보았다. 그 것이 내 나름의 작별 인사였다. 그는 말없이, 내가 신발을 신는 모습을 물끄러미 바라보다가 곧 나에게 등을 돌리고, 우리가 함께 걸어온 길을 되짚어 돌아갔다. 그리고 나는 조금의 아쉬움도 남기지 않은 채, 호텔로 향했다.

— 여름 —

나는 소리를 좋아한다. 만약 내가 살아가는 세상에서, 그 어떤 소리도 남지 않고 모두 사라져 완전한 '무(無)'의 상태가 된다면 나는 더 이상 삶을 살아낼 자신이 없다. 그만큼, 소리는 내게 중요한 감각이다. 귀에 거슬리는 몇 가지 소리를 제외하면 대부분의 소리를 아끼지만, 비 오는 날 만들어지는 소리는 유난히 더 애틋하다. 혼자 남은 집에서 폭신한 홈웨어를 입고, 뜨거운 커피를 마시며 듣는 피아노 재즈 사이에 어렴풋이 섞여 있는 빗소리. 빗방울이 땅 위에 떨어지는 둔탁한 소리, 나뭇잎에 맺히는 섬세한 물방울의 울림, 자동차 유리에 부딪히는 빗줄기, 그리고 그것을 닦아내는 와이퍼의 규칙적인 리듬까지. 그 모든 소리가 마치 질감을 지닌 투박하면서도 섬세한 드로잉 같다. 나는, 그것을 '소리의 전시회'라 불렀다. 매해 여름, 장마가 시작되면 그 전시회가 열린다. 작품은 바뀌지 않지만, 감상자의 감정은 다르다. 그리고 그해 여름, 그 소리의 전시회에서 무채색의 그 남자를 떠올렸다. 그는 내게 '뮤즈'가 되었다. 그를 떠올리며 빗소리 위에 그의 얼굴을, 그의 향을 덧입혔다. 기묘하게도, 그 여름 내내 모든 빗소리는 결국 그에게로 향했다. 나는 그의 이름도, 나이도, 사는 곳도 모른다. 하지만 그의 향을 기억한다. 어쩌면 나는 그의 실재보다, 그가 머금고 있던 공기와 향기, 그리고 무채색의 기척이 궁금했던 것인지도 모르겠다. 그 이전, 나는 빗소리를 들으며 무엇을 떠올렸을까. 아마도 열대야에 뒤척이던 여름밤에 들었던 노랫말 한 줄처럼, 마음에 남은 과거의 잔상들을 떠올렸을 거다. 나는 꽤 자주, '지나간 시절'에 대한 상념에 빠진다. 마치 자화상 같다. 단순히 자기 형상의 기록이 아니라 존재의 정체성과 내면의 맥락을 포착하듯, 나 역시 내 과거를 반복적으로 호출하며 지금의 나를 해석한다. 그 상념의 자리를 처음으로 타인의 이미지로 채웠던 그 여름. 그러나 그 역시 이미 과거가 된 사람이었다. 그렇다면 이 또한 결국 과거에 대한 또 하나의 상념일까. 아니, 여전히 그의 향이 궁금했던 나는, 그 감정을 단순한 회상으로 치환할 수 없었다.

무채색의 그 남자로 시작해, 결국 그로 끝내지는 못했던 그해 여름, 1학기를 마친 후 휴학을 결정했다. 이유는 두 가지였다. 우선 나의 내면에서 일어난 미세한 파도의 변화 때문이었다. '꿈'이라는 작은 파도가 나를 이루고 있었지만, 그 파도는 오히려 나를 가두고 있었는지도 몰랐다. 그 감정은, 한때 입시를 포기했을 때와 비슷했다. 같은 감정이 다시 찾아왔다는 건 내 꿈에 균열이 생기고 있다는 명백한 증거였다. 내가 첫 번째로 선택한 파도를 하찮게 취급하고 싶지 않았다. 그럴 바에야, 멈추는 것이 낫다고 여겼다. 모든 비유를 걷어내고 말하자면, 나는 연기를 그만두고 싶었다. 그리고 새로운 꿈을 찾고 싶었다. 타인으로부터 비롯된 공허가 두 번째 이유였다. 사람들은 내게 흔들림이 없는 사람이라 말했지만, 절대 그렇지 않다. 그저 스스로 쌓은 벽 앞에서 무너지는 순간조차, 그 누구에게도 드러내지 못한 채 조용히 감추었을 뿐이다. 그 무너짐은 언어가 아닌 감각의 레이어로만 전달될 수 있는 종류의 것이었다. 특히 '학교'라는 공간은 불편한 곳이었다. 그곳은 점점 더 내 안의 공허를 확장했고 그곳에 머물 이유를 더는 찾지 못했다. 나는 그런 이유로 휴학을 결정했다. 덕분에 그 여름 내내 마음껏 '소리의 전시회'를 감상할 수 있었다. 그 여름의 빗소리. 그리고 무채색의 그 남자에게서 퍼졌던 향. 그 두 가지는 아마도 내 삶의 여름을 정의했다.

— 가을 —

　사진에는 사진을 찍은 사람의 시선이 담긴다는 말을 들은 적이 있다. 그리고, 그 문장을 온몸으로 실감한 적도 있다. 자세히 들여다보지 않아도 알 수 있었다. H가 찍은 모든 사진에는, 나를 향한 감정의 농도가 고스란히 배어 있었다. 그것은 단순한 스냅이 아니라, 감정의 프레임이 된 초상이었다. 피사체는 대부분 '나'였고, 그가 셔터를 누르던 순간의 마음이 그대로 고정된 듯한 인물 사진이었다. 그의 사진은 늘 묘한 긴장감과 따뜻함, 거리감과 친밀함이 교차하는 구도였다. 인물 안에 정적과 감정이 동시에 흐르고 있었다. H는 내게 수많은 의미가 담긴 사람이다. 물론, 그 '수많은 의미'가 '중요한 의미'인지는 단정 지을 수 없다. 우선, 그는 내 인생의 반절을 함께한 친구였다. 꽤 오래된 친구이자, 조금쯤은 내 일부처럼 느껴지는 사람이었다. 그는 놀라울 정도로 나를 완벽히 파악했고, 숨기고 싶었던 사소한 감정들마저 조용히 읽어냈다. 어떤 날의 H는 눈물이 맺힐 만큼 다정했고, 또 어떤 날의 그는 얼음처럼 차가웠다. 나는 가끔, 그의 그런 이중적인 면에 매력을 느꼈다. 카메라 렌즈를 든 그의 얼굴은 사랑과 증오, 그 경계에 있었다. H는 나를 좋아하면서도, 싫어했다. 나는 그를 거의 유일한 '내 사람'이라 여겼지만 조금은 버거운 관계라고도 생각했다. 그러나 그 모순된 감정 속에도 진실은 존재했다.

단순하지만 절대 변하지 않는 사실. H와 함께한 시간은, 나의 청춘 그 자체였다. 우리는 학창 시절 내내 서로를 가장 최우선에 두었다. 나는 아직도, H가 교복을 입은 모습을 또렷하게 기억한다. 남색 마이 속 하얀 셔츠, 회색 바지를 단정히 여민 모습. 그의 말간 얼굴과 동그란 눈망울, 그리고 그 시선 하나만으로도 사람을 끌어당기던 순간들. '교복을 입은 모습을 기억한다'라는 것은 결국, 한 시절의 영원을 고백하는 일이다. 우리는 꽤 오랫동안 그 시절에 머물러 있었다.

그해 가을, 나는 처음으로 H에 대해 흔들리기 시작했다. 내가 알고 있던 H의 마음을 간단히 말하자면, 그는 거의 처음부터 나를 친구 이상으로 여겼다. '남녀가 친구 관계를 유지하려면, 어느 한쪽은 반드시 감정을 품고 있다'라는 지극히 식상한 공식이 우리 사이에도 적용되었다. 나는 타인의 감정보다 내 감정을 우선시하는 사람이었기에, 그의 감정을 자각하지 않으려 했고, 실제로 그의 입에서 정확한 말이 나오기 전까지는 눈치채지 못했다. "나는 가을이 좋아." 나는 그의 옆모습을 바라보며 "왜?"라고 물었다. 그는 내 시선을 느꼈는지 고개를 돌려, "가을이 지나면 겨울이 오니까."라고 대답했다. "그럼, 겨울이 좋은 거 아니야?" 그는 한참 동안 아무 말도 하지 않았다. 우리는 말없이 걸었다. 고등학교 2학년, 청춘의 한복판에서 올려다본 하늘은 오렌지빛이었다. 빛과 그림자가 함께 드리운 사진 속 배경처럼, H와 함께한 그 초저녁은 어딘가 아쉬움으로 물들어 있었다. 그와 함께한 하루가 저물고 홀로 남게 되면 내 청춘의 하루가 조용히 사라지는 느낌이 들었다. 어쩐지 너무 빨리 어른이 되어 버릴 것만 같아, 막연한 두려움이 밀려오기도 했다. 사실, 영원히 어른이 되고 싶지 않았다. 성인이 되기 전까지의 나는, 어른이라는 단어가 던지는 불가해한 책임과 거리감을 감당할 자신이 없었다. 나는 피터팬의 마음을 완벽하게 이해하던, 영원을 꿈꾸는 사람이었다. 그리고 그 마음은, H와 함께 있을 때 가장 크게 증폭되었다. 우리 집 앞 골목 어귀에 다다랐을 즈음, H가 조용히 입을 열었다. "난 원래 가을을 좋아해. 그런데 너는 겨울을 좋아하잖아. 그래서 내가 좋아하는 가을이 지나면 곧 네가 좋아하는 겨울이 온다는 걸 아니까, 그 사실이, 이루 말할 수 없을 만큼 좋아." 평소의 H답지 않았다. 그는 곧바로 덧붙였다. "내가 너를 많이 좋아해. 네 마음이 어떻든, 앞으로도 계속 이렇게 너를 좋아할 거야." 그 고백은 어떤 요구도 하지 않았다. 관계의 전환을 바라지도 않았다. 그저 하루가 저물어가던 청춘의 어떤 날, 계획에 없던 진심이 나직이 흘렀을 뿐이다. 그의 세계에는 오직 '나'만이 존재했다.

H는 부모도, 형제도 없었다. 어릴 적 교통사고로 가족을 모두 잃고 조부모 손에서 자랐으나, 고등학교에 막 입학했을 무렵 마지막 가족이던 할머니마저 세상을 떠났다. 그는 완벽하게 혼자가 되었다. 나는 스스로 타인과의 경계를 긋는 사람이었지만 H는 물리적으로 철저한 고립을 경

험한 사람이었다. 그는 내가 그 벽을 허물어주길 바랐다. 정확히는 내가 그의 구원이길 바랐다. 하지만 나는 '완벽한 고립'이라는 슬픔의 깊이를 이해하지 못했다. 그 감정의 구조를 경험해 본 적도 없었고, 공감이라는 감각도 뛰어나지 않았다. 무엇보다, 나는 단 한 순간도 H를 불쌍히 여기지 않았다. H는 내가 그를 동정하지 않는다는 사실을 잘 알고 있었다. 그는 나에게서, 단순한 연민이 아닌 정직한 감정의 교류를 원했다. 하지만 나는 그의 감정에 거짓으로 동조할 수 없었다. 그 감정까지 연기하는 건 불가능했다. 그래서 나는 그의 구원이 될 수 없었다. 그럼에도 H의 시선은 오직 나만을 좇았다. 그는 무엇 하나 쉽게 드러내지 않는 나에게 어떤 날에는, 눈물이 맺힐 만큼 다정했고 또 어떤 날에는, 몸속 깊은 곳까지 한기가 들 정도로 냉정했다. H는 내 삶에 크고 작은 물리적 변화가 생길 때면 모든 걸 제쳐두고 달려와 나를 안아주었다. 그는 비가 내리는 날 나를 빗속에 홀로 남겨두고 뒤도 돌아보지 않고 떠났다. 하지만 언제나 다시 돌아와 이미 젖어버린 내게 우산을 씌워줬다. "왜 다시 왔어?", "기다릴까 봐.", "그럼, 왜 갔어?", "네가 잡아 주길 바라서.", "안 잡았는데, 왜 다시 왔어?", "역시 혼자 둘 수는 없어서." 짧게 말을 마친 그는 머리부터 발끝까지 젖은 채 가볍게 몸을 떨고 있었다. 문득 비에 젖은 그의 얼굴을 닦아주고 싶은 충동을 느꼈다. 하지만 그 알량한 충동에 손을 맡긴 이후의 일까지 감당할 수 없었다. 나는 언제나 관계의 변화가 두려웠다. 그래도, 이쯤은 해도 되지 않을까. 그의 옷깃을 스치듯 잡았다. "여기에 있어." 우리는 아무런 가림막도 없이, 장대처럼 쏟아지는 빗속에 함께 서 있었다.

그해 가을, H는 군인이었다. 입대 전까지 우리는 학창 시절과 다를 바 없이 자주 만나며 예전과 같은 시간을 보냈다. 그렇게 오랜 시간 분리된 것은, 그의 입대 이후가 처음이었다. 나는 "잘 다녀와."라는 짧고 담백한 인사로 그를 보냈다. 입대 날 그는 돌아서는 나를 불러 세워 강하게 한 번 안았다. 어떤 다짐 같은 포옹이었다. 그날 밤, 그를 안 이후 처음으로 "잘 자."라는 인사가 없는 밤을 맞았다. 공허했다. 하지만, 그 공허는 하루뿐이었다. 나는 그와 조금씩 거리를 두는 연습을 하기로 했다. 성장이라는 건 어쩌면 이렇게 서서히 멀어지는 감정에 익숙해지는 일이 아닐까. H 역시, 나와 비슷한 감정을 품고 있었던 것 같다. 훈련소에서 도착한 편지 두 통 그 이후로는 오랫동안 아무런 연락이 없었다. 그가 없는 하루에 차츰 익숙해지던 어느 날, 낯선 번호로 전화가 걸려 왔다. 받기도 전부터 알 수 있었다. H였다. 나는 그를 잊은 것이 아니었다. 내 인생에서 그를 '덜어낸 것'도 아니었다. 그저, 그가 없는 하루가 조금 익숙해졌을 뿐이었다. 전화기 너머로 들려오는 목소리에는 여러 겹의 감정이 묻어 있었다. 내 단조로운 톤과는 달리, 그는 무언가를 애써 눌러 담고 있었다. 그는 "잘 지냈어?" 같은 평범한 인사 대신 "보고 싶다."는 한

마디를 건넸다. "보고 싶다." 그 짧은 문장에 모든 감정이 녹아있었다. 나도 그가 보고 싶었다. 이렇게까지 또렷하게, 이렇게까지 분명하게 그를 알게 된 이후 처음으로 느끼는 감정이었다. 그는 우리가 함께 찍은 사진을 매일 본다고 말했다. "왜?" 이미 알고 있는 이유였지만 일부러 물었다. "널 좋아하니까.", "그렇다면 왜, 일 년이 넘도록 나를 찾지 않았어?" 조금은 투정 같은 말이었다. 그는 대답 대신 낮은 목소리로 말했다. "곧 만나러 갈게." 그가 어떤 '변화'를 바라고 있다는 것을 단번에 알 수 있었다. 그는 예전과 다를 바 없는 익숙한 말을 꺼냈다. "난 여전히 가을을 좋아해. 가을이 지나면 겨울이 오니까. 너는 언제?" 그는 말을 이었다. "네가 좋아하는 겨울에, 내가 좋아하는 가을이 있는 곳에 가고 싶어." 그 말은 조금 아리송했다. "좋아." 오랜만에 무채색의 그 남자가 떠오르지 않는 밤이었다.

"오랜만이야." H에게서 처음 듣는, 다소 진부한 인사였다. "보고 싶었어." 이어지는 말 역시 진부했다. "나도." 심심해 보일 수 있는 대답이지만 진심으로 말했다. 오랜만에 마주한 H는 나의 기억보다 조금 더 깊은 그림자를 품고 있었다. 하얀 도화지 같았던 얼굴은 계절을 머금은 듯 옅게 그을려 있었고, 익숙한 진회색 니트 아래로는 어느덧 단단하게 자리 잡은 어른의 체격이 느껴졌다. 그는 말간 소년의 틀을 벗고 한 남자가 되어가는 중이었다. 그가 바라보는 나는 어떤 모습이었을까. 나는 늘 고

수하던 검은 머리를 옅은 갈색으로 물들였고, 내린 앞머리가 이마의 반을 가렸다. 그는 늘 그렇듯 무섭도록 빠르게 나의 사소한 변화를 알아챘다. "머리 바뀌었네. 예쁘다." 우리가 함께 건너온 이 긴 서사와 하나하나 포개어 쌓아온 계절들 그건 정말로, 아름다운 청춘 영화처럼 해피엔딩으로 향하고 있는 걸까. 그 끝이 두려웠다. 그러던 찰나, 무채색의 그 남자의 시원하고 낯선 향이 스치듯 떠올랐다. 나의 우유부단한 마음이 표정으로 드러났는지 그가 낮은 목소리로 말했다. "가고 싶은 곳이 있어. 다른 생각은 하지 마. 오늘은 내 생각만 해." 그의 손에 이끌려 도착한 곳은 놀이공원이었다. 햇빛이 천천히 하강하던 늦은 오후였다. 잊고 있던 익숙한 풍경들이 슬며시 되살아났다. H는 곧장 교복을 대여할 수 있는 상점으로 나를 이끌었다. 나는 키가 큰 그의 보폭에 맞춰 빨리 걷지 않아도 됐다. 그는 한 발, 두 발, 천천히 나의 걸음에 속도를 맞추는 사람이다. H는 우리가 처음 만났던 중학교 시절처럼 남색 마이 속에 흰 셔츠를 입고 회색 바지를 단정히 매만졌다. 탈의실 문이 열리고 그가 걸어 나오는 순간, 시간은 프레임 밖으로 사라졌다. 빛이 멈췄고, 소리가 가라앉았다. 모든 감각이 정지되었다. 그의 얼굴 위에는 세월의 흐름이 옅게 내려앉아 있었고, 그 위로는 추억의 색감이 아스라이 번졌다. 그는, 나의 '기억'을 입고 있었다.

"야, 내 가방 먼저 받아달라니까.", "지금 던져." 우리는 학교에서 도망치기로 했다. 사소한 일탈이다. 이유? 날이 좋아 한강 공원에서 한낮의 햇살을 정통으로 맞으며 라면을 먹기로 했으니까. 우리는 선생님의 눈을 피해 몰래 담을 넘는 중이었다. 치사하게도 그 애는 먼저 담을 넘어 낑낑대는 나를 보며 웃고 있었다. "야, 바보야. 빨리 넘으라고!" 넘기만 해 봐. 넌 죽었어. 꽤 긴 사투 끝에 담을 넘었다. 내가 내려오자, 그 애는 환하게 웃었고 곧장 다가와 내 손에 묻은 먼지를 털어주었다. "씻으면 되는데." 따뜻한 바람이 살랑 불고, 꽃내음이 틈틈이 고개를 내민다. 입고 있는 교복 마이가 살짝 무겁게 느껴질 만큼 따스한 날이었다. 우리는 약속대로 한강 공원에서 라면을 먹었다. "진짜 급식보다 백 배는 맛있지 않냐?" 그 애는 말할 때마다 두 뺨에 보조개가 쏙 들어갔다. 한번 만져보고 싶다는 생각이 들면 늘 내 오른쪽 뺨에 있는 보조개를 만지곤 했다. "내일 혼나겠다." 조금 걱정스러운 내 말에, 그 애는 아무렇지 않게 말했다. "내가 너 대신 혼날게!" 그 애는 풀이 무성한 곳에 누워, 하늘을 정면으로 바라보았다. "너도 누워 봐. 앉아서는 안 보이는 것들이 있어." 누워야만 보이는 것들은, 과연 무엇이었을까. "싫어. 교복 더러워지잖아.", "그러면 뭐 어때. 지금을 느끼라고, 이 바보야. 지금은 다시 안 와." 난 끝내 눕지 않았다.

그땐 '지금'이 다시 오지 않는다는 걸 몰랐으니까. 하지만 이제는 안다. 이렇게 다시 교복을 입은 그를 바라보는 이 '지금'은 놓치고 싶지 않다. 그는 나의 어제이자 오늘이고, 어쩌면 내가 그려갈 내일일지도 모른다. 무채색의 그 남자는 그래, 내 예술의 영감일 뿐이야. "나도 네가 좋아." 나의 폭탄 같은 고백에 H는 굳어버렸다. 그는 한참 동안 말없이 나를 바라보았다. 그 놀라운 말을 던지고도 표정 하나 바꾸지 않는 나를 보며, 정말 진심이 맞는지 의심하는 듯했다. 그의 얼굴엔 여러 감정이 뒤엉켜 있었다. 어떤 것이 주된 감정인지 짐작하기 어려웠다. "일단 들어가자." 우리는 교복을 입은 채 놀이공원의 입구로 향했다. 나는 입구 근처 가판에서 갈색 여우 귀 머리띠를 집어 들고 H를 바라보며 가만히 섰다. 그는 보조개가 쏙 들어가게 웃었다. "뭐, 어쩌라고. 나 이거 쓰라고?" 나도 웃으며 고개를 끄덕였다. H는 하얀 토끼 귀 머리띠를 집어 들어, 내 머리 위에 천천히 씌워주었다. "그럼, 넌 이거 써." 우리는 어른이 되어버린 채 교복을 입고 유치한 동물 머리띠를 쓴 채 찰나의 동심을 누볐다. 평일의 놀이공원은 한산했다. 교복 대여가 유행이라 대부분이 교복을 입고 있었지만 진짜 학생은 단번에 눈에 들어왔다. 진짜 와 '그런 척' 하는 것 사이에는 늘 미묘한 차이가 있다. 타인의 눈에 비친 우리의 모습은 어땠을까. 아마도, 사랑에 빠진 연인처럼 보였을 것이다. 지금 그의 손을 잡는다면 더 이상 '그런 척'이 아닌 진짜가 될 수 있을까. 갑자기 H의 존재가 어색했다. 그의 얼굴을 정면으로 마주할 수 없었다. 차라리, 먼저 물어봐 줘. "있잖아." H가 조심스레 입을 열었다. "난 늘 지나간 것들이 그리워. 우리 가족도, 내 중고등학교 시절도. 이제는 현재가 아닌 것들 말이야." 나는 대답 대신, 그의 낮고 부드러운 음성에 잠겼다. "그리고, 아름답고 행복한 순간은 너무 빨리 지나가." 그래, 우리의 이 지금도 눈 깜빡할 사이 사라질 테니까. 그는 시선을 멀리 두었다가 이내 나를 바라본다. 그의 눈은 무언가를 꿰뚫듯 나의 눈동자를 응시했다. "넌 늘 내게 아름답고 행복한 순간이야. 그래서 항상 두려워. 언제 사라질까 늘 노심초사해. 난 널 사랑하지만, 동시에 너무 미워." H는 나에게 감정을 반으로 나누어 건넸다. 사랑과 증오가 교차하는 감정의 명암은 차마 마주하기 어려운 진실이었다. "봐, 너는 지금도 나로 인한 흔들림이 전혀 없어. 그렇지?", "그래 보여?", "응.", "아니야. 지금 네 눈을 똑바로 보는 게 힘들어." 그는 허리를 굽혀 내 머리 위에 놓인 토끼 귀를 살짝 만졌다. 그의 부드러운 갈색 머리칼은 바람결에 살짝 흩날렸다. 나는 그의 머리칼을 쓰다듬었다. 손가락 사이로 그 결이 미끄러지듯 빠져나갔다. 그리고 손을 그의 뺨 위로 옮겼다. 그는 내 손 위에 손을 얹었다. "내가 생각하고 싶은 대로 생각해도 돼?", "응." 모든 소음이 사라지고, 오직 H의 목소리만 남았다.

사랑과 증오는 공존할 수 있지만 그것은 언제나 불안한 구도다. 사랑이 증오를 덮을 수 있으면 좋겠지만 대부분은 그 반대이다. 그의 사랑이 증오로 덮일까 불안했다. 하지만 누군가 말했다. 고통과 아픔이 수반되지 않으면 그것은 진정한 사랑이 아니라고. H는 깊은 불면에 시달렸다. "잠든 새에, 전부 다 사라질 것만 같아." 그는 잠에 들지 않으려 애썼고 겨우 잠에 들어도 식은땀을 흘리며 끙끙 앓다, 몇 번씩 깨어났다. 베개를 온통 적시는 날도 많았다. 그는 꿈속에서 이미 떠나버린 가족을 찾아 헤맸다. 그의 세계는 너무도 깊은 심연 같아서 나는 끝내 그의 구원이 될 수 없었다. 그렇지만 아팠다. 그의 외로움은 젖은 베개보다도 더 선명하게 느껴졌다. 그는 내가 불현듯 사라질지 안절부절못했고 나 역시 마찬가지였다. 언젠가 그가 말도 없이 이 세상에서 사라질 것 같았다. 그럼에도 우리는 서로의 곁을 지켰다.

— 겨울 —

　나는 도저히 그 겨울을 잊을 수 없을 것 같다. H의 향이 내게 닿을 때마다 그가 사라질지도 모른다는 불안이 조금은 잠잠해졌다. 향은 그가 이 세계에 '실재하는 존재'임을 증명하는 유일한 수단이었다. 그리고 H는 내게 과거와 현재를 연결해 주는 매개이자 시간의 층위를 감각으로 이끄는 한 사람이었다. 중학교에 갓 입학했을 무렵 우연히 보았던 영화의 배경지로 처음 알게 된 '마카오'라는 이름. 파스텔 톤으로 물든 그곳의 풍경은 화면을 뚫고 나와 단숨에 내 마음을 사로잡았다. 그때 처음 '매료'라는 감정을 느꼈다. 한 번도 가본 적 없는 그곳이 그리웠고 이름 모를 향수처럼 오랫동안 마음에 머물러 있었다. 비슷한 분위기의 상하이나 베이징은 몇 차례 다녀왔지만 가장 애틋하게 그리워하던 마카오는 한 번도 가지 못했다. "네가 좋아하는 겨울에, 내가 좋아하는 가을이 있는 곳에 가고 싶어." H가 조용히 말한 곳이 바로 그곳이었다. 홍콩과 마카오의 계절은 한국보다 한 계절쯤 늦게 찾아와 겨울에도 가을을 느낄 수 있다. H는 나와 수많은 계절을 함께 걷고 싶다고 했다. 나는 달갑게 고개를 끄덕였다.

　우리는 몹시 추운 겨울날, 따뜻하면서도 쓸쓸한 가을의 향이 감도는 마카오로 향했다. 화려한 고층 건물이 늘어선 메인 스트리트를 벗어나면 음식 냄새와 향, 바람이 섞여 과거와 현재를 넘나드는 듯한 골목들이 있었다. 마카오의 골목엔 작은 사원들이 많았다. 사원에서 피워 놓은 향의 냄새는 다시금 그리움을 생성했다. 그토록 애틋하게 그리워하던 그곳에 서 있으면서도 그리움을 떨칠 수 없었다. 우리는 한 손엔 뜨거운 커피나 버블티를 들고 이어폰으로 같은 음악을 들으며 그 골목을 걸었다. 말 대신 숨결과 향이 이어졌다. 유명한 관광지는 가지 않았다. 사람들의 발길이 드문 민가 골목 사이를 조용히 떠돌았다. H는 늘 내 뒤를 따라왔고 내 뒷모습을 천천히 카메라에 담았다. 가끔 그가 뒤처질 때면 나는 그를 부르기 위해 뒤돌아보았다. 그가 나란히 걸어 주기를 바랐다. "너한테, 어떤 말을 하고 싶어." 마카오의 조용한 골목길을 걷다 말고 그가 불쑥 입을 열었다. "무슨 말?", "그냥 두서없는 말들이야. 지금 내 머릿속에 맴도는 단어들을 문장으로 만들고 싶어." 그는 드물게 내 앞에 섰고, 등을 보이며 천천히 걸었다. "이렇게 고요한 골목에서 저 멀리 보이는 화려한 불빛이 이상해. 이질감이 들어. 그런데 그 이질감이, 동시에 아름다워. 내가 진짜 좋아하는 게 이런 조용한 골목인지, 아니면 이 고요함 속에서 바라보는 화려함인지, 잘 모르겠어. 지금 우리는 겨울에 있지만 가을을 걷는 중이잖아. 계절을 넘나드는 기분이 묘해. 마치 이곳이 실제가 아니라 동화 속 세상 같아." H는 두서없는 문장을 시처럼 꺼내 놓았다. 잠시 숨을 고른 그는, 다시 말했다. "아니, 사실은 동화였으면 좋겠어. 이 모든 순간이 한여름 밤의 꿈처럼 사라질까 봐 두려워. 너와 이렇게 나란히 걷는 일조차 언젠가 내 꿈의 일부였다고 느껴질지도 몰라. 하지만 그런 두려움을 떨쳐내야 너를 내 옆에 계속 둘 수 있겠지? 내가 원하는 형태로 말이야." 내가 원하는 형태 그 말이 왠지 거슬렸다. "지금 그 말, 대답을 바라고 한 거야?", "그런 것 같기도 해."

　나는 조용히 대답했다. "셰익스피어의 〈한여름 밤의 꿈〉은, 결국 존재했던 일이야." 우리는 바다를 따라 작은 집들이 옹기종기 모여 있는 콜로안 빌리지로 향했다. 그 마을은 지금까지의 삶에서, 내가 가장 사랑하는 장소로 남아 있다. 수채화처럼 번지는 빛과 향 그리고 마치 꿈처럼 실재했던 계절 한 조각. 한적하고 조용한 마을이었다. 바다의 짠 내음과 약간의 습기가 몸에 닿았지만, 그 느낌이 싫지 않아 조용히 걸음을 멈추고 눈을 감았다. 우리는 그 작은 마을의 골목을 구석구석 걸었다. 걷고 또 걷다 지치면 아무 곳에나 앉아 숨을 골랐다. 어느 순간 달콤한 빵 냄새가 퍼져오면 잠시 멈춰 디저트를 즐겼고, 가끔 들려오는 낯선 언어는 귀에 새로운 울림으로 다가왔다. 나는 그 소리에 귀를 기울이며 운율을 기억하려 애썼다. 낯선 언어로 쓰인 간판들은 신비롭게 느껴졌고, 그 언어들과 함께 일렁이는 H의 모습을 마음에 새겼다. 그와 낯선 언어로 가득한 그 거리는 한 폭의 그림처럼 어우러져 있었다. 우리는 밤이 되면 간판이 없는 조용한 재즈 바에 들러 위스키를 마시곤 했다. 낯선 도시에서 듣는 익숙한 음악과 독한 술은 평생을 두고 떠오를 추억이 되었다. H는 음악, 그림, 영화 같은 예술을 사랑했다. 그는 위스키를 홀짝이며 어느 영화에 관해 이야기했다. "그래서, 우주 한가운데 혼자 남겨진 주인공이 경이로움과 동시에 두려움을 느껴. 완전히 혼자라는 사실에서 오는 외로움이 가장 컸고, 그다음은 한 치 앞도 알 수 없다는 두려움이었지. 그 장면을 보는데, 너무 안쓰러웠어. 중력도 없는 공간에서 혼자 떠 있는 그 공포가 얼마나 클지 생각했거든.", "혹시 그 주인공이 너 같다고 느꼈어?" 내가 조심스레 묻자, H는 말을 멈추고 나를 바라보았다. 괜한 말을 한 건 아닐지 순간 걱정이 밀려왔다. "아니. 네가 있잖아. 나는 혼자가 아니야." 대화 틈 사이로 익숙한 멜로디가 흘러나왔다. 노라 존스의 〈Don't Know Why〉. 정통 재즈만을 선곡한다고 생각했는데, 그렇지도 않은 것 같다. 한창 연기를 배우던 시절 자주 듣던 곡이라 자동으로 그때가 떠올랐다. "그럼 내가 없으면, 넌 다시 혼자가 되는 거야?", "글쎄. 그런 건 생각해 본 적 없어서 잘 모르겠어." 아쉬움을 조금 남기고 재즈 바를 나서 마카오의 밤거리로 들어섰다. H는 바지 주머니에서 하얀 이어폰을 꺼내 한쪽을 건넸다. "커피 한 잔을 들고, 음악과 함께 정처 없이 걷자. 지금까지 우리가 늘 그래왔던 것처럼." 그는 확실히 낭만과 발을 맞춰 걷는 사람이었다. 지칠 줄 모르고 몇 시간을 또다시 함께 걸었다. 가로등이 듬성듬성 놓인 마카오의 골목길은 어느 누아르 홍콩 영화의 한 장면처럼 느껴졌다. "한국은 지금 눈이 온대. 그런데 우리는 이렇게 얇은 옷을 입고 있지." 정말 그랬다. H는 검은 리넨 셔츠에 진회색 슬랙스를 입고 있었고, 나는 꽃무늬가 은은히 프린팅된 얇은 시폰 원피스를 입고 있었다. "우리는 겨울에, 가을을 함께 보내고 있는 거야. 올해 가을을 두 번이나 같이 보냈네." 그는 소리 내어 웃었다. 그의 웃는 얼굴이 좋았다. "잠깐, 거기 그대로 있어봐." 나는 그를 가로등 아래에 세우고, 카메라를 들었다. 그는 나를 바라보며 다시 한번, 환하게 웃었다. 후에, 나는 그날 찍은 사진을 인화해 지갑에 넣고 다녔다. 마카오의 낭만 속에서 나는 아무 말도 하지 않고, H에게 편지를 보내고 싶었다. 달콤한 꽃 향이 밴 빛바랜 종이에 조곤조곤 읊조리듯, 나의 마음을 한 글자 한 글자 곱게 눌러 적은 그런 편지를. 편지의 첫 문장은 이렇게 시작되었을 것이다. "겨울의 한가운데에서, 가을을 함께 보낸 너에게." 그와 함께한 마카오의 기억은 내 안에 오래도록 남아 묘한 그리움과 향수를 증폭시켰다. 나는, 그 겨울을 도저히 잊을 수 없을 것 같다.

그녀(2018)

— 봄 —

여느 때처럼, 그냥 그런 봄이 될 뻔했다. 그런데 하필 그녀를 만났다. 왜 하필이냐고 묻는다면 그녀는 나의 일부를 통째로 삼켜버린 그런 사람이었다. 내게 너무 많은 것을 남기고 아무런 예고 없이 떠나버린 사람. 그녀가 어떤 모습으로 왜 떠났는지에 대해선 아직 말할 수 없다. 우선 그녀는 나보다 세 살 연상이었다. 우리에겐 몇 가지 공통점이 있었다. 연기과 휴학 중이라는 것과 진로에 대한 고민, 그리고 술을 좋아한다는 자잘한 취향까지. 그녀를 처음 본 날, 나는 생각했다. '세상에, 뭐 이런 사람이 다 있지?' 솔직히 조금 무례하다고 느꼈지만 예뻤다. 눈에 띄게 하얀 피부와 얼굴의 절반을 차지할 듯한 큰 눈. 그림자마저 선명하게 만드는 조명 아래서 내 시선은 자꾸 그녀에게만 멈췄다. 그녀가 나에게 건넨 첫마디는 다소 거칠었다. "굉장히 예쁜 년이 왔네." 나도 지지 않았다. "이하동문이네요." 내 짧은 대꾸에 그녀는 나를 한번 훑어보더니 이내 웃으며 말했다. "맘에 드네." 그녀는 리넨과 코튼이 섞인 듯한 흰 티셔츠에 베이지색 반바지를 입고 있었다. 머리는 손질 없이 축 늘어진 검은 생머리였고, 나중에야 그게 붙임 머리였다는 걸 알게 됐다. 그토록 자연스러웠기에 나는 한동안 진짜 머리인 줄 알았다. 그녀는 일을 꽤 잘했다. 기본적으로 센스가 있었고, 손도 빨랐다. 알고 보면 마음도 따뜻한 사람이었다. 하지만 불꽃처럼 타오르는 성격이라 종종 사소한 문제로 사람들과 부딪혔다. 나 역시 하고 싶은 말은 또렷하게 하는 편이지만 트러블 메이커는 아니었다. 그래서 그녀를 이해하기 어려운 순간들이 많았다. 그녀의 감정 전개 속도는 놀라울 만큼 빨랐다. 처음 나를 마음에 두었다고 느낀 순간부터 그녀는 불도저처럼 거리를 좁혀왔다. 그녀가 왜 나를 마음에 들어 했는지는, 여전히 의문이다. 그녀는 매일 같이 술자리를 요청했지만 나는 번번이 핑계를 대며 피했다. 그런데 어느 날 그녀와 술을 한잔하고 싶다는 짧고도 강한 충동이 들었다. 수락하자마자 후회했지만 이미 늦었다. 그녀는 꼬리 수육을 사주겠다며 영등포의 어느 허름한 식당으로 나를 데려갔다. 거짓말 하나 안 보태고 정말다 쓰러져가는 듯한 낡은 식당이었다. 나는 생전 처음 꼬리 수육이라는 음식을 접했다. 식당의 외관 탓에 반신반의했지만, 첫 한입을 넣는 순간그 모든 선입견이 말끔히 지워졌다. 내 표정이 미묘하게 바뀌는 걸 본 그녀가 작게 웃으며 말했다. "맛있지? 주말엔 몇 시간씩 웨이팅해야 해. 많이 먹어.", "네, 정말 맛있네요." 이후에도 몇 번 그 식당을 찾았지만, 그녀가 없으면 그 음식은 별다르게 느껴지지 않았다. 오직 그녀와 함께일 때만 그 맛, 그 향, 그 분위기를 온전히 감각할 수 있었다. 그것은 마치 특정한 빛 아래에서만 살아나는 오묘한 색 같았다. 술이 한두 병쯤 비워질 무렵 그녀는 자신의 이야기를 꺼내기 시작했다. 아직 우리 사이엔 닿아야 할 거리가 분명히 남아 있었지만, 그녀는 망설임 없이 속내를 꺼냈다. "어릴 때부터 아버지에게 가정 폭력을 당했어. 옷장에 갇힌 적도 있었고. 아버지는 늘 술을 마시고, 술집 여자와 바람을 피우고는 가족들을 때렸어. 난 결핍이 있는 사람이야. 아버지에게 받지 못한 사랑을 누군가에게서 찾으려는 그런 거지. 근데 누구를 만나도 그 마음이 채워지지 않더라. 항상 외로워. 그래서 나도 모르게 술에 의지하게 되는 것 같아." 그녀는 시장 가판대에 물건을 늘어놓듯 이야기를 차곡차곡 꺼내 놓았다. 나는 불쌍하다는 감정보다는 그녀가 이런 이야기를 아무렇지 않게 내게 털어놓을 수 있다는 사실이 그저 신기하게 느껴졌다. "금전적으로는 여유가 있는 편이야. 그 부분에선 남들보다 많이 누렸다고 생각해. 사랑은 없었지만, 하고 싶은 건 다 했지. 유학도 오래 했어. 물론 내가 원해서 간 건 아니었고, 그냥 보내졌지. 어느 날 방과 후 집에 와보니 이미 결정돼 있더라고. 내 의견은 단 한 줄도 없었어. 그렇지만 반항할 수 없었어. 또 맞기 싫었거든." 나는 잠시 고민했다. 좋은 환경에서 최고의 교육을 받은 것에 부러움을 느껴야 할까, 아니면 자신의 의견 한 번 내지 못한 삶에 유감을 표해야 할까. 대화는 언제나 그녀가 주도했다. 나는 대개 고개를 끄덕이는 정도의 반응만 했지만, 그녀는 그런 나의 리액션에도 아랑곳하지 않고 끊임없이 말을 이었다. 직관적으로 말하자면 그녀는 말이 많은 사람이었다. 그 말 중 가장 자주 반복되는 주제는 '자신의 슬픔'이었다. 그녀는 자신의 슬픔을 웃으며 떠들어댔다. '떠들어댄다'라는 표현이 다소 거칠게 들릴 수 있겠지만, 그녀가 고통을 농담처럼 흘릴 때마다 그 감정이 타인의 조롱거리가 될까 봐 불편했다. 아마도 그녀는 자신의 공허를 타인의 반응으로 채우고 싶었던 걸지도 모른다. 그녀의 이야기를 듣고 있으면, 머릿속에 미하엘 엔데의 〈끝없는 이야기〉가 떠오르곤 했다. 마치 끝없는 서사의 중심에 그녀만이 존재하는 듯한 일러스트가 없는 소설처럼, 이미지를 상상해야만 하는 구절들. "엄마는 아직도 아버지를 사랑한대. 웃기지 않아? 가정 폭력에, 매일 같이 바람을 피우던 사람을 어떻게 사랑할 수 있을까. 그런데 더 웃긴 건, 나도 엄마의 인생을 닮았다는 거야. 내가 만나는 남자들은 하나같이 다 쓰레기였어. 그걸 알아도 그냥 묵인해. 왜 그런지는 나도 몰라." 그녀와 처음으로 깊은 대화를 나눈 그 밤이 여전히 내 가슴에 남아 나를 괴롭힌다. 툭 던지듯 속내를 꺼내는 그녀는, 겉으로는 투명하고 솔직한 사람이었지만 나는 언제나 그 너머의 이면을 보게 된다. 그녀의 이면은 지독한 고독이었다. 물론 그녀는 그 고독에 대해 자주 말했지만, 그녀의 언어는 자신이 느끼는 감정의 일부에 불과하다는 걸 나는 직감으로 알 수 있었다.

처음엔 한두 시간쯤 적당히 맞춰주고 자리를 뜰 생각이었지만 결국 해가 뜰 때까지 그녀 곁에 머물렀다. 그녀의 이야기는 어딘가 매혹적이었고 이야기 속 틈새에서 어스름한 그림자가 문득 드러날 때 어둠 속에 그녀를 혼자 두고 싶지 않았다. 적어도 그날 하루만큼은 그 이야기를 듣기 시작한 내가 그에 대한 책임을 져야 할 것 같았다. 아주 사적인 사명감이었다. 나는 그녀와 결이 맞지 않는다고 생각했다. 그런데도 모순적인 감정이 나를 덮쳤다. 가장 먼저 떠오른 생각은 이것이었다. '이 사람과는, 깊게 엮이고 싶지 않다.' 그녀가 내 삶에 스며들게 된다면 분명히 고통스러울 것이라는 기시감이 내 전신을 조용히 휘감았다. 적어도 내 본능은 그렇게 말하고 있었다. "그녀와 가까워지지 마!" 하지만 그러지 못했다. 나는 본래 타인에게 벽을 세우는 사람이다. 그런 성향 탓에 언제나 자발적으로 겉돌아왔다. 그러나 특별한 이유도 없이 거의 모르는 사람에게 끌리고 있었다. 그건 내게 있어 꽤 큰 사건이었다. 나는 모든 사건에는 원인과 결과가 있다고 믿어왔다. 그래서 무슨 일이 생기면 반사적으로 그 원인을 분석하려 드는 사람이다. 하지만 지금까지 살아온 짧은 인생이 내게 알려준 것 하나는, 세상의 많은 일들이 이해 가능한 원인보다 이해할 수 없는 감정에서 비롯된다는 사실이었다. 특히 그 사건이 '감정'이라는, 논리로는 도저히 포착할 수 없는 영역에 속해 있다면 더욱 그렇다. 그리고 그녀는, 바로 그런 감정을 동반한 채 내 앞에 나타난 사람이다. "연기 말고도 하고 싶은 게 있어." 그녀가 말했다. 무엇일까. 나와 같은 진로를 고민하던 사람이 새롭게 꾸는 꿈은 어떤 모습일지 궁금했다. "바텐더가 되고 싶어." 그녀는 조용히 말을 이었다. "유학 생활 마치고 귀국했을 때, 칵테일 바에서 일한 적 있어. 꽤 오래 했지. 의외로 적성에 잘 맞더라." 그녀는 생각보다 전문적이었다. 관련 자격증도 땄다며, 수줍은 자랑을 건넸다. "연기에 대한 확신이 사라지니, 제일 먼저 떠오른 게 그거였어. 칵테일을 다시 본격적으로 시작해 볼까." 그녀는 고개를 살짝 기울이며 말을 이었다. "바텐더를 하면서 다양한 사람들의 이야기를 듣는 게 좋아. 내가 만든 음료를 마시며 편안해지는 사람들을 보고 있으면 나도 덩달아 차분해져." 그녀는 타인과의 대화를 통해 자신의 마음을 다독이는 사람이었다. "그래서 언젠가 나만의 조용한 공간을 만들고 싶어. 그곳에 내가 좋아하는 사람들을 초대해서 내가 만든 음료를 건네는 거지." 그녀는 말을 잠시 멈추었다. 그리고 내 눈을 바라보며 말했다. "그런 공간이 생긴다면 너도 올래?" 그 순간, 본능의 경고가 희미한 메아리처럼 다시 들려왔다. '그녀에게서 멀어져야 해.' 하지만 나는, 결국 그 경고를 무시해 버렸다. 그리고 나는 결국 여우비에 흠뻑 젖은 채 빗속을 헤매는 신세가 되었다. 볕이 든 날 잠깐 흩뿌리는 여우비인 줄 알았건만 그 비가 조금씩, 계속 내려 난 비에 젖은 줄도 모른 채 오래도록 그 빗속에 서 있었다.

— 여름 —

　그 계절의 정점에서 내게 가장 가까운 거리에 있던 사람은 H와 그녀였다. H는 지난 계절 내내 창업을 준비했고, 종로의 조용한 골목 어귀에 작은 이자카야를 열었다. 메인 거리에 위치했다면 더 많은 손님이 들었을 테지만, H는 지금의 공간이 자신이 감당할 수 있는 최선이라며 보조개가 쏙 들어가게 웃었다. 그 이자카야는 H 그 자체였다. H라는 인물이 하나의 공간이 된다면 이런 모습일 것 같았다. 주방까지 합쳐 13평 남짓한 작은 공간. 그 안에서 흐르던 90년대 일본 시티팝 음악은 장소와 완벽히 어우러졌다. 시원한 나무 향이 스며든 원목 가구는 그가 직접 도안을 그리고 제작을 맡긴 것들이었다. 결이 고운 재질과 낮은 채도의 톤은 마치 영화 속 세트처럼 절묘하게 장소와 조화를 이루고 있었다. 벽면에는 H가 각국을 여행하며 수집해 온 낡은 포스터와 폴라로이드 사진이 붙어있었다. 그는 언제나 흰 셔츠에 갈색 앞치마를 두르고 요리를 했다. '이랏샤이마세!' 같은 활기찬 인사는 없었다. 오히려 고급 양식당 셰프 같은 단정하고, 조용한 분위기였다. 그의 삶과 미감이 스며든 그 이자카야는 저녁 6시에 문을 열고, 새벽 4시에 셔터를 내렸다. 일주일에 두 번 정도 그 조용한 골목을 찾아 H를 만났다.

날씨는 더없이 좋았고 차가운 맥주 없이는 도저히 안 될 것만 같은 그런 여름밤이었다. 나는 H에게 전화를 걸었다. "오늘 친구랑 같이 가도 돼?", "그럼. 두 자리 예약해 두면 되는 거지?", "그래 주면 고맙지. 두 시간 후쯤 도착할 것 같아." 저녁이 되어도 사그라지지 않던 여름의 풀벌레 소리는 도심 한가운데서 듣기엔 몹시도 비현실적이었지만 낯설지 않은 소리였다. 조금만 더 간절히 바란다면 H를 처음 만났던 그 어린 시절로 돌아갈 수 있을 것만 같았다. 그리고, 나는 그녀에게 내 연인을 보여줄 수 있을 만큼 마음을 열었다. 고작 한 계절, 불과 몇 달 남짓한 시간 안에 말이다.

나는 합정역 앞에서 그녀를 만났다. 그녀는 내게 투명한 봉투 하나를 내밀었다. "이게 뭐야?", "지난번에 강릉에서 소품샵을 갔는데, 너 닮아서 하나 사 왔어." 뽀글뽀글한 노란색 곰돌이 파우치였다. 보드라운 질감이 마음에 쏙 들었다. "이게 왜 날 닮았어?", "글쎄, 그냥. 내가 보기엔 그래." 그녀가 불쑥 건넨 선물 하나에 괜스레 기분이 좋아졌다. 아이스 아메리카노를 홀짝이던 그녀가 물었다. "무슨 색을 제일 좋아해?" 나는 망설임 없이 대답했다. "흰색. 아이보리 말고 순백의 흰색.", "아, 오늘 입은 원피스 색깔 같은?", "응, 맞아.", "왜?" 그녀의 '왜'라는 질문에 나는 잠시 말을 멈췄다. 왜 흰색을 좋아했더라. 나는 생각보다 많은 것들의 이유를 모르고 살아가는 중이었다. "그냥 내 눈엔 예뻐 보여." 우리는 합정에 새로 생긴 카페에서 이런저런 이야기를 나누고, 그 순간을 카메라에 남겼다. 그녀는 사진을 찍는 것도, 찍히는 것도 좋아하는 사람이었다. 사진 속 그녀는 늘 밝았다. 카메라 앞에서만은 완전히 다른 조명이 켜지는 사람처럼 환하게 웃고 있었다. 이야기를 나누다 보니 여름이 더 깊어졌다. 택시를 탈까 하다 걷기로 했다. 힘들면 중간에 택시를 타기로 하며 길을 나섰다. 내가 입은 흰 원피스는 무채색의 그 남자를 처음 만났을 때 입었던 옷이었다. 그날의 기억이 바람이 되어 옷자락을 스쳤다.

H의 이자카야 입구엔 나무로 만든 입간판이 하나 놓여 있었다. 입체적으로 새긴 글자가 박힌, 내가 개업 선물로 건넨 것이었다. 그 작은 입간판에 축하의 마음과 오래된 진심을 새겨 넣었다. 입간판을 본 그녀가 말했다. "오늘 뭔가 엄청난 일이 생길 것 같은 기분이 들어.", "안녕하세요." H는 흰 셔츠에 갈색 앞치마를 두른 채 환하게 웃으며 우리를 맞았다. "처음 뵙겠습니다." 우리는 H와 가장 가까운 쪽에 자리 잡았다. 그녀는 H에게 살갑게 말을 건넸다. "괜찮다면, 같이 이야기 나눠요." H는 고개를 끄덕이며 흔쾌히 수락했지만, 그의 표정엔 짧은 순간 알 수 없는 기색이 스쳤다. H와 그녀는 닮아 있었다. 생각의 결이 비슷했고 결핍의 형태도 유사했다. 그리고 둘 다, 그 사실을 단번에 감지한 듯했다. 불행인지 다행인지 매장은 꽤 바빴고 H와 대화를 나누기엔 여유가 없었다.

맥주를 찾는 손님들의 발길은 끊임없이 이어졌다. 그 시끌벅적한 틈 사이로 한 남자가 가게로 들어섰다. 그는 안을 훑어본 뒤 그녀의 옆 한 칸 떨어진 바 자리에 앉았다. 그녀의 시선이 자연스럽게, 그러나 빠르게 그 남자에게 꽂혔다. 무언가 시작되는 눈빛이었다. 그 남자는 일본 생맥주 한 잔과 간단한 꼬치 몇 개를 주문했다. 살짝 흐트러진 여름용 정장 차림에 매지 않은 넥타이가 하루의 피로를 드러내고 있었다. 그녀는 웬일인지 말을 멈추고, 그 남자를 쳐다봤다. 나는 더 이상 참을 수 없어, 그녀의 귀에 조용히 속삭였다. "아는 사람이야?" 그녀는 눈을 떼지 않은 채 대답했다. "아니. 첫눈에 반했어." 숨이 턱 막혔다. 지금 나의 연인이 눈앞에 있는데도 무채색의 그 남자가 떠올랐다. 그녀는 그 남자가 들어선 순간부터 더 이상 나와의 시간에 집중하지 못했다. H도 그 기류를 감지한 듯 슬쩍 남자 쪽으로 시선을 돌렸다. 그 남자는 키가 컸고, 각진 얼굴에 선이 뚜렷한 인상이었다. 남자다운 느낌이 강했고, 피부는 햇볕에 그을린 듯 어두웠다. 나는 어처구니없게도 생각했다. '저런 스타일에 끌리는구나. 그녀의 취향이 나랑 정 반대라 다행이었다. 의미 없는 안도였다. 그녀가 내 귀에 입을 가까이 댔다. "번호를 물어봐야겠어." 역시나 그녀는 불도저 같았다. 마음먹은 건 망설임 없이 밀고 나간다. "안녕하세요." 그녀는 자리에서 일어나 조심스럽게 남자에게 다가갔다. "어떻게 들리실지 모르겠지만 첫눈에 반했습니다. 실례가 안 된다면 연락처를 여쭤봐도 될까요?" 진부하지만 진심이었다. 가게 안 공기가 살짝 달라졌다. 모든 시선이 그녀를 향했고 괜히 내 얼굴이 뜨거워졌다. H도 잠시 하던 일을 멈추고 그 장면을 바라보았다. 그 남자는 그녀가 아닌 나를 바라봤다. 그리고 조용히 말했다. "같이 오신 일행분께 실례가 안 된다면 따로 이야기를 나누어도 될까요?" 나는 조금 떨떠름하게 고개를 끄덕였다. 그 남자 역시 그녀 못지않게 저돌적이었다. 이건 단순한 우연도, 평범한 상황도 아니었다. 그녀의 사랑이 이렇게 성급히 시작되어도 괜찮은 일인지, 마음 한구석이 자꾸만 불안해졌다. 매장이 조금 한산해지자, H가 입을 열었다. "이런 말 하긴 좀 그런데, 그 친구분 말이야." 그는 혀 끝에 맴도는 말을 바로 꺼내지 않았다. 잠깐의 정적 그 사이, 나는 이미 알고 있었다. "안 만났으면 좋겠어." 역시. "왜?" 내 목소리는 내가 예상한 것보다 훨씬 거칠게 흘러나왔다. "아무리 너라도, 내 인간관계에 그렇게 간섭하는 건 아니지. 그 사람에 대해 대체 뭘 안다고?" H는 고개를 살짝 젖히며 말했다. "너랑 어울리는 사람이 아니야." 그 순간, 그의 사랑 속에 감춰져 있던 이중성이 실루엣처럼 드러났다. 그는 처음으로 나를 '통제'하려 들었다. 내 안에서 용암처럼 일렁이는 감정을 꺼내야 할지, 아니면 아무 일도 아니라는 듯 묻어야 할지 잠시 망설였다. 나는 감정 소모를 싫어하는 사람이다. 사소한 다툼으로 끝날 관계라면 애초에 싸울 필요가 없고, 결국 화해할 것이라면 그 과정은 낭비라고 여긴다. 그럼에도 나는 화가 나 있었다. 아마도, H와의 관계가 늘 균열 위에 서 있었기 때문일 것이다. 문득 그동안 느껴왔던 불편이 하나씩 윤곽을 드러냈다. 그가 나를 바라보는 감정이 정말 '사랑'이 맞는지 처음으로 의심하고 싶어졌다. 소유, 혹은 통제에 가까운 어떤 감정이라면? H는 늘 내가 그의 세계 안에 머물기를 바랐다. 가게를 오픈했을 때 그는 동업을 제안했다. 나는 망설임 없이 거절했다. 나는 그의 일부가 되고 싶지 않았다. 그의 세계보다 밝은 빛이 필요했다. 나는 나고, H는 H다. 우리는 하나의 존재가 될 수 없다. 그는 여전히 나에게서 구원을 바라고 있었다. 그 구원의 이름은 '일치'였을까. "나랑 어울리지 않는다는 게 무슨 뜻인지, 설명해.", "말 그대로야. 그 사람, 한없이 가벼워 보여.", "처음 본 남자한테 그런 식으로 행동해서? 단지 그 이유야?", "내 세상에 너 하나만 있었으면 좋겠어." 그는 잠시 말을 멈췄다. 어설픈 침묵이 길게 이어졌다. 입술만 미세하게 떨릴 뿐 말은 나오지 않았다. H는 차갑게 식어가는 내 마음을 감지했는지 조심스레 다가와 손을 잡았다. "그런 게 아니야. 이상한 생각하지 마. 그냥 어쩌다 다툴 수도 있잖아." 대화는 어딘가 겉돌고 있었다. 그 누구도 '진실'을 입에 올리지 않았다. H는 여전히 나에게 어려운 사람이다. 함께한 수많은 계절이 내 마음 깊은 곳에 차곡차곡 쌓여 그를 놓지 못하게 만들었다. 그러나, 그는 나를 가둘 수 없다. "내가 혼자였던 너에게 가장 익숙한 사람이어서, 그 외로움을 잊기 위해 나를 붙든 거야?" 나는 반드시 확인하고 싶었다. "나를, 정말로 사랑하는 게 맞아?" 그는 아무 말도 하지 않았다. 입술을 꾹 다물었다. 찰나의 침묵 속에서 나는 이미 답을 들었다. "그 자리에 내가 아니어도 상관없는 거네. 그저 네 공허만 채울 수 있다면. 그리고 난 그 공허를 완전히 채울 수 없는 사람이고." 나는 날카로운 단어들로 H를 찔렀다. 도리어 내 속이 쓰렸다. "그것도 사랑이야.", "대체될 수 있는 마음이 어떻게 사랑이야?" 그의 언성이 높아졌다. "그러는 넌? 넌 단 한 번이라도 내가 아니면 안 되겠다고 생각한 적 있어? 나한테 간절했던 적이 단 한 순간이라도 있었니?" 그는 나를 빗속에 홀로 남겨둘 만큼 냉정한 사람이었다. 그리고 언제나, 다시 돌아왔다. 나는 그가 돌아올 것을 알고 있다. 그래서 쉽게 떠나지 못했다. 그는 목에 걸린 생선 가시 같았다. 삼킬 수도, 뱉을 수도 없었다. 나는 결국 한발 물러섰다. "난 네가 가장 중요해." 그 말을 들은 그는 오늘도 내가 떠나지 않았음에 안도했다.

— 가을 —

　그 가을, 그녀는 첫눈에 반했던 그 남자와 정식으로 교제를 시작했다. 그 남자는 그녀보다 여덟 살 연상이었고 그 사실이 어쩐지 마음에 걸렸다. 나는 그녀가 또래를 만나길 바랐다. 말이 자연스레 오가고, 감정의 속도가 비슷한 그런 사람이 더 잘 어울린다고 생각했다. 그녀는 자신의 연인에게 거의 모든 것을 맞춰갔다. 마치 그 남자가 인생의 정답이라도 되는 것처럼 사소한 취향부터 인생에 대한 관점까지 그를 위해 바꾸었다.

　그 무렵, 나와 H 사이엔 그날의 다툼 이후 말없이 생긴 경계가 묘하게 감정을 가르고 있었다. 우리는 의식적으로 서로의 신경을 건드리지 않기 위해 노력했다. H는 언제나 불면에 시달렸고, 나는 그 곁을 지켰다. 여전히 그의 웃는 얼굴은 나를 과거의 어느 장면으로 이끌어, 난 떨쳐내지 못한 잔상 속에서 애써 머물고 있었다. 우리는, 서로를 가두는 사람들이었다. 인간은 본능적으로 자신에게 가장 가까운 사람이 '내가 정해 놓은 방식'을 따라 주길 원하는 것일까? 그 사람의 시선이 오직 나만을 바라보기를, 무의식 깊은 곳에서 원하고 있었던 걸까. 나 역시 H에게서 그런 욕망을 느끼고 있었던 걸지도 모른다. 그의 통제를 참을 수 없으면서도, 나는 그를 가두고 싶었다. 답을 찾을 수 없는 수많은 질문이 머릿속에서 실타래처럼 얽혔다. 그럼에도, 단 하나 확실한 것이 있다면 H는 내 하루에 어떤 영향을 미친다는 사실이었다.

H의 감각적인 이자카야는 입소문을 탔고, 손님은 날이 갈수록 늘어 갔다. 적어도 '진로'라는 인생의 문제 안에서 그는 조금 더 나아진 듯 보였다.

늘 그래왔듯 일주일에 두 번, 그 암묵적인 약속을 지키기 위해 그의 가게를 찾았다. 가을의 끝자락에서 시계는 밤 9시를 가리키고 있었다. 나는 그의 세계로 들어가는 나무문 앞에 섰고, 내가 선물했던 작은 입간판을 지나쳤다. 문을 열자, 가장 먼저 내 시선을 끈 건 낯선 손님 하나였다. 정확히 말하면, 낯선 여자 손님이었다. 문이 열리고, 내 시선과 H의 시선이 마주쳤을 때 일순간 당혹감이 그의 얼굴을 스쳤다. 그간 느껴왔던 불안과는 다른, 익숙하면서도 낯선 불안이었다. 아니, 어쩌면 그건 화에 가까운 감정이었을지도 모른다. H가 왜 당황했는지 알고 있었다. 그녀는 분명 자주 그곳을 찾았을 것이다. 아마도, H를 보기 위해서. 그리고 만약 내가 H를 조금이라도 '제대로' 알고 있다면 그는 그녀에게서 나에게서 찾을 수 없던 어떤 안정을 느꼈을 것이다. 그가 그토록 갈망했던 감정, '일치'라는 구원을 말이다. 그의 얼굴을 스쳤던 단 한 줄기 표정으로 알 수 있었다. H는 그녀를 사랑하지 않는다. 하지만, 사랑보다 더 중요하게 여기는 감정이 있다. 오해를 풀기 위한 대화 같은 건 필요하지 않았다. 우리는 '말'을 입 밖에 꺼내지 않아도 말이 전하고자 하는 '마음'을 알 수 있는 관계였다. 그렇지만 하잘것없다. 나는 그의 세계에서 한 발짝 물러났다. 예상대로 H는 나를 붙잡기 위해 다가왔다. "오해야." 우리가 처음 시작할 무렵, 그는 '보고 싶다'는 흔하고 진부한 말을 나에게 건넸다. 이번에도 마찬가지였다. 그는 '오해'라는 진부한 단어를 내게 건넸다. 나는 내 팔에 닿은 그의 손을 떼어냈다. 누군가 우리가 함께한 청춘을 이야기로 남기라고 하면, 아마도 두꺼운 소설 한 권 정도는 거뜬하게 완성될 것이다. 하지만 우리의 이별은 고작 몇 페이지 안에서 끝날 것이다. 나는 추호의 흔들림도 없다. 하필, 조금 이른 눈이 내리기 시작했다. 가을의 끝인 줄 알았는데 겨울의 시작이었다. 눈송이들이 그의 갈색 머리칼 위로 조용히 내려앉는다. 그리고, 오늘도 H는, 나의 하루에 어떤 영향을 미친다.

— 겨울 —

　난생처음, 겨울이 추웠다. 물론, 물리적으로는 언제나 그랬다. 하지만 이번 겨울은 눈에 닿는 풍경조차 마음을 시리게 했다. 타인으로 인해 생겨난 공허는 실제보다 더 무겁고, 더 날카롭게 다가왔다. H의 부재는 내 일상의 작은 틈마다 스며들었다. 나는 종종 이유 없이 머뭇거렸다. 내 시선이 머무는 곳마다 그의 잔상이 어렴풋이 배어 있었다. 가끔은, 그의 일상이 궁금했다. 그녀는 H의 빈자리를 조심스럽게 메우려 애썼다. 하루가 멀다고 한 시간 거리의 내게 찾아와 이런저런 이야기들을 쏟아내곤 했다. 그녀는 절대 빈손으로 오지 않았다. 매일 같이 메고 다니는 검은 배낭에 내가 좋아하는 것들을 가득 채워 내게 건넸다. 가끔은 더 멋진 남자를 소개해 주겠다며 장난스럽게 웃었다. 하지만 H는 그런 식으로 대체될 수 있는 사람이 아니었다. 그래서 나는, 오히려 단호하게 그의 손을 놓았다. 그의 흔들림을 알아챈 순간, 더 이상 그의 곁에 머물 수 없었다. 그녀는 여전히 여덟 살 연상의 남자와 만남을 이어가고 있었다. 한 번쯤 소개하고 싶다는 그녀의 말을 흘려 넘긴 지도 벌써 두어 달이 지났다. 그들의 속도는 참 빠른 듯 보였다. 문득 그녀가 그에게 자신의 속내를 전부 털어 놓았을지 궁금해졌다. 그리고, 만약 그랬다면 그 남자는 그럼에도 그녀 곁에 남기를 선택했을까? 그녀는 자신의 어머니와는 다른 선택을 할 수 있을까? 하필 그녀를 만나는 바람에 쓸데없는 것들까지 자꾸 마음을 건드린다. 그녀는, 꽤 오랜 시간을 나에게 헌신했다. '헌신'이라는 단어가 그녀를 완전히 설명할 수 있을지는 모르겠지만, 그 단어가 그녀에게 어울린다는 사실만큼은 분명했다. 적어도 우리가 가까워지고 그녀가 내 인생에서 완전히 사라지기 전까지는 말이다. 나는 그녀에게 받은 것의 절반도 돌려주지 못했다. 아니, 어쩌면 절반은커녕 아무것도. 그녀는 자신의 울타리 안에 들어온 이들에게 모든 것을 아낌없이 내어주는 사람이었다. 애증을 품고 있던 가족에게도, 연인에게도, 나에게도.

나는 겨울을 좋아한다. 감정을 분명히 인지한 어린 시절 이후로 사계절 중 겨울이 가장 좋았다. 바람이 매서워 얼굴이 시리던 날 입는 두툼한 코트와 목도리, 한 해의 끝자락에서 울려 퍼지던 캐럴. 그 차가움 속에서 피어나는 따뜻함을 좋아했다. H는 그런 나 때문에 가을을 좋아한다고 했다. 가을의 끝엔, 겨울의 시작이 기다리고 있으니까. 난생처음으로 '춥다'고 느낀 겨울이었지만, 그럼에도 나는 여전히 겨울을 좋아했다.

어느 겨울밤, 그녀의 연인을 만났다. 그는 여의도의 유명 증권사에 다녔다. 그는 두 번째 마주친 나에게 정중하게 인사했다. "안녕하세요. 오랜만에 뵙습니다." 오랜만이라. 첫 번째 '만남'이라고 부를 수 있었던 건 이자카야에서의 짧은 눈인사 정도였지만, 그가 고른 단어에 수긍하기로 했다. "네, 오랜만에 뵙습니다." 레스토랑은 연말을 즐기려는 사람들로 북적거렸다. 나는 평소처럼 오일 파스타를, 그녀는 까르보나라를, 그 남자는 스테이크 샐러드를 골랐다. 그는 주문을 마친 뒤 말했다. "요즘 체중 조절 중이라 저녁은 늘 샐러드로 대체합니다." 그렇군. 별다른 감흥은 없었다. 그녀는 그의 얼굴에서 시선을 떼지 않았지만, 그의 시선은 그녀에게 오래 머물지 않았다. 그 짧은 교차 속에서 분명한 온도 차가 느껴졌다. 그 남자는 그녀를 사랑하지 않았다. 그의 감정은 미지근했다. "그때 뵀던 가게 사장님이 남자 친구분이셨다고요. 훤칠하시고 멋진 분이던데요." 그녀가 H 이야기를 한 모양이다. 나는 물을 한 모금 마신 후 짧게 대답했다. "지금은 아니에요." 짧은 여백. 그의 왼쪽 손목에 찬 디지털 워치가 일정한 간격으로 반짝였다. 전화일까, 메시지일까. 금요일 저녁 7시, 끊이지 않는 진동. 그는 나의 시선을 느꼈는지 작게 웃으며 일어섰다. "죄송합니다. 업무 전화를 받고 오겠습니다." 그가 완전히 사라지자, 그녀는 긴장이 풀린 듯 숨을 가늘게 내쉬었다. 아무래도 그 남자는 그녀에게 조금 어려운 연인인 모양이었다. 그녀는 그에게 모든 것을 맞추고 있었다. 갈색 머리로 염색했고 그가 좋아한다는 아이보리 원피스를 입고 있었다. 그녀가 평소 좋아하지 않던 스타일이다. 그 남자는 그녀를 꽤 마음에 들어 했기에 선뜻 만남을 이어갔던 것이 아닐까? 그러나 지금 그는 미지근하다. 그리고, 그녀를 자신의 입맛에 맞춰가고 있었다. 왜? 가능성은 두 가지였다. 하나, 그녀가 처음 상상했던 사람과는 너무 달랐던 것. 둘, 그저 단 하루, 순간의 일탈이었을 뿐인 것. 전자는 이해할 수 있다. 그녀는 늘 너무 빠르다. 아마 교제를 시작한 첫 주 안에 자신의 모든 속내를 고스란히 털어놓았을 것이다. 그런 그녀의 속도에 당황했을지도 모른다. 그러나 후자라면, 그건 잔인하다. 그녀는 스타일까지 바꿀 만큼 자신의 연인에게 빠져 있다. 솔직히 말해, 나는 그녀가 가볍다고 생각했다. 내가 뭔데 그녀를 그렇게 단정했을까. 그러나 알고 있었다. 사랑을 단 한 점 거짓 없이 드러내는 것은 엄청난 용기를 가진 사람만이 할 수 있는 일이라는 걸. 그는 십 분쯤 자리를 비운 후 아무 일 없던 듯 돌아왔다. 우리는 이미 식사를 마친 상태였다. 그렇다면 정말 마음이 식은 것이라면 왜 그녀의 친구를 만나러 나왔을까. 그마저도 그녀의 간청이었을까. "무슨 일 있었어?" 그녀가 물었다. "급히 보내야 할 자료가 있어서. 곧 다시 회사로 가야 할 것 같아." 그는 담담했고, 나에게는 정중했다. "바쁜 시간 내주셨는데 죄송합니다. 다음엔 더 좋은 자리로 모시겠습니다." 그녀는 내 옆에 있었지만, 왠지 혼자인 것처럼 느껴졌다. "자주 있는 일이야?" 내가 조심스럽게 물었다. "일에 치여 사는 사람이야. 늘 바빠. 어쩔 수 없지, 뭐." 그녀는 그의 부재를 내 곁에 앉아 채웠다. "그 사람이 나를 정말 좋아하는 건지 모르겠어. 자꾸, 말을 아끼게 돼." 그녀는 타인으로 인해 생긴 공허를 온몸으로 받아내며 술잔을 비웠다. 내가 그녀에게 해줄 수 있는 위로는 그저 잔이 비지 않도록 조용히 채워 주는 일뿐이었다. 문득, H의 얼굴이 떠오른다. 한 잔에 H의 얼굴이, 두 잔에 그의 목소리가, 석 잔에 그의 형상이 내 앞에 실재한다. 그러나 그게 사랑이냐고 묻는다면, 쉽게 답할 수 없다. 그건, 익숙함의 부재에서 오는 익숙한 공허일 뿐이다.

무채색의 그 남자(2019)

— 봄 —

어김없이 봄이 왔다. 계절은 바뀌었지만, 나는 여전히 알 수 없는 어딘가에 머물러 있었다. 정확히 말하자면, '머무른다'기보다 '고여 있다'는 표현이 더 맞았다. 겨울의 잔재가 미처 가시지 않은 날 속에서, 나는 바람이 덜 스미는 그늘진 구석에 웅크린 채 있었다. 그즈음, 나는 마침내 나 자신이 한심하다는 사실을 자각하게 되었다. 연기를 그만둔 뒤로, 나는 어떤 변화도 시도하지 않은 채 같은 자리에 멈춰 있었다. 인생이 길다고 믿는다면 이 시간이 단순한 휴식처럼 여겨질 수도 있겠지만, 다른 관점에서 보면, 나는 청춘이라는 찬란한 안료를 어딘지도 모를 길 위에 무의식적으로 흩뿌리고 있었던 셈이다. 반면 그녀는 겁도 없이 새로운 도전을 했다. 휴학 중이던 학교에 자퇴서를 내고 전혀 다른 분야의 대학에 입학했다. 그녀의 연인은 그 결정을 끝까지 만류했지만, 처음으로 그의 뜻을 따르지 않았다. 그 남자는 그녀가 바텐더라는 직업을 갖는 것, 특히 밤에 일하는 것을 탐탁지 않게 여겼다. 어떻게 설득했는지는 알 수 없다. 애초에, 왜 설득해야 했는지도 의문이었다. 어쨌든 그녀는 칵테일을 전문적으로 배울 수 있는 학교에 입학했고, 그 시작은 놀랍도록 생기 있고 또렷했다. 그녀의 도전을 지켜보며 나는 한 때 마무리 짓지 못한 나의 열정을 떠올렸다. 앞으로 나는 무엇에 그때처럼 몰입할 수 있을까? 그녀는 대부분의 일에 온 힘을 다해 몰두하는 사람이었다. 그보다 한참 어린 동기들 사이에서도 스스럼없이 어울렸다. 내가 겪은 대학은 언제나 긴장과 거리감이 교차하는 공간이었기에, 그녀와 나 사이에는 본질적인 결의 차이가 있음을 느낄 수 있었다. 그러던 어느 날부터 그녀의 말 속에 자주 등장하는 이름이 생겼다. 처음엔 스쳐 지나가는 인물처럼 들렸던 그가, 이내 그녀의 연인을 이야기할 때만큼 자주 언급되었다. 이제 그를 'L'이라 부르겠다. 내가 처음 느낀 L은 어딘가 기묘했다. 가장 정확한 감상을 고르자면 아무 감정도 느껴지지 않았다. 그토록 완벽하게 '무(無)'에 가까운 인상을 남긴 사람은 L이 처음이었다. 물론, 그녀의 동기일 뿐인 L에게 특별한 감정을 느껴야 할 이유는 없다. 그러나 사람이란 처음 마주하고 짧게나마 대화했을 때 무언가 단 한 줄기의 감정이라도 남기 마련이다. 하지만 L에게는 그것조차 없었다. 그의 외모조차 기억나지 않았다. 그녀는 "잘생겨서 여자 동기들 사이에서 인기가 많다."라고 했지만,

솔직히 알 수 없었다. 도리어 그 '무감'한 존재감이 이상하리만치 자극적으로 다가왔다. 아무것도 느껴지지 않음으로써 자극을 주는 존재라니, 묘한 일이었다. 우연히 그를 처음 마주한 날, L은 푸른 셔츠에 청바지를 입고 있었다. 같은 셔츠가 내 옷장에도 있어, 그날의 조우는 오히려 더 선명히 각인되었다. L은 그녀보다도, 나보다도 훨씬 어린, 새내기 대학생이었다. 그녀는 L과의 대화를 통해 위안을 얻었다고 했다. 그녀의 울타리 안에는 분명 L의 자리가 마련되어 있었다. 그녀는 자신의 울타리를 지나치게 쉽게 열어주는 사람이었다. L은 나에게 "이야기 많이 들었습니다."라며 조심스럽게 말을 건넸고, 나는 별다른 반응 없이 그저 고개만 끄덕였다. 그 어색한 공기를 희석하려는 듯, 그녀가 재빨리 말을 덧붙였다. "이 친구가 원래 말이 별로 없어. 친해지면 착한 애야." 인상 깊었던 건, 감정이라는 것은 종종 서로에게 일치된 형태로 다가온다는 것이었다. L 역시 나에게서 아무런 감정의 반응을 보이지 않았다. 하지만 그녀에게는 분명 따뜻한 유대와 신뢰의 정서를 보여주었다. 아이러니하게도, 나와 L 사이엔 서로를 향한 '무(無)'가 공통으로 존재했다. 그리고 나는, 그녀가 너무 쉽게 울타리 안으로 사람을 들인다는 사실이 어쩐지 우스워 보였다. 그렇다면 L도 나와 같은 생각을 했을까? 어김없이 돌아온 그해 봄, 가장 큰 변수는 L이었다. 정확히 말하자면, L은 나의 인생에 스며든 예기치 못한 색채였다. 물론 그것이 진정한 '변수'였다는 걸 깨닫기까지는, 아주 오랜 시간이 필요했지만.

— 여름 —

H에게서 몇 번의 연락이 왔다. 처음 몇 번은 내 마음을 돌리기 위해서, 그 다음엔 친구로 남고 싶다는 이유였다. 그의 바람은, 목석같은 내 태도에 점점 작아져 결국엔 '대화 한 번만 하자'는 간청으로 귀결되었다. 그래. 그 바람마저 무시하기엔, 그는 여전히 내게 소중한 사람이었다. 그리고 나는 H가 그녀와의 관계를 무엇 때문에 통제하려 들었는지 그 진짜 이유를 알고 싶었다. 그의 부재 이후, 세 번의 계절이 흘렀다. 나는 오랜만에 H의 이자카야를 찾았다. 여전히 나를 멈춰 세우는 작은 입간판이 그 자리에 있었다. 미약한 용기를 붙들고 한참을 망설이다가 문을 열었다. "오랜만이야." 웃으며 인사를 건넸다. H의 세계는 언제나 기분 좋은 향이 난다. 그의 향이 코끝을 스칠 때면 기억의 저편을 향유하는 나를 발견하곤 한다. 그도 웃었다. "오랜만이야." 매장은 생각보다 바빴다. 여름이 되어서인지, 맥주를 마시러 온 손님들로 활기를 띠고 있었다. H는 정기 휴무일에 조용한 다른 곳에서 만나자고 했지만, 나는 이 공간에서 그를 다시 마주하고 싶었다. 어쨌거나 나는 이곳을 좋아했다. 그와의 이별 이후로는 도무지 올 수 없었던 곳이다. 나는 맥주 대신, 음료 한 잔을 부탁했다. 그와의 마지막 대화는, 내가 할 수 있는 가장 정중한 태도로 마무리하고 싶었다. 하지만 충격적인 것을 보았다. 그 충격이 얼마나

컸냐 하면, 손에 들고 있던 휴대폰을 떨어뜨릴 정도였다. 그는, 인파의 한가운데에 있었다. 매장이 크진 않으니 '인파'라는 표현이 맞나 의문이 들지만, 분명히 그 중심에 그가 있었다. 나의 시선은 그의 오른쪽 옆얼굴에 고정됐다. 무채색의 그 남자. 그는 역시, 온통 어두웠다. 검은색 면 티에 짙은 차콜색 반바지, 그리고 검은색 캡모자를 눌러썼다. 여전히 비 온 뒤 숲에서 느껴지는 시원하고 축축한 그 향이 날까 궁금했다. 무채색의 그 남자를 본 순간, H에게 전하려 했던 수많은 문장이 애초에 존재하지 않았던 것처럼 전부 사라졌다. 그에게 묻고 싶었던 마지막 질문도 더는 궁금하지 않았다. 왜 하필 지금, 왜 하필 여기 H의 세계 안에서 그를 다시 만나야 하는 걸까. H가 우리 사이의 숱한 날들 속에서 왜 그렇게 불안했는지를 비로소 깨달았다. 나는 단 한 번도 H를 사랑하지 않았다. 내가 사랑했던 건 그저 찬란했던 나의 지난날이었다. H는 나의 오늘이 아니었다. 그 사실을 나는 무채색의 그 남자를 다시 만남으로써 명확히 알게 됐다. H는 그를 바라보는 나를 조용히 바라보고 있었다. 하지만 그는 나를 통제할 자격이 없다. 잠시 망설였다. 이번엔 무채색의 그 남자에게 무슨 말이라도 꼭 건네고 싶었다. 하지만 H와의 마지막은 내가 할 수 있는 한 가장 정중하고 싶다. 그에 대한 예의를 지키고 싶었다. H는 조용히 내게 음료를 건네며 말했다. "그 사람이구나. 예전에 말했던, 부산 그 남자." 우리는 '말'을 입 밖에 꺼내지 않아도 말이 전하고자 하는 '마음'을 알 수 있는 관계였다. H는 내가 몇 해 전 짧게 언급했던 그 사람을 한순간에 알아봤다. 마치, 내가 그의 흔들림을 한마디 말도 없이 알아챘던 것처럼. "나 신경 쓰지 마. 하고 싶은 대로 해. 우리 이야기는 다음에 해도 돼." 그의 말에 처음으로 미안한 감정이 들었다. 단 한 번도, 그 어떤 날에도 H에게 미안하다고 느껴본 적 없었는데 내 안에 그가 원하는 형태의 감정이 더 이상 남아 있지 않음을 깨달았다. "미안해. 지금이 아니면 안 될 것 같아서." 그리고 나는, 나의 영감. 무채색의 그 남자에게로 걸음을 옮겼다. 그는 나를 알아보았다. 얼핏 놀란 기색이 그의 눈동자를 스치고 지나갔다. "안녕하세요. 저, 이 년 전쯤 부산에서…" 말이 혀끝에 걸려 맴돌았다. 주절주절 길어지기 전에 그가 먼저 반응해 주기를 바랐다. 고맙게도 그는 반응해 주었다. "네, 오랜만이네요. 잘 지냈나요?" 그는 지금껏 내가 살아온 인생에서 스쳐 지나간 수많은 타인 중 가장 특별한 사람이었다. "저를 기억하시네요.", "네. 그날이 참 인상 깊었습니다. 그 후로도 당신을 종종 떠올렸어요. 그리고 지금도, 그날을 곱씹으며 맥주를 마시는 중이었습니다.", "왜죠?", "아마 당신과 같은 이유일 겁니다. 당신은 왜 인사를 건넸나요?", "그날 이후로 당신을 하루도 잊은 적이 없어요.", "저도 그렇습니다." 처음으로 그의 목소리가 내 마음에 닿았다. 낮지도, 높지도 않은 부드러운 음성이었다. 그리고, 그날과 똑같은 향이 여전히 그의 주변에 머물고 있었다. 그 향은 나의 오감을 일깨웠다. "오늘은 좀 더 편안한 복장이네요." 그는 내 옷차림을 언급하는 것으로 그 날의 나를 정확히 기억하고 있단 사실을 에둘러 나타냈다. 그는 여전히 위태로운 아름다움을 품고 있었다. 하지만 한 가지, 분명 달라진 것이 있다. 그 새벽엔 향으로 먼저 그의 존재를 알아차렸지만, 이번엔 존재가 먼저이고, 그 뒤에 향이 있었다. 무채색의 그 남자는 더 이상 과거의 상념이 아니었다. 나는 지금, 그가 나의 오늘이 되길 바라고 있었다. 그녀를 비웃을 자격이 없다. 나 역시 그에 대해 아는 것이 없었다. 하지만 그가 나의 오늘이 되길 바란다. 그렇다면, 과연 그녀와 나는 다른 걸까? 무채색의 그 남자는 내게 예술적 영감을 주는 존재였다. 그것은 단순한 감각, 소리나 향처럼 명확하지 않은 파동이었다. 나는 더 이상 연기라는 예술을 하지 않지만, 그를 떠올릴 때마다, 정리되지 않은 감정들을 화폭에 담고 싶어졌다. 그를 그리고 싶은 것이 아니다. 그를 통해 생겨난 감정의 진폭을 담고 싶다. 이 감정이 다른 특별한 감정으로 발전한다면, 아마도 연기에 몰입했을 때처럼 나는 순식간에 빠져들지도 모른다. 하지만 H의 세계 안에서 그런 나를 보여줄 순 없다. 그래서 조금 뻔한 사람이 되기를 선택했다. "실례가 되지 않는다면, 번호를 알 수 있을까요?" 그는 고개를 살짝 기울이며 대답했다. "전 그쪽 이름을 먼저 알고 싶은데요." 그의 태도에서 나를 가볍게 여기지 않는다는 인상을 받았다. 그는 나의 '본질' 중 가장 먼저 드러나는 것, 이름을 궁금해했다. 예의상 묻는 질문이 아니었다. 진짜 나를 알고 싶어 하는 듯했다. 그 앞에서 다짜고짜 번호를 먼저 물은 것이 조금 부끄러워졌다. H의 매장에는 음악 신청을 위한 종이가 테이블마다 비치되어 있었다. 나는 가방에서 항상 가지고 다니는 0.25mm 갈색 펜을 꺼내 들었다. 그리고 그 종이에 내 이름과 번호를 한 글자, 한 글자 눌러 적었다. 그는 내 모든 움직임을 놓치지 않겠다는 듯 흔들림 없는 시선으로 나를 바라봤다. 마지막 글자를 적으며 고개를 들자, 눈이 마주쳤다. 나는 그 종이를 반으로 접고, 또 한 번 접어 그에게 건넸다. "이름과 연락처입니다. 저도, 당신 이름이 궁금하니 연락해 주세요." 내가 먼저 그의 연락처를 받아 두었다면 덜 불안했을지도 모른다. 하지만 이상하게도, '시작'이라는 열쇠를 그에게 쥐여 주고 싶었다. 그 열쇠로 문을 열지 않을까 하는 얄팍한 기대였을지도 모른다. 어쨌든 나는 그에게 시작의 열쇠를 건넸다. 그 열쇠로 문을 열지는, 이제 오롯이 그의 결정이다. 나는 그에게 홀려 있었지만, H에게 더 이상의 무례를 범하고 싶지 않았다. 물론, 이 장면은 '정상'이라는 범주에 속한 이들에겐 충분히 이상하고 아찔한 상황일 것이다. 이쯤에서 마무리해야 한다. "먼저 들어가 볼게요." 짧은 인사를 건네고 무채색의 그 남자에게서, 그리고 H의 시야에서 멀어졌다. H에게 따로 작별 인사를 남기지 않았다. 난 여름밤의 일탈을 즐기러 온 인파로 가득한 종로의 메인 거리로 향했다. 한 문구점에 들러 편지지를 샀다. 아이보리색 바탕에 검은 줄이 그어져 있고, 상단 중앙에는 검은 고양이 그림이 그려져 있었다. H가 키우는 고양이와 닮았다. 달콤한 꽃 향이 스며 있던 그날의 빛바랜 편지지는 아니지만, 그 아쉬움까지 편지에 실어보기로 한다. 나는 메인 거리에서 벗어나 다시 인적 드문 조용한 골목으로 발걸음을 옮겼다. 눈이 실체를 인지하기도 전에 마음에 먼저 스며든 어떤 가게에 들어가기로 했다. 15분쯤 걸었을까. 그런 곳이 나타났다. 눈보다 마음이 먼저 반응한, 바로 그런 곳. 6평 남짓 되어 보이는 작은 카페였다. 원목 테두리로 마감된 창문 너머 아담한 내부는 마치 동화 속 한 장면처럼 느껴졌다. 그곳에 들어서는 순간, 이곳이 더 이상 종로의 어느 거리가 아닐 것처럼 느껴졌다. 겨울의 크리스마스를 닮은 분위기. 나는 망설임 없이 문을 열고 들어가 따뜻한 커피를 한 잔 주문했다. 그리고 무채색의 그 남자에게 짧은 쪽지를 남길 때 사용했던 펜을 꺼냈다. 편지의 첫 문장은 이렇게 시작된다.

'겨울의 한가운데에서, 가을을 함께 보낸 너에게'

안녕. 하고 싶은 말이 이미 한참 전부터 흘러넘쳤지만, 그 마음을 말로 전하는 건 쉽지 않더라. 그래서, 조금 비겁하지만 이렇게 조용한 카페에서 펜을 들어.

우선, 나는 너를 정말 많이 아꼈어. 네가 함께해준 모든 계절이 나에겐 행복이었어. 그럴 일은 없겠지만 누군가 내게 아주 진귀한 무언가를 주겠다 해도 바꾸지 않을 만큼 소중한 날들이었어. 단 일 초도 고민하지 않을 거야. 우리 정말 많은 계절을, 수많은 문장을 함께 지나왔더라. 나에겐 계절과 계절 사이, 문장과 문장 사이에 틈이 하나씩 있는데, 그 틈마다 네가 있어. 그 조그마한 틈을 살짝 비집고 들어가면, 네가 곁에 있어 준 모든 날이 와르르 쏟아져 나와. 그래서 나는 그 틈을 평생 간직하려고 해. 하지만, 그 이상은 남기지 않으려 해. 너무 소중한 너와 너의 방식대로 관계를 이어가다 보니, 이것이 내가 바라는 사랑은 아니라는 걸 알게 되었어. 물론 나도 너를 사랑한다고 느낀 순간들이 있었어. 놀이공원에 갔던 날, 내가 너에게 좋아한다고 말했던 그날처럼. 하지만 우리의 사랑은 어쩌면 결이 달랐던 것 같아. 너는 '안정'에서 사랑을 찾는 사람이고, 나는 '독립' 속에서 사랑을 느끼는 사람이더라. 나는 혼자 설 수 있을 때 진짜 사랑을 할 준비가 된 사람이라고 믿어. 그럼에도 불구하고, 나는 너를 사랑했어. 어떤 형태로든 말이야. 진심으로 네가 너만의 안정을 찾아 행복해지길 바라. 난 너의 웃는 얼굴을 좋아해. 아니, 사랑해. 우리의 관계는 황금빛 위에 남겨진 균열 같았어. 겉으로는 찬란했지만, 그 안엔 서로의 방식이 충돌하던 음영이 있었지. 한 시절의 황홀한 모자이크처럼, 우리도 그렇게 반짝였고, 결국 사라져야 할 시간이 온 거야.

너의 행복을 위해 기도하고 싶어. 그리고 너도, 아주 가끔씩은 나를 떠올려 줬으면 해. 매일은 아니어도, 정말 가끔. 십 년이 지나도, 또 그 십 년이 지나도 잊히지 않을 기억이 나였으면 해. 나는 겨울의 한가운데에서 가을을 함께 보낸 너를 영영 잊지 못할 것 같아. 하지만 이제는 진짜 너의 행복을 찾았으면 좋겠어. 나도, 반드시 행복해질게. 내 청춘의 한복판에서 함께 웃고, 함께 울어줘서 고마워.

언제나, 너의 행복을 바랄게.

이만 줄일게.

편지에 꽃 향이 나지 않아 조금 서글퍼졌다. 이제 우리 사이엔 더 이상 향(香) 혹은 향(向)이 남지 않았다. 나는 향이 없는 편지지를 정성껏 접어 봉투에 넣었다. 그리고 H의 매장 우편함에 그 편지를 살짝 끼워 두고 돌아섰다. 이번엔 정말, 안녕.

― 가을 ―

무채색의 그 남자에게서 연락이 온 건, 가을이 막 시작될 무렵이었다. 시기로 따지자면 그날의 재회로부터 약 한 달쯤 지난 시점이었다. 역시나 그는 곧장 연락하지 않았다. 그는 기묘했고, 어딘가 남다른 구석이 있는 사람이었다. 광화문 거리에는 아직 여름의 온도가 남아 있었다. 반팔 차림의 사람들도 종종 눈에 띄었다. 나는 흰색의 얇은 긴 팔 카디건을 걸친 채 걷고 있었다. 한여름에도 맨살에 에어컨 바람이 닿는 것이 싫어 긴팔을 입고 다니는 편이다. 나는 광화문 거리를 걷는 걸 좋아한다. 광화문역 6번 출구로 나와 삼청동까지 쭉 걷는다. 삼청동을 목적지로 정하지 않은 날엔, 청계천 산책로를 따라 동대문종합시장 근처까지 가기도 한다. 광화문역을 출발지 삼은 그 짧은 도보 여행은, 내 삶의 이정표 같다. 걸음을 옮기며 수많은 사람들과 스친다. 그리고 생각한다. '내 삶은 어떻게, 어떤 사람들로 완성될까.' 조금 더운 바람이 얼굴에 스치고, 나는 생각의 속도를 늦춘다. 나는 특히나 단풍으로 붉게 물든 가을의 광화문을 좋아하지만, 그날은 가을의 초입이었다. 붉은빛은 아직 없었다. 목적지는 삼청동. 뜨끈한 수제비 한 그릇을 먹겠다는 기대를 안고 걷고 있을 때, 카디건 주머니에 넣어둔 휴대폰이 짧게 진동했다. [이름을 알려 드리고 싶습니다.] 그에게서 온 연락이었다. 나는 그 자리에서 그대로 멈췄다. 마치 온 세상이 정지한 화면처럼, 나만 그 안에서 움직일 수 있는 유일한 자아가 된 듯했다. 몇 번이고 메시지를 다시 읽었다. 무채색의 그 남자가 맞았다. 기뻤다. 그는 결국 내가 넘긴 열쇠를 사용하기로 한 것 같았다. [저는 지금 광화문에 있습니다.], [시간이 괜찮으시다면, 오늘 저녁에 뵐 수 있을까요? 제가 계신 곳으로 가겠습니다. 사실, 지금 당장도 좋습니다.] '지금 당장도 좋습니다'라는 말에 다시 한번 걸음을 멈췄다. 그는 참 여러 번, 나를 멈칫하게 만든다. '내 삶은 어떻게, 어떤 사람들로 완성될까.' 그 질문의 한편에 아무래도 그가 숨어 있는 듯하다. [광화문역 6번 출구 앞에서 기다릴게요.] 그는 한 시간 후쯤 도착할 수 있다며, 내게 한 시간의 기다림이라는 설렘을 남겼다. 나는 아직 알지 못하는 그의 많은 것을 상상하기 시작했다. 그의 이름, 나이, 좋아하는 것들. 사소하거나, 어쩌면 그의 본질을 이루는 큰 것들. 나는 아직 그 모든 것을 알지 못한다. 하지만 무엇보다 나를 들뜨게 만든 건, "지금 당장도 좋다." 한 문장이었다. 왜, 그는 지금 당장 나에게 오고자 한 걸까. 그 이유를 유추하는 지금 이 순간이 나를 벅차게 만든다. 그 기다림은 분명 내 생애 처음으로 느껴보는 묘한 감정이었다. 어딘가 낯설었지만, 감히 '설렘'이라 부를 수 있을 만큼 생생했다. 그럼에도, 이 감정이 내 생애 최고의 설렘은 아니다. 무채색의 그 남자가 처음 내게 안겨준 설렘을 초월하는 더 깊고, 더 따뜻한 무언가 존재한다.

무채색의 그 남자가 광화문역 6번 출구 앞에 모습을 드러낸 건 저녁 일곱 시쯤이었다. 그러니까, 식사를 함께하기에 가장 적당한 시간이었다. 그에게선 여전히 색을 찾을 수 없었다. 그는 여전히 무채색의 그 남자였다. 그가 입고 있던 짙은 차콜색 세미 정장과 손목에 찬 메탈 시계까지 모든 것이 정확히 '그'라는 사람을 드러내고 있었다. "오래 기다리게 해서 죄송합니다. 퇴근 시간이 겹쳐서 길이 많이 막히더군요.", "말씀하신 시간보다 오히려 일찍 오셨는데요, 뭘." 더운 바람 사이로 약간의 어색함이 스며들었다. 그러나 그 어색함조차 시작을 알리는 조심스러운 신호처럼 느껴졌다. "부담이 안 된다면, 식사를 같이 해도 괜찮을까요?", "부담스럽지 않아요. 가리는 음식이 없으시다면, 제가 자주 가는 식당에서 수제비 한 그릇 어떠세요?" 그의 얼굴에 잠깐 웃음이 스쳤다. 아마도, '첫 만남에서 수제비라니. 당신은 참 특별하네요.'라는 마음이었을지도 모르겠다. "잘 아시는 데가 있나 봐요?", "네. 원래 혼자 저녁을 먹으려 걷고 있던 참이었는데, 마침 연락을 주셨네요." 사실 우리는 안국역에서 만날 수도 있었다. 하지만 나는 광화문역 6번 출구에서부터 시작하고 싶었다. 적당히 따뜻한 온도와 초록의 내음이 남아 있는 바람을 그와 함께 나누고 싶었다. 어색함이 만들어낸 거리감을 조심스럽게 좁혀가며, 살짝 닿는 손끝의 감촉을 느끼고 싶었다. 내가 무채색의 그 남자에게 바라는 것은 그런 평범한 것들이었다. 광화문역에서 삼청동까지 향하는 그 길은 사랑이라는 바보 같은 감정이 자연스럽게 생길 수밖에 없는 길이었다. 거리는 삶에 지친 직장인들로 가득했지만, 그들은 누군가와 함께함으로써 그 버거움을 행복으로 어렴풋이 바꾸고 있었다. 그래서 나는 광화문의 그 거리를 좋아한다. 힘겨움과 버거움 사이에는 아주 미세하게나마 행복이 스며 있다. 그리고 나 역시, 이 거리를 단지 그와 함께 걷고 있다는 이유만으로 감당하기 어려울 만큼 큰 행복을 느끼고 있다. 목적지에 도착해 나누게 될 다소 진지한 대화에, 기대와 설렘이 서서히 스며든다. "광화문을 좋아하시나 봐요.", "네, 참 좋아하는 곳이에요. 거리도 좋고, 거리에서 느껴지는 감정도 좋아요.", "저도 자주 와요. 교보문고에 들렀다 청계천을 걷곤 하죠. 잡생각이 많을 땐 오래 걸어요." 적어도 '광화문'이라는 장소에 한해서만큼은 나와 비슷한 결을 가진 사람이라는 생각이 들었다. 그는 조용히 말을 이었다. "그리고, 삼청동도 좋아해요." 삼청동을 좋아한다는 그의 말이 왠지 조금 다르게 들렸다. 어쩐지, '내가 좋다'는 말처럼 들려 혼자만의 해석을 덧붙여버린다. "그럼, 인사동은요?", "인사동은, 글쎄요.", "저는 비 오는 날 인사동의 간판 없는 전집에서 막걸리를 마시는 걸 좋아해요.", "오늘은 비가 안 오는데요?", "맑은 날 좋아하는 다른 곳도 있어요." 무채색의 그 남자가 환하게 웃는다. 그의 웃음에 바람이 분다. 그날 부산에서 불었던 바람은 그의 눈빛 같은 미지근한 온도였다. 그것은 굳이 피하지 않아도 될, 무해한 온도의 바람이었다. 시간이 흘러 다시 불게 된 바람은, 그날과는 다른 온도였다. 조금 더 뜨거웠다. 그래서, 두려웠다. 무엇이 두려운지 정확히는 모르겠다. 하지만, 이 낯선 감정 속에서 분명 두려움이 자랐다. 솔직하지 못한 나는, 그를 만났다. "사실, 저도 여기 자주 와요." 그는 내게 물을 따라 주며, 단조로운 어조로 말했다. "한창일 땐 일주일에 두 번은 왔어요.", "저는 서너 번 왔어요. 제가 이겼네요." 지금 우리 사이엔, 부산에서의 그 묘한 분위기가 없다. 그저 평범한 사랑의 시작을 앞둔 애매한 지점에서 헤매고 있을 뿐이다. 아직 남은 게 있다. 그의 이름을 모른다. "이름은 언제 알려주실 건가요?", "이름을 알려주면, 다음엔 안 만나줄 거죠?", "이름을 알아야, 다음이 있죠." 그는 읊조리듯 조용히 자신의 이름을 말했다. 예쁜 이름이었다. "수제비를 먹으면서 할 얘긴지 조금 고민했는데, 뭐, 이미 그런 건 중요하지 않잖아요." 그의 말에 조용히 고개를 끄덕였다. 우리는 처음부터 조금 특별했으니까. "원래 저는 제 패를 먼저 보여줘야, 상대에게 물어볼 자격이 생긴다고 생각해요. 비겁하게 떠보는 행동은 정말 싫거든요. 그래서 제 마음부터 먼저 말씀드리려 합니다. 그다음에 물어볼게요. 당신의 마음이 궁금하거든요." 그는 망설임이 없는 사람이었다. "부산에서 잠깐 본 이후로, 몇 년을 생각했어요. 말 한마디 나눠 본 적 없는 사람, 이름도, 나이도 모르는 사람인데 왜 이렇게까지 자꾸 떠오를까. 마치 꿈속에서 만난 실체 없는 누군가를 끝없이 기다리는 기분이었어요. 애초에, 그날 나는 당신을 보고 무슨 생각을 했을까. 무엇이 궁금해서 그렇게 자꾸 떠올렸을까. 그런, 잡다한 생각들을 했습니다. 당신은 제게 여러모로 많은 질문을 남기고 간 사람이에요." 그의 다음 말이 몹시도 궁금해진다. "난생처음 느끼는 감정이라, 쉽게 정의할 수 없었어요. 보통의, 평범한 감정은 아니었거든요. 하지만 그 와중에도 확고했던 건 단 하나. 당신을 다시 만나고 싶다는 의지였어요. 그리고 정말 뜬금없이 당신을 다시 만나게 됐죠. 솔직히 매우 놀랐습니다. 말씀드렸듯, 마침 당신 생각을 하던 중이었거든요. 그런데 그 생각의 원인이 마치 거짓말처럼 제 눈앞에 서 있었죠. 간절히 바라니, 기적이 일어난 것 같았어요.", "왜, 그렇게 간절히 바라신 건데요?", "그 까닭에 대해서도 몇 년 동안 충분히 고민했습니다. 우습죠. 모르는 사람에 대해 그렇게 깊고 진지하게 고민했다는 게. 그럼에도 불구하고, 저는 결론을 내렸어요." '결론을 냈다'는 말에 내 마음에 또 한 번 바람이 분다. "무슨 결론이요?", "그날 이후, 바로 연락을 드리지 않았던 건 고민의 종지부를 찍어야 했기 때문입니다. 당신 근처를 맴돌며 서서히 감정을 알아가는 건 의미 없다고 판단했어요. 왜냐하면, 당신은 처음부터 특별한 사람이었거든요. 그래서 사랑이 맞는지 아닌지, 그 결론이 필요했습니다." 그는 잠시 말을 멈추고 내 표정을 살폈다. 그의 솔직한 이야기에 내가 어떤 반응을 보일지 조심스럽게 탐색하는 눈빛이었다. 하지만, 그 탐색은 의미가 없다. 왜냐하면, "사랑이 맞다는 결론이 나왔습니다." 나 역시, 같은 결론이니까. "제 결론은 그렇습니다. 혹시나 제 속도가 너무 빠르다면 말씀해 주세요. 기다릴 수 있어요. 그리고 혹시, 같은 마음이 아니어도 괜찮습니다." 문득, 이 남자의 직업이 궁금해졌다. 흔히 말하는 '평범한 사람'이 아니었다. 감정의 시작, 흐름, 결론. 그 모든 과정이 보통의 사람에게서 나올 수 있는 것이 아니었다. 이 남자는 어떤 신념을 가지고, 무엇을 소중히 여기며 살아왔을까. 그가 어떤 결의 사람인지, 어렴풋이 그려지면서도 여전히 갈피는 잡히지 않았다. 어쩌면 그의 직업을 알게 되면 그 갈피를 조금은 붙들 수 있지 않을까. "조금 다른 이야기일 수 있는데요, 당신이 궁금해서요. 무슨 일을 하세요?" 그는 잠시 나를 바라보다가 말했다. "아마, 그 질문 의도는 제 직업이나 경제 능력이 궁금해서는 아니겠죠. 저라는 사람의 본질이 궁금하신 것 같네요." 무채색의 그 남자는 말하지 않은 핵심을 정확히 짚어냈다. "전공은 건축이에요. 이탈리아에서 오랫동안 유학했고, 지금은 그림을 그립니다. 직업적으로 말하자면, 조그만 갤러리를 운영하고 있어요. 그림을 그리고, 전시하고, 판매하죠." 간결하지만 단단한 그의 대답에 조금이나마 퍼즐 조각이 맞춰진 기분이었다. 그는, 예술을 하는 사람이다. 그렇다면, 나와 그 사이의 전개에서 어딘가 이해되지 않았던 부분들도 설명이 된다. '그림'이라는 단어에 무수한 질문이 샘솟았지만, 지금은 먼저 우리의 이야기를 마무리 짓기로 했다. "이미 속도는 중요한 게 아닌 것 같아요. 우리에겐 기다림의 시간이 있었잖아요.", "그렇다면, 조금 더 정확히 표현해 주세요." 나는 그를 바라보며 천천히 말을 꺼냈다. "제 결론 역시 사랑이 맞아요." 수제비는 이미 다 식었다. 지금 타오르고 있는 건, 우리의 마음뿐이다. 그가 다시 말을 이었다. "당신은 제 작품의 뮤즈예요." 우리는 완벽하게 같은 결의 예술적 영감을 서로에게 품고 있었다. 그 순간, 지난여름 그녀가 느꼈던 감정이 문득 스쳤다. 지금 이 무채색의 남자와 함께 있는 이 시간의 틈에서도, 나는 여전히 그녀를 떠올리고 있었다. 그녀는 '사랑'이라는 이름으로 자신을 던졌고, 그녀의 연인은 과연 그 용기에 어떤 응답을 했을까 나는 아직 그 대답을 알지 못했다. 우리는 식어버린 수제비를 비우고, 이 가을밤을 함께 보낼 어딘가를 향해 천천히 걷기 시작했다. "아까 당신의 말을 들었더니, 비 오는 날이면 인사동이 떠오를 것 같아요. 경험해 보지 못한 상상이 그리워질 수도 있다는 건, 도대체 어떤 감정일까요. 이상하게도, 그 말을 듣는 순간부터 인사동의 간판 없는 전집이 그리워졌어요." 그 말은 실체 없는 풍경을 향한 예술가의 동경 같았다. 아직 도래하지 않은 미래를 선연히 그리워하는 감정 꿈속에서 본 악몽을 그리듯, 내면의 깊은 욕망을 색으로 풀어내듯, 상상 속 장면이 현실의 감각을 침투해 온다. 그 모순적인 감정을 나는 알고 있다. 실재하지 않는 것에 마음을 맡기고, 닿지 않은 것에 마음을 기댈 수밖에 없는 순간들. 아직 도달하지 못한 감정이지만, 우리는 분명히 같은 감정의 수면을 나란히 떠내려가고 있다. 이 특별한 감정의 흐름이 때론 우리의 눈을 멀게 하고, 언젠가 올바른 판단마저 흐리게 만들지도 모른다. 그래서 우리는 서로를 향한 속도를 늦추기로 했다. 조금씩, 조심스럽게 서로의 이야기와 마음을 풀어냈다. 우리에겐 앞으로 수많은 시간과 계절, 그리고 그 사이를 맴도는 여러 문장이 기다리고 있을 것이다. 조급하지 않게, 하나씩 당신에게 나를 보여주고 싶다. 붓끝으로 그리듯 천천히, 섬세하게.

하지만 이 이야기의 마지막 페이지까지도, 나는 당신을 '무채색의 그 남자'라 부르겠다. 당신은, 영원히 무채색의 그 남자다. 나의 영원한 무채색의 그 남자는 담배를 피울 때 특히 고혹적인 분위기를 자아냈다. 메탈 시계를 찬 왼손으로 느릿하게 담배 연기를 마시고, 다시 느릿하게 뿜어내던 그 모습이 눈보다 마음에 먼저 새겨졌다. 그 가을밤, 나는 담배를 배웠다. 우리는 당도가 거의 없는 피노누아 와인을 마시며 긴 이야기를 나눴다. 말과 말 사이에 적당한 여백이 생기면 우리는 담배를 찾았다. 피노누아는 나의 취향이고, 그는 원래 버번 위스키 혹은 말벡 와인을 즐겨 마신다고 했다. "그런데 이 피노누아에서 새로운 향을 발견했어요." 그는 그렇게 말하며 농도가 옅은 핏빛 속에 스머든 검붉은 과일 향을 천천히 음미했다. 그는 절대 시선을 피하지 않았다. 눈빛은 단단하고, 흔들림이 없다. 그 속엔 결코 타깃을 놓치지 않겠다는 결의가 보인다. 하지만 곧을수록 부러질까 봐 겁이 났다. 무채색의 그 남자는 '멋'이 있는 사람이다. 쌍꺼풀이 없는 눈과 그 속에 담긴 강인한 빛은 단숨에 내 마음의 심해, 그 안에서도 가장 안쪽까지 닿아버렸다. 그의 눈빛에서는 정확한 의중을 읽어내기 어렵다. 그는 '말'로 표현한 감정을 제외하곤 아무것도 쉽게 드러내지 않는다. 새카만 머리칼과 대비되는 흰 얼굴 그 흰색은, 내가 가장 좋아하는 '흰색'에 가깝지만, 그마저도 결국 무채색에 가까웠다. 무엇보다 '남자답다'는 느낌, 그것이 그의 전신에서 흘러나왔다. 그 표현은 모호하지만, 그를 본 사람이라면 누구나 고개를 끄덕일 수 있을 것이다. 단호함이 와인 잔을 들어 올리는 손끝 하나에도 배어 있었다. 부드럽고 느릿한 움직임이지만 군더더기 없이 깔끔한 손끝이다. 그의 모든 제스처는 마치 평생을 그렇게 살아온 사람처럼 자연스러웠다. 그는 나에게 특별함을 느꼈고, 긴 시간 동안 그 감정에 정의를 내리려 애썼다. 그러나 그는 결코 '사랑'이 중심인 사람은 아니다. 그는 안정보단, '특별함'이나 '독립'이라는 가치 속에서 사랑을 느끼는 사람이다. 내가 언젠가 그에게 등을 돌리게 되는 날이 온다면, 무채색의 그 남자는 결코 내게 미련을 남기지 않을 것이라 믿어 의심치 않았다. 그가 하는 말의 대부분은 '그림', '영감', '감정' 세 가지에 집중되어 있다. 그와 나누는 말들이 쌓일수록 나는, 내 영혼이 나를 들여다보는 듯한 기시감을 느꼈다. "부산에서 당신을 처음 본 이후로, 도무지 다른 주제의 그림은 손에 잡히지 않았어요. 무의식적으로 시작한 스케치였는데, 어김없이 결말은 늘 당신이더군요.” 그의 목소리는 평온했지만, 그 속에 내재된 감정의 깊이는 화폭 위에 깃든 짙은 여운처럼 쉽게 가라앉지 않았다. “그리고 흥미로운 점이 하나 있어요. 당신을 표현한 그림들에 거의 예외 없이 사용된 색이, 연보라색이라는 사실이에요.” 연보라색은 내가 흰색 다음으로 좋아하는 색이다. “당신을 보면 연한 보랏빛이 떠올라요. 마치 만개를 앞둔 라일락처럼, 자신만의 색을 아직 온전히 피워내지 못한 그 찰나의 순간 같은.” 그의 표현은, 그 꽃의 꽃말을 떠오르게 했다. '사랑이 싹트다.' 언제나 흐릿한 빛 속에서 조심스럽게 피어오르는 감정의 온도. “당신에 대해 잘 몰라서, 그림들은 대부분 추상적인 방식으로 그렸어요. 사물이나 풍경에 당신을 투영하거나, 때로는 얼굴 없이 질감만 남긴 채 마무리한 그림도 많았죠.” 그의 시선은 멀어진 과거 어딘가를 더듬듯 조용히 움직였다. “하지만 어느 날, 당신의 얼굴을 사실적으로 그리고 싶다는 충동이 일었어요. 끝내 그릴 수 없었지만요.” 나는 그에게 그림을 보여달라는 말을 꺼내지 않았다. “그 연보랏빛 그림들은, 갤러리에 어느 공간에 있습니다. 원래는 전시 공간이 아니었지만, 그 작품을 위해 별도의 공간을 만들었습니다. 작품명은 '라일락'이에요.” 그는 자신의 공간에 대해 설명하면서도, 함께 보러 가자는 말은 꺼내지 않았다. “그 연보라색은 사실상, 흰색 물감 80%에 보라색을 20%쯤 아주 섬세하게 혼합한, 희미하면서도 빛의 각도에 따라 온도가 달라지는 색이에요." 나는 그를 떠올릴 때, 본능처럼 무채색이 먼저 떠오른다. 그는 나를 연보라로 기억한다지만, 내게 그는 언제나 무채색이었다. "나는 당신을 보면 무채색이 떠올라요. 물론, 지금 입고 있는 옷 때문일 수도 있지만 그 외에도, 당신 자체가 색을 거부하는 듯한 느낌이에요." 그에게 처음으로 '무채색'이라는 단어를 꺼냈다. 그는 내 말을 조용히 곱씹듯 듣고, 잠시 생각에 잠겼다. "맞습니다. 내게는 색이 없습니다." 이후 그는 오랫동안 '색'에 대한 말을 꺼내지 않았다. 왜 스스로를 무채색이라 여기는 지 꽤 오랜 시간이 흐른 후에야 알게 됐다. 어느새 피노누아 와인 두 병이 비워졌다. 그는 놀라울 정도로 멀쩡했다. 그는 조심스럽고 단정한 어조로 내게 물었다. "데려다 드리는 게 부담이 될까요?" 그는 우리의 속도에 대해 조심스러웠다. "부담은 아니에요. 피곤하지 않으세요?" "부담이 아니라는 답만 들었습니다." 우리는 나란히 그의 자동차 뒷좌석에 앉았다. 조금 가까워진 거리와 술기운에 그의 손가락을 살짝 건드렸다. 그는 손을 낚아채듯 붙잡으며 말했다. "자꾸 이러면, 완급 조절이 어려워질 수도." 나는 피식 웃으며 서울의 야경이 펼쳐진 창가에 머리를 기댔다. 창의 차가운 온도가 이마에 닿자, 뜨거워졌던 얼굴의 온도가 서서히 식어간다. "창문, 열어도 돼요?", "이 차의 모든 창문을 열어도 좋습니다." 차에 가속이 붙고, 차가운 가을 바람이 얼굴에 닿았다. 그렇게, 잊히지 않을 밤이 끝도 없이 깊어졌다.

— 겨울 —

"그런 공간이 생긴다면, 너도 올래?" 지난해 봄, 그녀는 내게 물었다. 그리고 예상보다 빨리 나를 초대했다. "괜찮은 조건으로 계약했어." 그녀는 여의도 한강공원에서 도보 10분쯤 떨어진 상가 거리에 자신만의 작은 공간을 꾸릴 준비를 마쳤다. 관련 전문학교에 다니며 이 길이 자신의 진로임을 확신했고, 확신과 동시에 모든 것을 실행했다. 내가 말하는 '모든 것'이란, 꽤 넓은 범위를 뜻한다. 어떤 길을 선택했다면, 그에 대한 배움과 그 배움을 토대로 한 실무경험이 시작의 첫걸음이라 믿는다. 그 첫걸음을 건너뛰고 다음으로 향하는 건 항상 위태롭다. 그녀는 첫걸음을 단단하게 밟아갔다. 이년 여간 늦깎이 대학 생활을 하며 전문적인 바에서 경험을 쌓았다. 바의 마감은 새벽 2~3시. 어림잡아도 그녀의 수면시간은 늘 부족했을 것이다. 그녀는 '시작'의 조건들을 차근차근 다지고 있었다. 그녀가 괜찮은 매물이 나왔을 때 주저 없이 실행에 옮길 수 있었던 이유는 간단했다. 그녀는 유학을 마친 직후 하루에 두세 개의 아르바이트를 하며 악착같이 돈을 모았다. "이 돈은 지금을 위해 모은 거야. 의미 있는 곳에 쓰고 싶었어. 대출을 조금 받으면 모자란 금액은 다 해결할 수 있어." 그녀는 늘 생각이 많은 사람이었다. 그러나 결코 생각에만 머무르지 않았다. 언제나 상상 속 무언가를 행동으로 옮기는 추진력을 보여줬다. 그녀의 '시작'은 고여 있던 나를 흔들었다. "오늘 시간 괜찮으면, 같이 한번 가볼래? 너한테 제일 먼저 보여주고 싶어.", "아직 남자 친구나, 그 친구는 모르는 거야?", "응. 아직 아무한테도 말 안 했어. 너 빼고는." 여기서 '그 친구'는 L이다. 그녀는 의도적으로 내가 '특별한 사람'임을 강조했다. '나처럼, 너도 나를 좀 더 특별하게 생각해 줘.' 그런 조심스러운 바람이 그 말 안에 숨어 있을 것이다. "L에게는 그냥 장난처럼 넌지시 말한 게 전부야. 가게 오픈하면 매니저로 채용하고 싶은 마음이 있어. 실력이야 아직 배우는 단계라 완벽하진 않아도 꽤 잘하고, 무엇보다 믿을 만한 사람이니까.", "어떻게 믿을 만한 사람인지 확신해? 나도 그렇지만, 그 친구도 아직 어떤 사람이다 판단을 내릴 만큼 오래 본건 아니잖아.", "오래 본건 아니어도, 알 수 있어." 나는 그녀의 단호한 대답에 말을 아낀 채 비밀스러운 공간에 들어섰다. 약간 어두우면서도 따뜻한 주황빛 조명이 은은하게 퍼져 있었다. 빛과 어둠이 맞닿은 경계, 그 섬세한 조율 안에서 이 공간은 고요하게 숨 쉬고 있었다. 고급스러운 월넛색 원목 가구는, 겨울, 정확히는 연말의 어떤 밤을 떠올리게 했다. 아득한 조명이 가구의 결을 따라 길게 늘어지고, 그 결 속엔 계절보다 조금 더 오래된 기억들이 포개져 있었다. 공간 곳곳엔 질박하게 덧댄 원목이 있었다. 그 디테일이 의도한 것인지 아닌지는 알 수 없지만 그곳에 발을 디디는 순간, 어디선가 캐럴이 흐를 것 같은 기분이 들었다. 12월 31일, 한

해의 시간이 마침표를 찍기 직전의 따뜻한 온도 같았다. 작고 아담한 공간에 바 테이블 하나, 네 사람이 앉을 수 있는 테이블 두 개가 놓여 있었다. 그 작은 구조 속에, 그녀의 마음이 겹겹이 배어 있었다. "어때?" 그녀는 살짝 초조한 표정으로 내 반응을 기다렸다. 나는 그녀에게 언제나 직설적이고 냉정한, 그래서 조금 어려운 존재였다. "좋아. 정말 좋아. 진심이야." 진심이었다. 그 공간은 내 마음을 울렸다. 너무 벅차서, 조금 슬프기까지 했다. 그녀의 계절과 신념, 사랑과 상처가 고스란히 퇴적된 풍경 같았다. 말하지 않아도 알 수 있었다. 그녀는 겨울이라는 계절에 어떤 애증을 품고 있는 사람이었다. 지독하게 미워하면서도, 시림 속의 따뜻함을 찾아 본능적으로 기울어지는 그 감정의 움직임이, 공간 곳곳에 조용히 새겨져 있었다. 사람의 인생이 어렴풋이 감지되는 공간이란 결국, 그만큼의 정성과 진심이 묻은 장소라는 뜻일 것이다. "이 공간에서, 당신의 인생이 느껴져." 그 말은 내가 그녀에게 전할 수 있는 최고의 찬사였다. 나는 낯간지러운 말을 길게 하지 못하는 사람이고, 그녀는 그런 나를 알고 있었다. "고마워. 덕분에 잘 해낼 수 있을 것 같아." 무채색의 그 남자의 갤러리, 그리고 이 겨울의 공간. 이 두 세계에 동시에 초대받고 싶었다. 하나는 창작의 근원, 하나는 위로의 풍경이 아닐까. "만나는 사람이 생겼어." 내 말에 그녀는 장난스럽게 팔을 툭 쳤다. "그 사람이랑 같이 와도 돼?" 그 질문에, 그녀는 아무 말도 하지 못했다. 그리고 이내 갑작스러운 눈물을 흘리기 시작했다. 그녀의 눈물에는 복잡한 층위가 겹쳐 있었다. 그녀의 볼을 타고 고요하게 떨어지는 눈물 한 방울에 쌓여온 오해와 외로움, 그리고 안도감이 섞여 있었다. "너한테 나는 그다지 중요한 사람이 아닌 줄 알았어. 너도, 내 연인도 전부. 나 혼자만 좋아했던 거구나 그렇게 생각했어. 그런데 그냥, 그들의 방식이구나 싶더라. 방금 네가 건넨 짧은 한마디가 가장 진심처럼 느껴졌어. 나를 가볍게 보지 않는구나 그런 생각이 드니까, 갑자기 눈물이 나네. 고마워." 그녀는 아마도, 오랫동안 마음이 닿았던 타인을 만나지 못했던 것 같다. 혹은, 닿았지만 서로 알아차리지 못했거나. 그리고 여전히, 그녀의 연인은 감정의 끓는 지점에 도달하지 못한 듯했다. 그날 내 말 한마디에 그녀가 흘린 눈물의 진심을 나는 오래도록 잊지 못할 것이다. 그녀의 공간에서 함께 했던 수많은 계절이 떠오른다. 곁들여 마셨던 술, 스피커 너머로 들리던 캐럴 혹은 감각적인 R&B 음악과, 빛과 그림자의 경계에서 포개졌던 기억의 온도. 그 모든 것이 그립다. 그 그리움에 사무쳐, 내 세상은 온통 흑백이 되었다. 나는 다시 한번 그녀라는 색으로 내 세상을 덧칠하고 싶다. 다시 한번, 따뜻했던 그 겨울로 돌아가고 싶다. 그리고 무엇보다 그날 전하지 못했던 진심을, '말'로 전하고 싶다. "나도, 고마워."

겨울의 정점이었지만 여느 날보다 기온이 높아 서글픈 겨울비가 내리던 날이었다. "인사동의 간판 없는 전집에서 막걸리 한잔 어때요?" 무채색의 그 남자는 그림을 그리던 중, 빗소리를 듣고 전화를 걸어왔다. "창밖을 보지도 않았는데, 빗소리가 들리네요. 나는 아직 그의 갤러리에 가본 적이 없다. "간판 없는 전집 말고, 간판 없는 싱글몰트 위스키바는 어때요? 기본 조건은 동일해요. 오늘은 비가 오고, 두 곳 다 간판이 없죠. 다만, 위스키바는 어느 계절에 가도 겨울 같은 곳이에요. 당신은 둘 다 경험이 없으니 직관적으로 끌리는 곳으로요." 나는 그녀의 바에 가고 싶었다. 왠지 모르게, 비 내리는 인사동의 간판 없는 전집은 무채색의 그 남자와 동행하고 싶지 않았다. 그곳은 혼자만 간직하고 싶은, 공공연한 비밀 같은 장소이다. "간판이 없는 겨울 같은 곳에 소중한 걸 두고 오셨나 봅니다." 나는 무채색의 그 남자를 처음으로 타인에게 보여주게 되었다. '소개'라고 부를 만큼 거창하진 않았지만, 어쨌든. 그녀의 싱글몰트 위스키바는 30대에서 50대 직장인이 주 고객이었다. 그들도 아마 나와 같은 걸 느꼈을지도 모른다. 이를테면 시림 속에서 피어난 따뜻함 같은 것을 말이다. 무채색의 그 남자는 진회색 롱코트에 검은색 목도리를 하고 있었다. 그녀 대신 L이 우리를 맞이했다. "안녕하세요. 사장님은 잠깐 자리를 비우셨는데, 십 분쯤 후에 오실 거예요." L은 흰 셔츠에, 잔체크 무늬가 새겨진 헤링본 정장을 입고 있었다. 첫 만남 이후에도 몇 번의 가벼운 인사를 주고받은 사이지만 그녀가 없다면 더 이상의 만남은 없을 정도의 거리가 나와 L의 관계였다. 하지만 L은 이미 내 취향을 어느 정도 파악하고 있었다. "오늘도 애플 마티니 먼저 드실 건가요?" 나는 늘 그녀가 만든 애플 마티니로 시작했다. 그 후엔 그녀의 추천메뉴, 마지막엔 와인으로 마무리하며 겨울밤을 보냈다. "네, 우선 기다릴게요." 우리는 홀 테이블에 앉아 조용히 이야기를 나누었다. "겨울 같은 곳이네요. 소중한 무언가는 아직 도착하지 않은 모양이고요.", "네. 당신이 보기에, 이곳은 어떤 느낌인가요?", "직관적으로는, 고급스러운 취향을 가진 분이 운영하시는 것 같고요. 다른 의미라면, 이곳을 배경으로 그림을 그린다면 외로움에 몸부림치는 어린 소녀를 그릴 것 같아요. 얇은 옷에 빨간 목도리를 두른 채 낯선 도시의 골목을 떠도는, 자신을 잃어가는 그런 소녀요." 그는 말없이 주변을 둘러보았다. 이곳의 채광, 벽의 텍스처, 정물처럼 놓인 가구 하나까지 느릿하지만 정확한 시선으로 훑는다. 마치 나무에 기대선 소녀를 상상하듯, 그의 눈엔 이 공간이 하나의 캔버스로 투영되고 있었다. "어떤 드로잉이 떠올라요. 가느다란 선들, 날이 선 구조물 속에서 위태롭게 서 있는 소녀. 그림 속 소녀는 늘 혼자였죠. 그리고 그 외로움은, 단순한 고독이 아닌 구조적 감정처럼 느껴졌어요. 이곳에도 그런 구조적 외로움이 있어요. 의도된 정적, 정교한 고립 같은 것들." 그는 이어서 말했다. "이런 풍경은 한 번쯤 그려야만 해요. 언젠가, 이곳을 기억하며 그림을 그리게 될지도 모르겠네요." 그에게 '그림을 그리고 싶다'는 건 곧, 감정이 움직였다는 뜻이다. 그는 선명한 감정의 결이 마음 안에서 어렴풋이 형상화될 때, 그 감정을 붙잡기 위해 '예술가의 언어'를 꺼내 든다. 그는 주머니에서 휴대폰을 꺼내 한 장의 사진을 찍었다. 단지 기록을 위한 것이 아니라, 감정의 스냅샷 같은 것이다. 그 감정이 사라지기 전에 채집해 두려는, 예술가로서의 반사적인 습관인 듯하다. L이 빈 물잔을 채우기 위해 테이블로 다가왔을 때, 나의 소중한 그녀가 문을 열고 들어왔다. 그녀의 옆에는 그녀의 연인이 있었다. "뭐야, 말도 없이 어쩐 일이야. 오래 기다렸어? 안녕하세요." 그녀는 내게는 반가움을, 무채색의 그 남자에게는 인사를 동시에 건넸다. "안녕하세요." 그녀와 무채색의 그 남자의 첫 만남이었다. 하지만, 그의 시선은 그녀의 연인을 향해 있었다. 나는 그 시선이 꽤 길게 머무는 것을 보았다. 의미는 알 수 없었지만, 그 공간에는 다시는 보지 못할 묘한 조합의 사람들이 모여 있었다. 나, 그녀, L, 무채색의 그 남자, 그리고 그녀의 연인. 묘한 긴장감이 흘렀다. 나도 조용히 그녀의 연인에게 인사를 건넸다. "안녕하세요. 오랜만에 뵙네요.", "네, 그동안 잘 지내셨죠?" 그녀는 연인을 바테이블에 앉히고, 나를 위한 애플 마티니를 만들었다. L은 그녀의 연인에게 위스키를 따랐다. 무슨 위스키인지는 보지 못했다. 그녀의 선택을 반대하던 연인이 이제는 꽤 자주 이곳을 드나드는 모양이었다. 그녀의 모든 것을 받아들이기로 결심한 걸까? "회사가 여의도에 있는 걸로 기억해요. 자주 오시겠네요.", "네, 전보다는 자주 얼굴을 보게 되었죠." 그 이후엔,

아무 말도 없었다. 어느새 우리 앞엔 애플 마티니 두 잔이 놓여 있었다. 나는 그 잔을 바라보다, 무채색의 그 남자를 보았다. 그는 애플 마티니와 나를 번갈아 보았다. "왜요?", "참, 예쁘다는 생각을 하고 있었습니다." 하필 그 '예쁘다'는 말을 나를 보며 하는 바람에, 순간 얼굴이 살짝 달아올랐다. 우리는 우리의 대화를 나누었다. 그리고 그녀는 그녀의 연인과 대화를 나누었다. L은 묵묵히 자신에게 주어진 일을 했다. 이 애매한 구도 속에서 나는 문득, 그녀의 연인을 가위로 잘라 이 순간에서 도려내고 싶다는 충동을 느꼈다. "한 잔씩 더 마시고, 자리를 옮기는 건 어떨까요?" 무채색의 그 남자가 내 기분의 변화를 눈치챘는지 조심스럽게 제안했다. "네. 다음에 다시 와요." 그녀의 애플 마티니는 언제나 완벽하다. "또 올게. 오늘도 잘 마셨어.", "내가 오늘 정신이 없어서 제대로 챙겨주지 못했네. 반가웠습니다. 다음에 또 봬요." 나는 그녀의 연인과 L에게 가볍게 인사를 건넨 후 차가운 여의도의 밤거리로 나왔다. 무채색의 그 남자는 여의도의 밤거리에 우두커니 서 있는 내 팔을 붙들었다. "아까, 계시던 분 말입니다." 그녀의 연인을 말하는 듯했다. "네.", "분명 뵌 적이 있는 것 같아요. 갤러리 고객이셨던가. 고객이면 제가 기억을 못 할 리가 없는데요." 그의 시선이 멈칫했던 이유를 알 것 같았다. "그러니까, 누군가와 함께 있는 걸 본 적이 있는 것 같아요." 순간, 그의 손목에서 반짝였던 디지털 워치의 알림 화면이 떠올랐다. 무채색의 그 남자는 '헷갈리는'

게 아니다. 분명히 그녀의 연인을 알고 있다. 그녀의 연인은 무언가 감추는 것이 있다. 적어도 내 직감은 그렇게 말하고 있었다. 하지만, 내가 그 불확실한 진실의 조각을 꺼내 놓을 이유는 없었다. 더더욱, 내가 직접 그녀에게 불신의 씨앗을 던져줄 이유는 없었다. "어느 것 하나 확실한 게 없으니, 우선은 함구하도록 해보죠." 그 역시 덧붙였다. 지금은 오롯이 서로에게 집중하기로 하는 편이 나을 것 같다. 하지만 내 바람과는 달리, 무채색의 그 남자는 '우리'에 대해 말하지 않았다. "바에서 근무하던 분을, 잘 아시나요?" 그는 이번엔 L에 대한 질문을 건넸다. "아뇨. 그녀를 통해서 몇 번 본 게 전부예요. 그녀의 학교 동기고, 지금은 함께 일하는 직원이고요.", "그분을 보는 데 문득 그런 생각이 들더군요. 당신과 인연이 꽤 깊어 보였어요. 그냥, 단순히 제 느낌일 뿐입니다.", "그럴 일은 없을 거예요. 그녀가 없으면 말 한마디 나누지 않는 사이니까요." 그의 표정은 감정이 없는 듯 무심했지만, 그 안에는 무를 가장한 수많은 생각의 덩어리가 있는 것처럼 느껴졌다. "차차 두고 보면 알겠죠." 그의 아리송한 얼굴을 보며 나는 불쑥, '그냥, 인사동의 간판 없는 전집에 갈 걸.' 후회했다.

2부

시작(2020)

— 봄 —

　무채색의 그 남자는 마침내 나를 그의 갤러리에 초대했다. "제가 그린 당신을, 라일락을 보러 오시겠어요?" 그의 공간이 궁금했지만, 나는 그의 허락이 있기 전까지, 그에 대한 정보조차 검색하지 않았다. 그의 인생을 있는 그대로 보고 싶었다. 그날은, 만개한 꽃들의 향이 뒤섞여 어느 하나의 향도 분간하기 어려울 만큼 완연한 봄이었다. 나는 아끼는 연보라색 원피스를 꺼내 입고 허리까지 내려오는 긴 머리를 단정히 묶었다. 그의 라일락이라면, 아마도 이런 느낌이지 않을까 상상했다. 그가 보내준 주소를 네비게이션에 입력하고 출발을 알리는 메시지를 보냈다. 곧 도착한 그의 답장은 짧았다. [당신의 생각과는 다른 곳일 수도.] 피식 웃었다. 여느 때처럼 창문을 열고, 뜨거운 커피를 마시며 그의 세계로 한 걸음 다가갔다. 그런데 문득 조바심이 났다. 지난해 봄, 나는 분명 고여 있는 나 자신을 알고 있었다. 그런데 계절이 다시 돌아온 지금도 나는 여전히 그 자리에 머물러 있었다. H는 진즉 자신의 적성을 좇았고, 그녀 역시 선명한 진로를 걷고 있다. 무채색의 그 남자는 비교조차 미안할 만큼 한참 앞서 있었다. 도대체 나는 언제까지 멈춰 있을 것인가. 봄꽃의 들뜬 기운이 어느 순간 혼란과 뒤섞이며 마음속 어딘가를 헤집었다.

그의 갤러리는 경기도 외곽의 한 예술 마을에 있었다. 그가 말했던 대로 정석의 '갤러리'라는 이미지와는 전혀 다른 곳이었다. 정확히 말하자면 갤러리라기보다는, 어느 부유한 예술가의 집에 가까웠다. 건물 외벽은 진회색 벽돌로 이루어져 있었고, 그 사이사이에 붉은 벽돌이 불규칙하게 섞여 있었다. 정면을 기준으로 왼편엔 거대한 유리창이 있었다. 창보다는 전면 유리문에 가까운 크기였지만, 실제 출입구는 별도로 존재했기에 나는 그것을 '창'이라 불렀다. 그 왼쪽 창이 마음에 들었다. 그 창너머로 보이는 갤러리 내부는 감각적인 구조와 조명의 질감이 엿보였다. 무엇보다 내 시선을 끈 건, 지붕 위의 굴뚝이었다. 무채색의 그 남자라면 분명 굴뚝이 있는 집을 사랑할 것 같았다. 출입문을 열고 들어섰을 때 낯선 분위기의 동양풍 음악이 흘러나왔다. 너무도 이질적인 조합에 잠시 그 자리에 멈춰 섰다. 그가 말했던 '갤러리의 정석에서 벗어난 곳'이라는 말은 바로 이 내부 구성을 말하는 것이었다. 보통 갤러리라 하면 기둥을 제외하곤 탁 트인 평면 구조, 넓은 벽에 규칙적으로 걸린 작품들, 흰색 조명 아래의 정적이다. 그러나 이곳은 그 모든 전형에서 벗어나 있었다. 그의 공간에는 고가의 앤티크 가구들이 한 치의 여백 없이 배치되어 있었다. 그것들은 단순한 '디자인'이 아닌, 역사와 손때가 남은 실제 오브제처럼 느껴졌다. 유학 시절 수집한 것들이 아닐까. 공간 전체는 마치 1930년대 유럽의 살롱이나, 영화 속에서 보던 지적이고 감성적인 누군가의 서재를 연상케 했다. 그녀의 비밀스러운 공간이 겹쳐 보였다. 무채색의 그 남자의 갤러리에는 질서가 없다. 하지만, 그 무질서가 곧 이 공간의 질서처럼 느껴졌다. 정제된 화이트 큐브 대신, 감정의 결이 살아 있는 살아 있는 공간이었다. 벽보다 가구를 활용해 그림을 전시했다. 그중 유난히 눈에 들어오는 그림이 한 점 있었다. 처음이었다. 생애 처음으로 본능적으로 이끌리듯 한 점의 그림 앞에 가만히 멈춰 섰다. 수없이 많은 그림을 봐왔지만, 이토록 내 마음을 앗아간 적은 없었다. 배경은 밤을 상징하는 어두운 색조로 이루어져 있었다. 그러나 그림 속 인물, 그 여자의 머리칼에서 흘러내리는 빛은, 배경 전체를 한낮처럼 착각하게 만들었다. 달빛이 쏟아진 걸까, 아니면, 그녀 자신이 빛을 내고 있는 것일까. 희미해지는 자신의 존재를 남기기 위한 마지막 발악의 빛 같아 보이기도 했다. 그 빛은 머리끝으로 갈수록 희미해졌다. 사라지듯, 꺼지듯. 그리고 그녀는 울고 있었다. 나는 곧장, 작품의 타이틀 플레이트를 확인했다.

‘잊히다’

무채색의 그 남자가 내 옆으로 다가온 것도, 내가 얼마나 오래 그 그림 앞에 서 있었는지도 도무지 알 수 없었다. 그림 속 여인처럼 내 안의 무언가도 서서히 꺼지고 있었는지도 모르겠다. 그 그림 앞에서, 위대한 결심이 일었다. 고작 그림 한 점이 고여 있던 내 삶을 움직이게 했다. “당신을 이토록 오래 붙들 정도로 의미가 있는 작품인가요?” 그가 조심스레 질문을 건넸다. 그림에서 시선을 떼지 않은 채, 고개를 끄덕였다. “원래는 ‘라일락’을 먼저 보여드리고 싶었는데, 이 작품이 당신을 붙잡았네요.” 나는 그에게 그림의 의미를 묻지 않았다. 그리고 처음으로 가족, 정확히는 아버지에 대한 이야기를 꺼냈다. “저 그림 속 여자가 마치 제 아버지 같았어요.” 나는 천천히 말을 이어갔다. “아버지는 어릴 적부터 사업을 하셨고, 평생 그것만 바라보고 살아오셨죠. 하지만 결국 아무것도 남지 않았어요. 가장 빛났던 시절이 사라지고 나니, 지금은 아무도 그때의 아버지를 기억하지 않더라고요.” 그림 속 여자의 옅어지는 빛처럼, 아버지의 찬란했던 날들도 세상의 흐름 속에 조용히 스러져가고 있었다. “만개하던 꽃이 얼마나 그리울까요. 자신의 인생을 스스로 내려놓는다는 게 얼마나 잔인한 일일까요.” 그림을 응시하던 나는 덧붙였다. “다시, 아버지에게 꽃이 피는 날이 올 수 있을까요.” 무채색의 그 남자는 그 어떤 말도 하지 않은 채, 묵묵히 내 이야기를 들었다. “사실 그림 앞에서 마음이 움직인 건 처음이에요. 그런데 단 하나의 그림이, 누군가의 삶을 바꿀 수 있다는 걸 오늘 알게 됐어요." 그는 미소를 지으며 말했다. "억지로 보려 해도 보이지 않던 것들이, 알려고 해도 알 수 없던 것들이 때론 전혀 예상하지 못한 순간에 우리 앞에 모습을 드러냅니다. 그림은, 그런 순간들을 가장 잘 품어주는 언어예요." 나는 고개를 끄덕였다. "아버지가, 잊히지 않길 바라요. 그래서 어떤 결정을 내렸습니다." 그는 단호하고도 다정한 어조로 대답했다. "무엇이든 좋습니다. 당신은 해낼 수 있어요. 그냥 하는 말이 아니에요. 당신은 정말 가능합니다." 나는 한 점의 그림 앞에서 삶을 선택했다. "저 그림을 선물로 드리고 싶어요." 그의 뜻밖의 말에 놀라 손사래부터 쳤다. "아니에요. 고가의 작품을 받을 순 없어요. 이 공간에서 그림을 보는 것만으로도 충분해요." 그는 내 말을 끊지 않으려 조심스럽게 말끝을 이었다. "갤러리를 찾은 수많은 관람객 중, 당신만큼 오래 그 그림 앞에 머문 사람은 없었어요. 그림은, 그 가치를 진심으로 알아보는 사람에게 가야 한다고 생각합니다." 그가 말을 덧붙였다. "그리고 오늘 당신은 정말 아름다웠어요. 당신을 보고 또 한 점의 그림을 그릴 수 있겠다는 생각이 들었습니다. 이 정도면, 우리 서로에게 충분한 가치를 교환한 셈 아닐까요?", "고마워요. 이제, 라일락을 보고 싶어요." 그는 내 손을 조심스럽게 이끌며 갤러리 가장 안쪽, 가벽으로 프라이빗하게 분리된 공간으로 안내했다. 그곳은 마치 전시 공간이 아닌 그의 마음 한 조각을 들여다보는 느낌이었다. 실내는 연보라색이 주조를 이루었고, 천을 둘러 무채색을 피한 소파와 조명이 공간에 온기를 더했다. 그 안에서 유일하게 살아 있는 생명체처럼 놓인 한 송이의 라일락. "당신에게 전하고 싶었던, 제 마음이에요." 그의 목소리는 낮고 단정했다. 그림은 아름다웠지만, 인물의 얼굴이 없었다. 형태는 분명 존재하지만, 마치 신기루처럼 손에 닿지 않는 감정이었다. 너무나 완벽하게 형상화된 슬픔, 그 미묘함이 나를 먹먹하게 만들었다. 나는 그림을 한참 바라보다 조심스럽게 말을 꺼냈다. "마치, 지금의 우리도 닿을 수 없는 허상일까 두렵네요." 그는 잠시 침묵하더니 고개를 끄덕였다. "당신을 제대로 알게 된 후에도, 얼굴이 있는 그림을 그릴 수가 없었어요. 그 전부터 머릿속에 남아 있던 상상 속 당신이 너무 선명했거든요." 나는 무슨 말을 더 보태야 할지 몰랐다. 그의 그림은 실체였지만, 의미는 아득했다. 허상과 실재 사이, 그 경계에 서 있는 기분이 들었다. 그 애매한 공기를 털어내고 싶어, 일부러 질문을 던졌다. "그런데, 왜 갤러리에 동양풍 음악을 트신 거예요?" 내 예상 밖의 질문에 그가 웃음을 터뜨렸다. 그의 웃음은 진심이었다. "그냥요. 그날그날 기분 따라 듣고 싶은 걸 골라요. 특별한 이유는 없어요." 그는 아직 남은 작업이 있다며 양해를 구하고 사무실 안쪽으로 들어갔다. 나는 조용히 갤러리의 이곳저곳을 둘러봤다. 세심한 조명, 오래된 유럽풍 가구들, 고의로 무질서를 유지하는 듯한 회화의 배치. 이 공간에는 그가 살아온 시간이 고스란히 새겨져 있었다. 그의 삶이 그림만큼이나 선명하게 느껴졌다. 그림을 고집스레 가구에 올려서 전시한 것부터, 그림 앞 한 송이의 꽃까지, 그 모든 것이 그의 뛰어나지만 독특한 미감을 드러내고 있었다. 한 가지 다른 점이 있었다. 그의 몸에서 풍기던 향과, 이 공간에 배어 있는 향이 분명 달랐다. 그에게서는 청량한 숲 내음이 스며 나왔지만, 이곳에는 어딘가 낯선 비누 계열의 부드러운 향이 감돌았다. 아마도, 그의 삶에 잠시 머물렀던 누군가의 잔향이 아닐지 생각했다. 약 삼십 분쯤, 천천히 갤러리를 둘러보다 보니 그가 정성스럽게 포장된 그림 한 점을 들고 조용히 다가왔다. "차 문 좀 열어주세요." 그가 업무를 처리하러 자리를 비웠다는 말은, 아마 포장을 위한 핑계였던 것 같다. 그림은 안이 희미하게 비치는 얇은 백색 거즈 천으로 감싸져 있었고, 천에서는 그와 닮은 숲 향이 희미하게 배 있었다. "고마워요. 이 그림 덕분에 저는 오늘부터 달라질 수 있을 것 같아요.", "내게 소중한 그림이, 소중한 사람의 인생에 변화를 줄 수 있었다니 오히려 내가 더 고맙죠." 참으로 신기한 봄날이었다. 그가 선물한 그림은 여전히 내 이야기의 마지막 장면에 등장할, 내 모든 감정을 고스란히 모아놓은 공간 한편에 놓여 있다. 사계절 중 어떤 날이든 그 그림 앞에 서면 그 봄날을 떠올리게 된다. 그리고 어딘가에서, 무채색의 그 남자의 부드러운 웃음소리가 바람을 타고 나직이 들려온다.

여름, 두 가지 중요한 일이 일어났다. 우선, 처음 갔던 갤러리에서 '그 그림'을 본 이후 진로에 대한 중대한 선택을 했다는 것이다. 나는 '사업'이라는 세계로 나가 아버지의 발걸음을 좇기로 했다. 그저 쇼핑몰 창업이나 카페 운영처럼 자영업의 테두리에 머무는 것이 아닌, 명확한 구조와 비전이 있는, 창의적이고 예술 기반의 비즈니스 모델을 갖춘 진짜 '창업'을 선택한 것이다. 그녀의 성실한 시작이 정체되어 있던 나를 일으켜 세웠고, 그의 그림이 논리 없이 나를 설득했다. 어떤 이들은 단순히 그림 한 점에 이끌려 인생의 방향을 정한 것을 무모하다고 말할지 모른다. 그러나 그 그림은 내게 두 번째 파도였다. 첫 번째 파도는 어린 시절이었다. '연극반모집'이라는 다섯 글자를 처음 보았을 때 느꼈던 전율과는 다른, 더 깊고 잔잔하게 밀려오는 파도였다. 조금 더 많은 계절을 살아낸 나만이 알아볼 수 있는 차이였다. 언젠가 아버지에게 꽃밭을 선물하리라 결심했다. 한때 만개했다가 시들어간 아버지의 생을 위해, 영원히 피어 있을 수 있는 꽃밭을 만들어 드리겠다고. 나는 예술품의 렌털과 판매, 그리고 경매를 연결하는 이커머스 플랫폼 사업을 준비했다. '예술'은 언제나 내 삶의 이면을 채운 배경이었고, 그림을 통해 울림을 느끼기 전부터 예술이라는 언어를 배워가고 있었다. 또한, 어릴 적부터 아버지의 곁에서 사업을 익혀왔기에 구체적인 틀을 짜내는 데 있어 주저함이 없었다. 나는 첫 자금을 마련하기 위해 내 인생의 첫 '사업 계획서'를 작성했다. 그 순간이 내게 얼마나 아름다운 풍경으로 남게 될지 알고 있기에, 동대문 한복판, 오래된 호텔의 방을 빌리기로 했다. 사람들의 열기와 침묵을 동시에 느끼고 싶었다. 세 시간 정도 거리를 걷고 뜨거운 커피 두 잔을 샀다. 지독한 카페인이 수면에 얼마나 치명적인지 알면서도 커피 향을 포기할 수 없었다. 어차피 밤을 새워 작업할 작정이었으니, 나름대로 의식이자 축제였다. '겨우 사업 계획서 하나 쓰자고 호텔까지?'라며 고개를 저을 수도 있다. 하지만 그 한 장의 별 볼 일 없는 문서는 나에게 첫 붓질과도 같았다. 어떤 예술가가 무의식의 이미지에 질서를 부여하기 위해 색과 선을 배치했듯, 나의 첫걸음을 한 획, 한 획 정성스럽게 구성하고 싶었다. 온도가 완벽하게 고른 여름밤이었다. 모든 것이, 단단하고 뜨겁게 시작되었다. 오직 단 한 곡의 음악만을 반복 재생하며 이미 식어버린 커피를 마셨다. 그 밤에, 나는 언젠가 잃어버린 열정을 몽땅 태웠다. 불타오른 것이 아니라, 잿더미가 될 때까지 조용히 스스로를 태우는 방식이었다. 동이 틀 때까지, 한순간도 작업을 멈추지 않았다. 호텔 창 너머로 아침 햇살이 쏟아져 내릴 때 나는 단 한발의 '총알'을 손에 쥐고 있었다. 무채색의 그 남자에게 짧은 메시지를 보냈다. [밤샘과 총알을 맞바꾸었어.] 그는 여전히 깨어 있었는지, 아니면 아직 잠들지 않았는지 모를 만큼 빠르게 답장을 보내왔다. [물론 커피와 함께했겠지.], [두 잔.], [그림과 커피 중 어떤 것이 당신의 총알에 더 도움이 됐어?], [정신적으로 는 그림, 실질적으로는 커피.] 나는 밤샘과 맞바꾼 단 한 발의 총알로 수 천만 원 규모의 초기 자금을 확보했다. 하지만 돌아보면, 내게 더 오래 남아 있었던 건 돈이 아니라 그 여름밤 느낀 오감의 기억이었다.

그리고 아버지는 병에 걸렸다. 폐 기능이 점차 저하되어 결국엔 호흡 곤란으로 생을 마감하게 되는, 5년에서 10년가량의 여명을 지닌 희귀 질 환이었다. 나는 처음으로 '여명'이라는 단어를 빛이 아니라 그림자 속의 시간으로 받아들였다. 내가 알고 있던 '여명'은 ① 희미하게 밝아오는 새 벽의 빛, ② 희망이라는 메타포였다. 하지만, 아버지의 여명은 우리 가족 에게 너무도 가혹한 예고장이었다. 놀랍게도 아버지는 담담했다. "죽음 은 두렵지 않다."라고 말했다. 되려 우리를 위로했다. 나는 그 담담함이 남은 시간을 온전히 우리에게 내어주기 위한 결의에서 비롯된 것이라 는 것을 알고 있다. 그때부터 나는 하루를 조금 더 열심히 살아냈다. 내 가 더 나은 사람이 되어야 하는 이유는 명확했다. 언젠가 아버지가 가 쁜 숨을 내쉬며 바라보게 될 내 마지막 모습이 당당한 얼굴이길 바랐다. 내가 반드시 아버지에게 선물해야만 하는 건 시들지 않는 꽃밭이었다. 나의 유년 시절은 아버지와 어머니 덕분에 단 한 점의 빈틈도 없이 다채 로운 색들로 채워진 시절이었다. 지독히 추운 아홉 살 겨울 방학, 솜이 불을 온몸에 두르고 책상 앞에 앉아 있던 나에게 아버지는 손수 과일을 깎아 방으로 가져다주었다. 나는 난해하게 얽힌 수학 문제를 아버지에게 물었다. 아버지는 말없이 그 풀이를 알려주었고, 나는 수학을 좋아하게 되었다. 그건 단지 숫자를 이해하게 된 사건이 아니었다. 무조건적인 다정함이 인간의 감정을 바꾸고, 선택을 바꾼다는 것을 그날 알았다. 아이에게 필요한 것은 오직 사랑이고, 부모의 역할은 그 사랑에 대한 헌신이었다. 나는 내가 받은 그 사랑을 가장 나다운 방식으로 환원하고 싶었다. 예술을 통해, 사업을 통해, 그리고 삶을 통해. 나의 아버지는 내게 어떤 것도 요구하지 않았다. 그는 다만 사랑을 주었고, 그 사랑은 연약하던 나를 단단하게 빚었다. 회사를 접은 이후, 아버지는 가족에 대한 미안함을 먼저 떠올리곤 했다. 그러나 '아버지'라는 이름을 잠시 내려놓고 한 남자의 생을 바라본다면, 그는 자신의 전부를 쏟은 꿈을 상실한 사람이었다. 그 누구도 그의 공허를 알아주지 않았다. 이번엔 내가 아버지에게 받은 사랑을 돌려주고 싶다. 그저 내가 만든 찬란한 오색의 꽃밭을 아버지에게 선물할 것이다. 봄의 절정이 어떤 색이었는지 잊지 않도록, 그리고 그 꽃밭이 다시는 시들지 않도록. 나는 그림 앞에 조용히 기도했다. 부디, 나의 꽃밭이 당신에게 온전히 닿을 때까지 이 고단한 삶을 조금만 더 견뎌주세요. 그 여름밤의 기도는 누구에게 닿았을까. 어떤 색으로 스며들었을까.

— 가을 —

겨울을 목전에 둔 가을이었다. 피부를 파고드는 찬 기운으로 계절을 판단한다면, 이미 겨울이라 해도 과언이 아니었다. 나는 밤샘과 맞바꾼 단 한 발의 총알로 수천만 원의 자금을 확보했다. 생애 첫 사업 계획서를 통해 정부지원사업의 1차 서류 심사를 통과했고, 프레젠테이션까지 거쳐 마침내 최종 선정을 손에 쥐었다. 그 미약한 한 줄기 빛조차 아버지의 얼굴을 떠올리게 했다. 합격 통보를 받자마자 아버지에게 전화를 걸었다. "최종 합격했어요. 아직 크진 않지만, 자금이 확보됐어요.", "우리 딸, 정말 대단하구나. 작은 기쁨도 너의 동력으로 삼고, 큰 슬픔에는 무던해지길 바라. 너는 내 자랑스러운 딸이야." '큰 슬픔에도 무던해지라'라는 아버지의 말이 심장을 찔렀다. 내가 상상할 수 있는 가장 큰 슬픔은, 당신의 부재뿐이다. 왜 우리의 이별은 되돌릴 수 없는 마지막 장처럼, 정해진 수순대로 흘러가야만 하는 걸까. 대답이 없는 내게 아버지는 한마디를 덧붙였다. "세상에 영원한 이별도, 영원한 슬픔도 없어. 그러니 어떤 순간에도 행복해야 해." 통화 이후 마음이 뒤엉켜, 가장 안락한 곳을 향해 걸음을 옮겼다. 나는 '공간'의 힘으로 안정을 찾는 줄 알았지만, 돌아보면 그 공간을 안락하게 만든 건 언제나 '그녀'였다. 그녀는 나를 보며 환히 웃는다. 그리고 늘 똑같은 인사로 맞는다. "왔어? 애플 마티니 먼저 마실 거지?" 그녀의 곁에는 언제나 색의 온도를 느낄 수 없는 존재, L이 있다. 우리는 여러 차례 마주쳤지만, 이상할 만큼 그는 내 안에 어떤 색조도 남기지 않았다. 하지만 그렇다고 해서, L이 무채색의 그 남자처럼 '무채색'이라는 개념으로 환원되는 인물은 아니다. 무채색의 그 남자는, 채도를 잃은 감정과도 같은 존재였다. 회화에서 색을 모두 빼낸 뒤 남는 것 명암과 질감, 그리고 그 사이의 고요, 그것이 그의 분위기였다. 반면 L은, 애초에 색을 품은 적 없는 캔버스 같다. 그의 곁에는 붓이 한 번도 닿은 적 없고, 감정의 흔적조차 비껴간 듯한 무표정한 백색이다. 그래서일까. 나는 L을 볼 때마다 '색이 없는 사람'이라기보다는, '색이 비껴간 사람'이라는 인상을 받는다. 그 무채(無彩)의 결은, 무채색의 그 남자와는 전혀 다른 방식으로 나를 불편하게 만들었다. 그녀는 나에게 애플 마티니 한 잔과 토마토 주스를 건넸다. 나는 토마토 주스를 좋아하지 않는다. 하지만 그녀는 언제나 토마토 주스를 건넸고, 나는 언제나 잔을 비우지 않은 채 남겼다. 그런 내 반복을 L이 인지한 듯했다. 그는 아무 말 없이 내 앞에 포도 주스를 놓았다. 조심스러운 배려였다. 그날 이후, 간혹 L을 떠올릴 때마다 나는 포도 주스를 함께 떠올렸다. 나는 애플 마티니와 포도 주스를 번갈아 마시며 근황을 전했다. "아버지가 아파. 물론 당장 어떻게 되진 않겠지만, 빈자리를 상상하면 가슴이 미어져." 그녀는 텅 빈 잔에 다시 토마토 주스를 따랐다. L은 조용히 그 잔을 치우고,

포도 주스를 건넸다. 그녀는 나의 간단한 말에 길게 답했다. "난 아버지를 증오했어. 나의 깊은 결핍은 전부 아버지가 만든 거라고 믿었어. 그런데도, 막상 아버지가 돌아가시면 한동안 흔들릴 것 같아. 미워만 했던 사람의 죽음도 이런데, 평생 사랑했던 사람의 부재를 상상한다는 건 어떻겠어." 애플 마티니는 그날따라 유독 쓰게 느껴졌다. "오늘은 좀 독하네.", "평소랑 똑같이 만들었어. 아마 네 마음이 그렇겠지." 그녀는 내 표정을 살피며, 테이블 위에 끊임없이 간식거리를 올려놓았다. 이토록 내게 아낌없이 주는 그녀는 왜, 내가 토마토 주스를 좋아하지 않는다는 사실을 눈치채지 못하는 걸까. 나는 조심스럽게 휴대폰을 꺼내 그녀에게 그림을 보여줬다. 무채색의 그 남자가 선물한 작품이었다. "이 그림이 나를 움직였어. 어때 보여?" 그녀는 한동안 휴대폰 화면에 시선을 고정한 채 아무 말이 없었다. 그림을 감상하는 데 필요한 시간은 정해져 있지 않다. 때로는 한눈에 스며들기도, 때로는 천천히 침윤되기도 한다. 마침내 그녀가 입을 뗐다. "그림이 슬프다. 마음이 아려. 그분이 직접 그린 거야?", "모르겠어. 그림에 대해선 말을 아꼈어.", "작품 타이틀이 뭐야?", "〈잊히다〉" 그 순간, 아무 연관성도 없는, 그녀와 처음 먹었던 꼬리 수육의 기억이 불현듯 떠올랐다. 기억이란 것도 작품과 비슷해서, 전혀 엉뚱한 것에서 튀어나오곤 한다. 우리는 점차 '말'을 넘어 '대화'를 할 수 있게 되었다. 그녀는 자신의 감정을 일방적으로 쏟아냈었지만, 어느 순간부터 우리는 서로의 마음을 살피는 사람이 되어 있었다. 나는 그날 유독 많은 마음을 꺼내 놓았다. 그녀에게, 그리고 그 이야기를 묵묵히 듣고 있던 L에게까지. 그녀는 여전히 자신의 텅 빈 내면을 타인이 채워 주길 바라면서도, 다른 이의 공허를 자신의 존재로 채워 주고 싶어 하는 사람이었다. 그녀는 누군가의 '단 한 사람'이 되고 싶어 했다. "나, 그 사람과 결혼하고 싶어. 좀 빠른 걸음일 수도 있지만, 너무 사랑해." 사랑이라는 감정의 농도를 짐작해 보려 했다. 나는 아직 누군가와 인생을 나눌 만큼의 감정을 경험해 본 적이 없었다. 그녀는 사랑과 헌신의 깊이를 믿는 사람이었다. "왜 사랑하는데?", "사랑에 '왜'는 붙지 않아. 설명할 수 없는데도 분명히 느끼는 감정이니까." 감정도, 관계도, 심지어 자기 자신을 다루는 방식까지, 그녀의 속도는 늘 빨랐다. 나는 질문을 바꿨다. "왜 결혼하고 싶은데?" 그녀는 잠시 뜸을 들이더니 덧붙였다. "그 사람은 결혼을 원하지 않아. 나 혼자 매달리는 거야. 늘 그랬고, 아마 앞으로도 그럴 거야." 나는 그녀의 연인을 의심하고 있다. 단순한 불호가 아니라, 감각적으로 어딘가 조화롭지 않았다. 하지만, 날카로운 말은 그녀의 연인을 향하지 않았다. 내 화살은 오히려 그녀에게 향했다. "어떤 말이든 머릿속에 떠오르면 그대로 다 하잖아. 멋있어 보일 때도 있지만, 지나칠 때도 있어. 조금만 감정을 천천히 흘려보면 어때?" 나는 그녀에게 감정의 '여백'을 요구하고 있었다. 그녀는 자신이 감당할 수 없는 속도로 다가가서 사랑하고, 부서지는 사람이었다. 나는 그녀가 그렇게 부서지지 않길 바랐다. 그래서 은연중에 자꾸만 그녀의 문제점을 머리에 입력했나 보다. "네 말은 내가 문제가 있어서 그 사람이 결혼을 미룬다는 거야?" 그녀의 질문은 정곡을 찌르기보다, 더듬듯 피곤하게 내려앉았다. 나는 한 박자 늦게 고개를 저었다. "문제가 있다는 게 아니야. 그저, 서로의 속도가 다를 수 있다는 말이었어. 결혼은 생각보다 더 복잡한 구도야." 그녀는 말없이 입술을 깨문다. 나의 대답엔 피로가 먼저 묻어 있었다. 나는 그 피로에 더 이상 무엇도 얹고 싶지 않아, 내가 그녀의 연인을 오래전부터 의심하고 있다는 사실을 조용히 숨겨 넣었다. 아주 단단하게, 단전 깊숙한 곳에. 그것은 그녀를 위한 선택이 아니었다. 그저, 나 자신이 더 이상 피로하지 않기 위한 선택이었다. "난 그 사람에게 모든 걸 맞추고 있어. 지금 그게 내가 할 수 있는 최선이야.", "그 사람이 원하는 사랑이 꼭 그런 건 아닐 수도 있잖아." 내 말은 조심스럽지만 알량한 선의였다. 하지만 말끝마다, 자꾸 그녀 연인의 입장에 서게 된다. 정작 내 마음에서 가장 지켜야 할 감정이 무엇인지, 그 중요한 중심점을 스스로 놓치고 있다는 것도 잊은 채로 말이다. 아마 내가 자리를 뜨고 나면, 그녀는 동이 틀 때까지 이 밤의 나머지를 토해낼 것이다. 그것이 자주 반복된다는 걸 알고 있어, 피로가 몰려왔다. 그녀의 말끝에 이어지는 내 생각이 버거웠다. 무엇이 나를 이렇게 비판적이고, 또 나약하게 만들었을까. "네가 하는 사랑은 다 옳고 위대한 사랑이고, 내가 하는 사랑은 문제 있는 사랑이라는 거야?" 그녀의 말은, 정면을 찌르진 않지만 낮고 고요한 진동처럼 오랫동안 남았다. 나는 한순간, 내 말을 누그러뜨려 줄 감정의 붓끝을 찾지 못했다. "그런 거 아니야." 단지 그렇게 말했을 뿐이다. '미안해'라는 단어는 끝끝내 입술 앞에서 멈춰 섰다. 사과할 수 있는 타이밍을 놓쳤다. 나는 천천히 가방을 들어 올렸다. "오늘은 일찍 들어가 볼게. 잘 마셨어." 그녀는 이미 기분이 상해 있었지만, 늘 하던 대로 휴대폰을 꺼내 택시를 불렀다. 그녀는, 언제나 그런 사람이었다. 자신의 감정을 선명하게 말한 후에도, 상대의 귀가까지를 책임지는 사람. 그러나 난 그녀의 호의를 거절하고 홀로 여의도의 밤거리로 향했다.

— 겨울 —

　한동안 그녀와 연락하지 않았다. 그녀의 침묵이 못내 신경 쓰였지만, 그렇다고 내가 먼저 손을 내밀 생각은 없었다. 어설프게 굽히고 들어가고 싶지 않은, 알량한 자존심이었을까. 결국 그녀가 먼저 내게 연락을 취한 것은 영하 12도의 몹시 추운 어느 날이었다. 그녀는 내게 그녀의 공간에 와 줄 수 있는지 물었고, 나는 별말 없이 수락했다. 그녀의 작은 공간에는 이미 크리스마스트리와 캐럴이 준비되어 있었고, 나는 그녀의 트리에 작은 곰 인형을 걸어 두었다. 내 나름의 작은 사과였다. 연말을 즐기려는 단골손님들로 북적이던 저녁이었는데, L이 보이지 않았다. 나는 그녀와 대화할 수 있는 바 자리에 앉아, 그녀의 손놀림을 물끄러미 바라보았다. 그녀는 칵테일을 만들고, 위스키를 따르고, 빈 잔을 씻어 부드러운 천으로 조심스럽게 닦은 후 진열장에 올려놓았다. 간간이 바 자리에 앉은 손님들과 일상적인 대화를 주고받으며, 그 반복을 이어갔다. 일에 집중한 그녀의 모습에는 묘한 품격이 있다. 그녀는 어느새 애플 마티니 한 잔을 내게 건넸다. "할 말이 있어. 마감하면 문 닫고 이야기하자." 나는 가만히 고개를 끄덕였다. 우리의 이야기이거나, 연인의, 혹은 L의 부재에 대한 이야기일까. 공간 곳곳에 스며든 연말의 따뜻함이 내게 조용한 위로를 건넸다. 매우 사소한 감정이지만 그것은 오직 '겨울'이라는 계절에서만 피어난다. 아무래도 나는, 지독하게 겨울을 사랑하나보다. 그녀는 평소보다 이른 시각에 위스키 잔을 들고 테이블에 앉았다. 출입문 옆의 'OPEN' 표식은 이미 'CLOSED'로 바뀐 상태였다. "지난번에 그렇게 보내고 아무런 연락도 안 해서 미안해." 그녀는 먼저 우리의 이야기를 꺼냈다. "아냐, 내가 말이 지나쳤어.", "틀린 말한 것도 아닌데 뭐." 원래도 하얀 그녀의 얼굴이, 유난히 더 하얗게 질려있었다. "L이 떠났어. 아니, 좋은 기회가 와서 이직했어." 그녀의 말이 끝나기 무섭게, 창백함의 이유가 무엇이었는지 짐작할 수 있었다. "그리고, 이제 보지 않기로 했어." 그토록 죽고 못 살던 사이였는데, 왜 모든 관계를 단절했는지 그 이유가 궁금했다. "왜?", "요즘 마음이 너무 흔들려서, 신경을 제대로 못 썼어." 그녀의 말을 요약하자면, 그녀는 최근 연인과의 문제로 방황하고 있었고, 그로 인해 자신의 책임을 다하지 못했다는 자책이었다. "그래도, 기다려 줄 거라 믿었어." 그녀는 마음이 복잡할 때면 스스로를 고요한 동굴 속에 숨긴다. 나는 그녀의 그런 도피 본능을 잘 알고 있었다. "L이 이직하고 몇 번 연락했는데, 답을 안 했어. 서운한 마음이 있었거든." 나는 말을 아꼈다. "조금만 기다려주면 금방 제자리를 찾을 수 있는데, 아무런 설명 없이 L이 그 공백을 이해하길 바랐어." 누구의 입장에도 서기 어려운 순간이었다. 그녀는 나의 모호한 표정을 슬쩍 훔쳐보고 말을 이었다. "솔직히, 너에게도 서운했어. 내가 다 잘했다는 건 아니지만, 그냥 삶이 너무 버거워서 위로가 필요했거든. 질타받고 싶지 않았어." 그녀는 늘 위로가 필요했다. 아니, 위로가 필요할 수밖에 없는 환경 속에 놓여 있었다. "L이랑은 아예 끝난 거야?", "응. 본인이 먼저 관계를 정리하자고 했어. 나도 기분이 상해서, 더는 만나고 싶지 않아. 우리가 고작 이 정도 사이였나 싶어서." 누구의 잘못도 아니다. 때로는 가까운 사이일수록, 서로를 더 깊이 상처 낸다. 마음에도 없는 말들이 부메랑처럼 가슴을 헤집는다. 가장 소중한 사람을 다시 오지 않을 귀한 손님처럼 대했다면, 다툴 일이 있었을까. 하지만 대부분의 사람은 오히려 소중한 이에게만은 설명 없는 이해를 요구한다. 때론 그것이 '강요'처럼 느껴지기도 한다. 그저, 그들은 미숙했을 뿐이다. 내가 그녀를 이해하지 못했던 것처럼. "요즘 두통이 너무 심해. 서서히 시작되다가, 어느 순간 구토까지 하게 돼. 끔찍해." 그녀는 위로를 원하면서도, 동시에 내게 물었다. "미안해. 너도 아버지 일이나 새로운 시작으로 바쁠 텐데 이런 말 듣기 힘들지?", "아냐.", "누군가 필요해." 그녀는 끊임없이 타인의 온기를 갈구했다. 그 깊은 심연이 얼마나 상처 입어있는지, 감히 가늠조차 어렵다. 사실 나는 알고 싶은 마음조차 없었다. 자신의 불행을 토로하면서도, 여전히 내가 좋아하지 않는 토마토 주스를 건네는 그녀는 도대체 어떤 사람이었을까. 숙취에 좋다는 이유 하나로 매번 조심스레 건네는 그 붉은 잔은, 그녀만의 방식으로 건넨 애정의 표현이었다. 그 마음이 고스란히 전해지기에, 선뜻 마시지도, 또 거절하지도 못한 채 늘 애매하게 빈 잔을 탁자 위에 남겨두곤 했다. 그녀는 이미 술기운에 겨워 몸을 가누지 못하고 있었다. 그러면서도 흐릿한 시선으로 내게 물었다. "누군가 필요해. 너도 그 누군가는 못 되겠지?" 나는 한참을 망설이다가, 우리가 함께했던 어느 밤의 장면을 떠올렸다. "여의도가 좋아. 여의도의 밤거리가 너무 좋아. 늘 우리가 함께했던 날들의 배경이니까. 만약 우리가 다시 볼 수 없다 해도 난 여의도를 잊지 못할 거야. 그 정도 마음으로는 아주 작은 위로도 되지 못할까?" 그녀는 짧게 웃었다. 희미한 웃음이었다. 하지만 진심이 깃든, 어쩌면 이 밤의 가장 따뜻한 빛이었다. "아니. 최고의 위로야." 돌아보면 그녀에게 이 겨울은 참으로 가혹했다. 빛은커녕, 그림자마저 얼어붙는 계절이었다. 조금만 더 일찍, 그녀의 시린 마음을 알아차릴 수 있었다면 그녀의 붉은 잔을 더는 외롭게 두지 않을 수 있었을까.

라일락(2021)

— 봄 —

    단 한 발의 총알로 확보한 자금은 내게 큰 도움이 되었다. 최소한의 기능으로 시장 반응을 확인할 수 있는 베타 버전 앱을 제작해, 본격적인 투자유치의 준비를 시작했다. 수없이 많은 밤을 커피로 견디며 책상 한 구석엔 너덜너덜해진 기획서가 쌓여갔다. 온전히 두뇌를 써야 하는 일들이라 피로는 컸지만, 열정이라는 불꽃은 그 모든 것을 상쇄했다. 오직 '꽃밭'을 선물하기 위해, 나는 맹목적으로 전진했다. 무채색의 그 남자가 선물한 그림은 여전히 포장을 뜯지 않았다. 처음 그림을 봤을 때의 경이로움을 오래도록 간직하고 싶었다. 그 감정이 휘발될까 두려워, 나는 포장을 풀지 않은 그림을 방 한구석에 조심스레 세워두었다. 오랜만에 꽤 바쁘게 지낸 날들이었다. 그즈음, 가까운 지인의 소개로 기업투자활동(IR)의 기회를 얻게 되었다. 속도는 거침없었다. 그리고 나는 마침내, 팀이 필요하다는 사실을 깨달았다. 아이러니하게도, 가장 먼저 떠오른 사람은 L이었다. 그가 내민 포도 주스가 떠올랐다. L. 그리고 그 뒤를 이어 무채색의 그 남자가 했던 말이 되살아났다. "그분을 보는데, 문득 그런 생각이 들더군요. 당신과 인연이 매우 깊어 보여요. 그냥 단순히 제 느낌일 뿐입니다." 진실로 다른 이유는 없었다. 단지 포도 주스가 생각났을 뿐이다. 하지만, 그 포도 주스는 계속해서 나를 따라다녔다. 지워지지 않는 선 하나처럼, 시야에서 사라지지 않았다. 도무지 있을 수 없는 일이다. 꽤 긴 시간, L은 나에게 '무'의 존재에 가까웠다. 그랬던 이가, 고작 포도 주스 한잔으로 이렇게까지 마음속을 맴돌 수 있는 것일까. 나는 알 수 없는 이 감정을 해명해야 했다. 그 해명의 첫 번째 조건은, 그녀에게 양해를 구하는 것이고, 두 번째는, L과 얼굴을 마주하고 이야기를 나누는 것이었다. 책상 위 유리 베이스에 꽂힌 라일락꽃을 만지작거리다, 손끝에서 꽃잎 하나가 뭉개졌다. 그녀에게 L의 이야기를 꺼내는 일이 망설여졌다. 꽃잎으로는 성에 차지 않아, 나는 담배를 한 개비를 꺼냈다. 무채색의 그 남자에게서 배운 취향이었다. 새벽빛이 칠흑 같은 어둠을 밀어낼 때 담배 연기가 공기를 가로지르면 잠시나마 내 생각을 정리해 준다. 단 2분이지만, 그 2분만큼은 확실하다. 담배를 입에 문 채, 불은 붙이지 않은 상태로 그녀에게 전화를 걸었다. "어쩐 일이야. 먼저 전화를 다하고." 나는 어지간한 일이 있지 않으면 먼저 전화를 거는 법이 없다. "할 말이 있어." 그녀는 다소 당황한 듯 잠시 멈췄다. "같이 일할 팀원이 필요해. 그런데 자꾸만 L이 떠올라. 한번 만나보고 싶어. 양해를 구하는 게 우선인 것 같아서. 그 애를 만나봐도 될까?" 그녀의 침묵은 길고 조용했다. "내가 싫다고 하면, 깨끗이 포기할 거야?", "싫다면 안 할 거야. 그런데 솔직히 말하면 그래도 계속 생각은 날 것 같아.", "왜 하필 L이야?" 나는 숨을 고르고 답했다. "실은, 나 토마토 주스를 좋아하지 않아. L이 어느 날부터인가 포도 주스를 건네더라. 정확히는, 그 포도 주스가 계속 생각나는 거야. 그래서 어떤 친구인지 궁금해졌어.", "내가 뭐라고, 반대를 할 수 있겠어." 그녀는 나와 L이 마주하는 것을 원하지 않았다. 아니, 그 이상으로 혐오에 가까운 감정을 품고 있을지도 모른다. 나는 분명 그녀의 마음을 꿰뚫어 봤다. 그럼에도 불구하고, 그 마음을 무시하기로 했다. 미안하다는 말 역시 하지 않았다. 그녀는 짧은 한숨을 내쉬고 전화를 끊었다. 우리 사이에, 무언가 균열이 일어나고 있었다. 문득, 그녀가 기꺼이 나를 찾아와준 새벽이 떠올랐다. 술에 만취한 그날, 새벽 세 시에 전화를 걸자 그녀는 한 시간이 넘는 거리를 달려왔다. 그녀는 동이 틀 때까지 내 옆을 지켰다. 그날의 기억이 떠오른 이유는 나는 이미 L을 선택했기 때문이다. 그녀는 곧, 나에게서 서서히 멀어질 것이다. 고작, 포도 주스 때문에. 결론적으로, L은 나와 함께 하기로 했다. 이전까지의 전개를 고려하면 다소 급작스러운 흐름일 수 있으나, 운명은 때로 단호한 직선을 그린다.

L은 나의 돌연한 연락에 처음엔 냉담한 반응을 보였다. 그녀를 제외하면, 나와 L 사이엔 어떠한 실질적인 접점도 존재하지 않았다. 그럼에도 나는 개의치 않고 준비해 둔 프로젝트 자료와 베타 버전 앱을 L에게 전달했다. "확인 후 대화가 필요하다면 연락해 주세요." L은 정확히 다음 날, 미팅 의사가 있다는 메시지를 남겼다. 미팅 자리에서 L은 세 가지 질문을 던졌다. 첫 번째 질문. "왜 하필, 제게 이 제안을 주신 건가요?" 나는 망설임 없이 답했다. "당신이 내게 내민 포도 주스가 머릿속에서 떠나질 않더군요." L은 수많은 의문을 품은 채 그것을 삼키고 두 번째 질문을 꺼냈다. "제가 합류하게 되면, 어떤 베네핏이 있나요?" 베네핏. L은 철저하게 현실을 중심으로 사고하는 사람이었다. 나는 대답 대신 조용히 창밖으로 시선을 돌렸다. "서울의 밤거리를 보다 보면, 늘 이런 생각을 했어요. 저 수많은 불빛 중, 과연 온전한 내 자리 하나 없을까. 아직 도래하지 않은 미래가 너무 그리워 마음이 닳아 없어질 지경이었죠. 그런데 살아보니 그건 망상이었고, 그 망상을 현실로 끌어오는 건 쉽지 않더라고요. 그 어려운 일을 해보려 해요. 지금부터." 말이 끝나자, L은 나의 이면을 읽기 위해 침묵 속에서 나를 관찰했다. 그리고 마지막 질문을 던졌다. "마지막으로 여쭙겠습니다. 저에게 무엇을 바라시나요?" 나는 한 치의 주저도 없이 말했다. "신의요. 당신에게서, 신의를 바랍니다."

그날 이후, 우리 사이의 '신의'는 구체적인 조항보다도 더 강한, 암묵적이고 절대적인 룰이 되었다. 우리는 서로의 중심을 단 하나의 원칙으로 규정했다. "좋습니다." 나는 손을 내밀었고, L은 그 손을 잡았다. 단 하나의 이유, 세 가지 질문, 악수 한 번으로 맺어진 이 합의는 지나치게 단순했지만, 그래서 더 강렬했다. 어떠한 감정도 깔려 있지 않은, 오직 '일'을 위한 결속. 흔들림 따위에 감정을 허비하지 않는 이 관계의 명료함이, 나는 몹시 좋았다. 우리는, 그녀를 등지고 같은 배에 올랐다.

— 여름 —

가만히 생각해 보면, 나는 겨울을 제외한 계절 중 여름을 가장 좋아하는 것 같다. 유독 인상 깊은 몇몇 순간들이 떠오를 때마다 그 배경에는 늘 여름이 있었으니, 어쩌면 나조차 알지 못했던 내면의 마음은 언제나 여름을 향해 있었는지도 모르겠다. 정확히는, 여름밤의 온도와 후덥지근한 바람을 좋아하는 것 같다. 그런 여름의 어느 날, 나는 첫 사무실을 구했다. 정부에서 운영하는 청년 창업 공간으로, 다양한 혜택과 지원이 주어지는 곳이었다. 사업을 시작하고 가장 먼저 깨달은 건, 아무리 사소한 것이라도 경쟁 없이 얻어낼 수 있는 것은 무엇도 없다는 사실이었다. 사무실 역시 마찬가지였다. 사업계획서 몇 장과 짧은 프레젠테이션으로 나의 전부를 평가받아야 했고, 그것을 원하는 사람들은 생각보다 훨씬 많았다. 수요보다 늘 넘쳐나는 공급, 그로 인해 피 튀기는 경쟁 구도는 당연한 결과였다. 그 사무실은 내게 특별한 의미를 가졌다. 사업 혹은 창업이라는 이름 아래 처음으로 '첫 번째'라는 성과를 낸 순간이었다. 어찌 기쁘지 않을 수 있을까. L과 나는 그 여름, 함께 첫 사무실에 출근했다. 그와 한 공간에서 시간을 보내는 일이 어색하지 않았다. 성실함이 습관처럼 몸에 밴 사람이었고, 말이 많지 않은 덕분에 불필요한 소음도 없었다. 늘 적절한 타이밍에 필요한 것을 건네는 사람이었다. 알고 보니, 꽤 괜찮은 사람이더라 하는 그런 종류의 사람이 L이었다. 우리는 사담을 거의 나누지 않았다. 서로의 영역을 함부로 침범하지 않았고, '그녀'에 대한 이야기는 자연스레 피했다. 아마 L 역시 나에게서 어떤 색도 보지 못했을 것이다. 하지만, 그가 나에게서 색을 느낀 순간은 곧 찾아온다. 그리고 '나'에서 '우리'가 되었다.

가까운 지인의 소개로 얻었던 기업투자활동 기회에 L을 동행했다. 첫 공식 활동이라 긴장감이 있었지만, 결과보다는 과정에서 내게 허락된 '처음'이라는 특별함이 더 크게 다가왔다. 그 설렘은 전율에 가까웠다. 정장을 갖춰 입은 임원들이 일제히 나를 바라보는 순간, 고요한 긴장이 흘렀다. 그러나, 입술을 열어 첫마디를 던졌을 때, 내 안의 세계가 순식간에 색을 되찾았다. 그날 이후로 나는 이 일을 하지 않으면 안 되는 사람이 되었다. 경쟁 속에서 피어나는 치열함을 사랑하게 되었고, 그 치열함이 곧 내 색이 되었다. 프레젠테이션 중 L과 눈이 마주쳤다. 그 짧은 순간, 그의 눈동자에 선명한 생기가 돌았다. 그가 나를 신뢰하기 시작한 것이다. 그 어떤 언어보다 진한 눈빛 하나. 그것이 나를 움직였다. 그는 내 안에서 무한한 색을 보았다. 아마도, 순백색을 전제로 하는 팔레트 같은 존재로 나를 보았던 것 같다. 그리고 우리는, 마침내 같은 캔버스 위에 선 두 인물이 되었다. 나는 L의 눈동자 속에서 처음으로 색을 보았다. 정확히는 그의 눈동자에 비친 나의 색을 보았다. 나는 그 신뢰를 저

버리지 않겠다는 결심을 했다. 누군가의 눈빛 하나로 마음을 빚어본 건 그가 처음이었다. L은 말이 없었지만, 그의 침묵은 언제나 질문이었고, 나는 그 질문에 처음으로 '책임'이라는 대답을 건네고 싶었다. 내가 그의 앞에서 희미하게 웃었을 때, L이 그것을 알아차렸는지는 알 수 없었다. 그 물음은 속으로 삼켰다. 무엇보다 중요한 건, '그 미세한 표정이 내 안에서도 기억되고 있다'는 사실이었다. "고생하셨습니다." 첫 IR이 끝난 뒤, L이 한 말이다. 그는 언제나 내게 그 문장을 건넸다. "데려다줄게. 가는 길에 저녁 먹자." 그 여름, 유독 '처음'이 많았다. 그와 나누는 첫 저녁식사는 말 많은 하루의 끝에, 말이 줄어드는 조용한 식사였다. 식탁 위에 놓인 그릇들과 촉촉한 공기 사이로 우리는 결과에 대한 추측도, 과도한 평가도 남기지 않았다. 이미 손을 떠난 그림처럼, IR은 우리에게 '완성된 과거'였다. 해석은 그들의 몫이고, 우리는 다음 캔버스를 준비할 뿐이었다. "난 지금처럼, 아니 지금보다 더 잘할게. 너도 너의 최선을 다해줘.", "그럼요. 멋있었습니다." 말끝에 스미는 진심 덕분에 우리의 결은 조금씩 편안해지고 있었다. 그때 L이 조심스레 물었다. "그런데, 토마토 주스는 왜 안 좋아하세요?", "맛이 비려. 너는 토마토 주스를 좋아해?", "저도 별로 좋아하지 않아요." 우리는 웃었다. 첫 번째 공통점은 그녀였지만, 두 번째 공통점은 우리가 직접 발견해 낸 것이었다. 그래서인지, 오히려 토마토 주스가 진짜 첫 번째일지도 모른다. 그날 나는 L에 대해 또 한 가지 중요한 사실을 알았다. L은 향이 없다. 정확히 말하면, 향기를 '감추는 사람'이었다. 그는 자신의 존재를 짙은 채도로 드러내기보다, 무채색 배경 위에 은근히 존재하는 여백이 되길 선택했다. 냄새가 없는 공간처럼, 조금 전까지 그가 있었는지도 모를 정도의 무취이다. 그러나 그 무취 속에, 결코 사라지지 않는 한 줄기 인상이 남았다. L은 향이 없어 더욱 선명한 기억으로 남는 사람이었다.

　이제 '우리'가 된 나와 L은 햇살이 쏟아지던 7월의 어느 월요일, 압구정에서 만났다. 굳이 그날에 대해 조심스럽게 문장을 꺼내는 까닭은, 그날이 내 인생에서 결코 지워질 수 없는 하나의 '풍경'이기 때문이다. 우리는 첫 IR을 함께했던 기업의 임원과 다시 마주했다. 이번 미팅은 단순한 대화의 장을 넘어서, 현장 조사를 병행하자는 요청이 담긴 다소 예기치 않은 전개였다. 한낮의 태양은 짙고도 노골적이었다. 약 두 시간 동안, 강렬한 빛이 온몸을 찌르듯 내리쬐는 압구정 거리 위를 걸었다. 신고 있던 구두 뒷굽에 피가 스며들었고, 발뒤꿈치는 마치 쇠못에 긁힌 듯 찢어졌다. 사소한 물리적 고통이 정신을 지배할 수 있다는 사실을, 그날 처음 실감했다. 임원은 우리의 사업에 예상외의 깊은 관심을 보였다. 현장을 유심히 살피며 날카로운 질문들을 던졌고, 나는 그 물음들 앞에서 정제되지 않은 언어로 답을 이어갔다. 가끔 그때를 회상한다. 지금의 나라면, 조금 더 설득력 있게 말할 수 있었을까. 그 두 시간이 내게 남긴 것은 생각보다 많았다. 그런 통증을 참고 걸은 것이 처음이었다. 하지만 무엇보다 중요한 건 위기의 순간에 나와 발을 맞춰주는 조력자가 존재한다는 안도였다. L은 미팅 이전부터 철저히 동선을 계획했고, 나와 함께 사전 조사를 마쳤다. 그가 존재하는 과정에서, 나는 직관적으로 '재미'를 느꼈다. 매분, 매초 전율이 일었다. 분명, 다시 오지 않을 오늘이었다. 나는 L과 함께 협업이란 것이 무엇인지 아주 미세하게 실감했다. 우리는 '결과'보다 '과정'에 집중하고 있었다. 그러는 사이, L에 대한 감정이 변화했다. 그를 향해 단단히 묶인 유대감이 생겨났고, 그 고통의 풍경을 함께 지나며 나 혼자서는 결코 만들 수 없는 온기가 느껴졌다. 그리고, 그날의 가장 아름다운 선물은 단연코 희망이었다. 압구정의 거리와, L이 내게 '희망'이라는 단어를 선물해 주었다. 희망. 그것은 단순한 감정이 아니라, 방향이다. 그것은 어둠 속에서 단 한 줄기 빛으로 번지는 무명의 스케치와도 같은, 내 안에 새겨진 가장 생생한 좌표였다. 두어 시간의 미팅이 끝난 후, L은 내게 잠시 기다리라 말하곤 어딘가로 사라졌다. 그리고 오 분 후, 그는 밴드와 약을 손에 쥔 채 나타났다. "발 많이 불편하시죠?" 포도 주스를 건넸던 그날처럼, 그는 늘 필요한 것을 조용히 건넨다. "괜찮은데." 입안에서 맴도는 '고마워'는 끝내 목구멍을 넘지 못했다. 그러나 L은, 고맙다는 말을 입에 담지 않는 나에게 차츰 익숙해졌다. L은 향이 없는 채로 오래 기억되는 수묵화처럼 은근한 방식으로 내 곁에 스며들었다.

　무채색의 그 남자는 '라일락'을 그리고 싶다며 나를 갤러리로 초대했다. 이번이 두 번째 방문이었다. 그는 핸드 드립으로 커피를 내렸다. 커피는 놀라울 정도로 깊은 풍미를 지니고 있었고, 잠시지만 그 향만으로도 공간이 가득 채워졌다. "내 가장 깊은 곳에 있는 진실 혹은 거짓을 이 작품 안에 녹여낼 수 있을 것 같아.", "어째서 진실 혹은 거짓이야?", "진실이라 믿었던 것이 실은 허상이었을 때가 있고, 허상이라 여긴 것이 놀랍게도 진실인 경우도 있으니까." 내면의 갈등과 감정의 진폭을 담으려는 예술가의 고뇌 같은 그의 말은 다소 모호했지만, 그 의미를 어렴풋이 알 것 같았다. 그가 말하는 '진실과 거짓'은 바로 감정의 해상도에 대한 탐구였다. "그런데 한 가지 문제가 있어. 여전히 얼굴을 그릴 수가 없단 말이지. 난 이 작품을 연작으로 이어가려 해. 완성까지 몇 년의 텀을 두고 내 모든 것을 쏟아부을 생각이야. 하지만 그 시작은 '얼굴'을 그리는 일인데, 그게 막혀 있어.", "그래서, 내가 뭘 도와주면 되는데?" 이제는 자연스레 말을 놓을 만큼 가까워졌다. "별거 아냐. 당신의 모든 이야기를 들려줘. 특히, 어떤 일이 생겼을 때 어떤 감정이었는지 아주 세밀하게. 시간이 된다면 일주일에 한 번, 이곳에서 이야기해 줄 수 있을까?" 무채색의 그 남자의 유일한 뮤즈가 되고 싶었다. "좋아. 단, 한 가지 조건이 있어. 라일락을 완성하기 전까지 다른 그림은 그리지 마. 내가 당신의 유일한 뮤즈야.", "아무렴. 약속할게." 그는 덧붙였다. "그리고 갤러리에 올 땐 아무 무늬도 없는 흰색 옷을 입어줘. 오늘처럼. 그래야 당신의 표정과 기류에만 집중할 수 있어." 그는 큰 창 앞에 철제 프레임의 미드 센추리 모던 스타일 의자를 배치했다. 나는 1950년대의 미감이 떠오르는 구조물 위에 앉았다. "지난번 그림 앞에서 했던 아버지 이야기를 조금 더 자세히 듣고 싶어." 나는 어디까지 말해야 할지 망설였다. 하지만, 단 하나의 뮤즈가 되려면 그에게 나를 온전히 내어주어야 했다. "아버지가 무너졌을 때, 집안 형편이 그리 좋지 않았어. 부모님은 거의 매일 다퉜고, 어린 나는 이혼이 나을 수도 있겠다고 생각했지. 하지만 그런 결정이 경제 상황을 바꾸진 않았을 거야. 익숙한 것을 잃는 상실감은 현실의 무게로 다가왔어. 불편했고. 그게 전부야.", "감정적으로는? 더 깊은 데는 없었어?", "있었어. 한 남자의 꿈이 무너지는 게 보여서 아버지가 안쓰러웠어. 하지만 당시엔 크게 와닿진 않았어. 어머니가 금방 일을 시작했거든. 생계를 책임졌지." 그는 내가 말의 여백을 두는 것을 기다려 줬다. 아마 '공백'을 가장 섬세한 색채로 여기는 듯했다. "정확히는, 그 그림을 보기 전까지는 실감하지 못했어." 그림. 그 단어에 그의 표정이 일렁였다. "어떤 그림?", "당신도 알 텐데. 당신이 내게 선물한 그림말이야. 그 그림 앞에 서는 순간, 아버지의 일생이 스쳐 지나갔어. 그가 살아온 시간, 태어난 순간부터 지금까지. 그 감정이 내 안에서 거세게 휘몰아쳤어." 그가 내 눈동자를 탐구하듯 빤히 보았다. "그래서, 선물하고 싶어졌어. 어떤 것도 잃지 않는 세계를, 절대로 시들지 않는 꽃밭을. 직관적으로 떠오른 감정을 언어로 구구절절 설명하는 재주가 없어. 그러고 싶지 않기도 하고." 그는 숨을 고르고 물었다. "정확히 말해 봐. 그 선물이, 물리적으로 말하면 어떤 거야?", "그와 같은 길을 가되, 다른 결과를 보여주는 거야. 내가 그의 인생에 최고의 자랑이 되는 것.", "그건 네 인생이지. 너의 성취가 아버지의 인생이 되는 건 아니잖아." 그의 지적은 냉철했다. 하지만 그 지적이 내 결심을 흔들 수는 없었다. "맞는 표현인지는 모르겠지만, 아버지에게 궁극의 자랑이 될 거야. 최고 같은 단어가 감히 덧붙여질 수 없는 그런 존재." 그는 무표정 속 감정의 명암을 보는 화가처럼 내 입꼬리의 미세한 흔들림까지 관찰하고 있었다. "궁극이 되려면 더 악에 받치고, 더 아파야 해. 당신은 무엇을 포기할 수 있어?" 나는 간결하게 대답했다. "당신." 그의 입꼬리가 애매하게 올라갔다.

$$-\ 가을\ -$$

　사무실이 아닌 삼청동에서 L을 만났다. 유독 사무실의 공기가 답답하게 느껴져 어딘가로 벗어나고 싶었다. 출근길에 들은 아버지의 기침 소리가 평소보다 깊고 거칠게 느껴졌던 탓일까, 혹은 짧은 기간이지만 그 무게를 견뎌온 나에게 하루 정도 작은 보상을 허락하고 싶었던 마음이 있었을까. 여느 때처럼 광화문역 6번 출구를 출발점 삼아 천천히 삼청동을 향해 걸었다. 인파 속 사람들의 표정과 걸음을 유심히 관찰하며 걷다 보니, 노년의 이들에게 시선이 머무는 나를 발견했다. 무의식중 아버지의 노년기를 그들과 겹쳐 보았던 것일지도 모르겠다. 아마도, 내가 절대 볼 수 없을 그 모습을. L은 삼청동의 어느 한옥 카페에서 미리 커피를 주문해 두고 나를 기다리고 있었다. "00회사에서 인수합병 제안서가 왔어." 나는 미리 출력해 둔 문서를 L에게 건넸다. 첫 번째 IR 이후 직접적인 결실은 없었지만, 기회는 끊이지 않았다. 단지 그 기회를 현실로 만들기 위해선 예상보다 몇 배는 더 치열한 노력이 필요했을 뿐이다. 이번 제안을 받기까지, 약 두 달간 한 기업과 대여섯 차례의 만남을 가졌고, 그중 세 번은 정식 프레젠테이션 자리였다. 내가 가진 것은 베타 버전 앱과 사업계획서, 그리고 나 자신과 L뿐이었다. 그들은 그 제한적인 자료와 불완전한 시스템 속에서, 나라는 사람과 팀이 지닌 가능성을 판단해야 했던 셈이다. "네 생각은 어때? 우리가 애초에 목표했던 투자방식은 아니지만, 분명 이 제안은 의미가 있어. 우리가 창업 경험이 전무한 팀이라는 점을 감안하면, 놀라운 기회이기도 하지. 결국 본질은 이거야. 도전적으로 밀고 나갈 것이냐, 아니면 현실을 수용하고 안정적인 흐름을 선택할 것이냐.", "말씀처럼 장단이 있긴 하지만, 제 입장에서는 꽤 긍정적인 기회로 느껴집니다.", "조건은 이미 한 차례 조정된 상태야. 급여를 포함해서.", "네, 그 부분에 대해서는 이견 없습니다." 우리의 합의는 빠르게 이루어졌고, 곧바로 긍정적인 의사를 전달했다. 그 결정을 마친 직후, 나는 뜬금없는 질문을 꺼냈다. "혹시, 라일락꽃 알아?", "네, 알죠. 왜요?", "나를 보면, 그런 종류의 꽃이 떠오르나?" 순간 스스로도 민망해져 뜨거운 커피를 한 모금 넘겼다. L은 짧은 침묵 끝에 차분한 목소리로 대답했다. "네. 꽤 흡사한 면이 있어요. 색감이나, 떠오르는 분위기 같은 것들이요." 라일락—유럽 회화사 속에서도 반복적으로 등장하며 복합적인 상징을 지녔던 꽃이다. 순수와 회상의 경계에 놓인 그 빛깔, 그 향기는 종종 기억의 문을 열거나, 잊힌 감정을 불러내는 도상으로 쓰이곤 했다. 무채색의 그 남자가 본 나의 모습도 그랬을까. L을 데려다주고 곧장 갤러리로 향했다.

일주일에 한 번, 정해진 약속을 지키는 날이다. 철제 의자에 앉아 그가 내려준 드립 커피를 마셨다. "표정이 꽤 밝은데?" 무채색의 그 남자는 드물게 흰 셔츠를 입고 있었다. "흰 셔츠는 처음 보는 것 같아.", "가끔 입어. 진짜 가끔." 흰 셔츠를 입은 그는, 그림으로 남기고 싶을 만큼 매혹적이었다. "나도 당신을 그리고 싶어.", "원한다면 얼마든지 준비해 줄 수 있어. 오늘 그려 볼래?", "좋은 생각이야. 그림을 그리면서 이야기해도 될까?", "당신의 시선 끝에서 완성될 내 초상이, 꽤 궁금하네." 그는 금세 그림을 그릴 도구를 준비해 왔다. "그냥 마음 가는 대로 그려. 그림을 그릴 땐 정답 같은 건 없어." 형식도 이론도 모두 무의미하단 이야기다. "어떤 사람에게 물었어. 나를 보면 라일락이 떠오르냐고. 그랬더니, 그렇대.", "그래서 그렇게 표정이 밝았던 거야?", "아니, 뭐 그건 덤이고. 오늘 인수 합병 계약을 마무리했거든. 시작의 날이야. 여러모로.", "그 시작의 날에, 라일락을 닮았다는 그 사람과 함께 해서 더 기분이 좋은 거고?" 나는 손에서 붓을 놓지 않은 채 그를 바라보았다. "그 사람이 L이야.", "소중한 사람에게서, 그분을 빼앗아 온 거야?", "그렇게 볼 수 있지.", "그분을 보는데 문득 그런 생각이 들더군요. 당신과 인연이 꽤 깊어 보여요. 그냥 제 느낌일 뿐입니다—라고 했었지, 내가." 그는 토씨 하나 틀리지 않고 자신이 한 말을 기억하고 있었다. "결국 그렇게 됐네.", "마음이 잘 맞는 파트너야?", "응. 그래서 무던히 합병까지 이어졌지." 흰 셔츠를 입은 캔버스 속 그는, 어느새 검은 물감으로 상체가 뒤덮였다. 그의 발치엔 검붉은 가시 넝쿨을 조용히 그려 넣었다. "그림을 그리다 보니 다시 느껴. 당신, 참 매력적인 사람이야." 그는 내 말에 그저 어깨를 으쓱할 뿐이었다. "L과 함께 일을 시작한 이후, 그녀를 보지 않았어. 어쩌면 못 본 걸까. 연락은 가끔 하지만, 알맹이가 없는 느낌이야.", "대화가 겉도는 거야?", "맞아. 예전처럼 진실한 감정이 없어. 서로.", "진실한 감정이란 건, 어쩌면 가장 애매한 언어야. 그분과는 그걸 나눴었나 봐. 지금은 사라진 거고.", "아마도." "그럼에도 당신의 선택은, L이라는 거네?", "L은 감정을 제외한 모든 실질과 연결된 존재야. 어쩔 수 없는 선택이라는 항변이지.", "내가 전에 말했잖아. 그곳을 배경으로 그림을 그린다면, 어린 소녀를 주인공으로 하고 싶다고.", "그랬지. 이제야 묻는데, 당신은 마음에 든다는 걸 '그림을 그린다'로 표현하는 거지?" 그는 미소를 지으며 고개를 끄덕였다. "그 어린 소녀는 그녀 같아." 무채색의 그 남자는 그녀를 외로움에 사무쳐 자신을 잃어가는 처연한 소녀로 표현했다. "함께 그리고 싶다는 그 빨간 목도리는, 동정인 건가?" 그는 동정이란 단어에 작게 고개를 저었다. "아니, 위로야. 위안." 그의 눈이 내게 말했다. '하지만, 넌 그녀의 빨간 목도리가 될 수 없어.' 나는 서둘러 시선을 캔버스로 돌렸다. "그리고, 하나 떠올랐어." 나는 그의 말에 붓질을 멈췄다. "뭔데?" "내 고객의 남편이야." 검은 물감이 묻은 붓은 그의 얼굴을 향해 있었다. 붓끝이 닿은 그의 얼굴에, 검은 물이 스며들었다. "너무 놀라서 얼굴이 까매졌네." 그는 웃지도 않고, 진지하게 말했다. "며칠 전, 그 고객이 비 오는 날 혼자 갤러리에 왔어. 그리고 보자마자 알았어. 틀림없어. 진실은 전했으니, 이제 선택은 당신 몫이야." 나는 까매진 그의 얼굴을 복원해 보려 했다. 검은 물이 번진 그의 얼굴 위로 밝은색을 덧칠하지만, 결국 처음의 색은 나오지 않았다. "이럴 땐 어떻게 해야 해? 검은 물은 완벽히 지워지지도 않고, 원하던 색도 안 나와.", "방법은 두 가지야. 하나는 물감이 마르기 전에 닦아내는 것. 또 하나는, 내가 새 캔버스를 가져다주는 것. 한 번 망가진 면을 붙잡고 고치느라 낭비하는 시간, 생각보다 길거든." 나는 그 어떤 방법도 택하지 않았다. "오늘은 여기까지. 다음번에 다시 그릴래.", "그럼, 이 그림은 보관해 둘까?", "응. 부탁해." "지금 당신은, 최고로 애매한 선택을 한 거야." 그는 텅 빈 커피잔을 가져가고, 그 자리에 새 커피를 내려놓았다. 철제 의자 대신, 포근한 소파에 몸을 맡겼다. 어느덧 자정이 넘었다. "요리를 해주고 싶은데, 늦었지만 맛이라도 좀 볼래?", "와인도?", "원한다면." 그가 주방으로 자리를 비운 사이, 나는 짧게 눈을 붙였다. 이번 합병 계약이 성사되기 전까지, 단 하루도 온전히 잠든 날이 없었다. 그때 탁자 위 휴대폰이 진동했다. [아까 말씀 못 드린 것 같아서요. 이제 시작이지만, 합병까지 고생 많으셨어요. 오늘은 편안한 밤 되시길.], L의 메시지다. 그녀와 그녀의 연인, 그리고 내가 그녀에게서 빼앗은 L의 얼굴이 뒤엉켰다. 편안한 밤은 요원하다. 무채색의 그 남자는 오일 파스타와 리코타치즈 샐러드를 내왔다. 진한 와인과 어울리는, 조용하고 완벽한 밤의 식사였다. "오늘은 위스키를 마시지 않네.", "당신의 잔과 내 잔이 부딪치는 소리가 좋아서." 그가 만든 음식과 당도가 거의 없는 와인을 천천히, 아주 오랫동안 음미했다. 형태는 아직 온전치 않지만, 그를 그리는 순간부터 내 안의 시선이 하나의 인물을 조형하기 시작했다. 그림보다 먼저 완성되어 가는 건, 어쩌면 나의 감정일지도 모르겠다. 대표라는 호칭에 겨우 익숙해지기도 전에, 또 다른 호칭이 붙었다.

인수합병 계약서에 날인한 순간, 나에게 부여된 새로운 호칭이었다. 내 회사를 그들의 회사에 흡수합병하며 신설된 사업부의 수석 자리를 맡게 되었다. 그리고 L은, 더 이상 '대표'가 아닌 새 호칭으로 나를 불러야 했다. 두 번의 짧은 계절 동안 매일 같이 드나들던 첫 사무실을 정리하고, 새롭게 마련한 사무실로의 첫 출근길은 낯설었다. 신축 사무실은 14층으로 꽤 고층이었고 사방으로 펼쳐진 신도시의 전경은 제법 볼만했다. 밤이 되면 야경이 유리창 너머로 번졌고, 그 풍경은 선명하지 않아 더욱 오래 시선을 붙들었다. 1층의 일식 전문점은, 지금도 떠오를 만큼 인상 깊은 장소였다. 가끔 그 식당이 사무치게 그립다. 그녀와 함께 갔던 꼬리 수육집이 생각나는 방식과 유사한 정서다. 그 장소가 좋았던 건 미각 때문이었을까, 아니면 누군가와 함께한 기억 때문이었을까.

인수합병 체결 후, 가장 먼저 추진한 것은 앱 개발이었다. 외주 개발사 선정 과정은 조율과 충돌이 거듭됐다. 결국 두 달이 지난 후에야, 개발사를 확정 지었다. 종종, 처음의 그 사무실이 그리웠다. 모든 이의 축하 속에 떠나왔지만, 그곳에는 여전히 '조심스럽게 그린 첫 선' 같은 마음이 남겨져 있었다. 그 가을은 불완전한 시작이었고, 그로 인해 가능했던 아주 조용한 행복이었다.

— 겨울 —

겨울. 내가 가장 아끼는 계절이 도착했다. 서늘한 공기가 피부를 스치며 어느새 마음 깊숙한 곳까지 스며든다. 두 달의 협의 끝에 마침내 내가 선택한 개발사와 정식 계약을 체결했다. 이미 한 차례 베타 버전 제작을 거쳤음에도, 여전히 다듬어지지 않은 미숙한 나였다. 이 길은 결코 쉬운 여정이 아니었다. 그렇다고 사회의 냉혹한 규칙 앞에서 나의 사정을 변명처럼 늘어놓을 수는 없었다. 관용은 예술에선 허용되지만, 시장에선 선택되지 않는다. 결국 이해는 받을 수 있을지언정, 선택되지 못하면 도태될 뿐이다. 타인보다 부족한 점이 있다면, 그 간극을 메우는 유일한 방법은 온전한 시간과 에너지를 쏟아붓는 것뿐이었다.

L은 매일 아침, 내가 도착하기 전 뜨거운 커피 한 잔을 책상 위에 올려 두며 말했다. "커피 너무 많이 드시지 마세요." 매일 반복되는 그 모순된 행동은, 습관과 진심의 간극을 은근하게 드러냈다. L의 하루는 언제나 그 커피로 시작됐다. 오전에는 사무실에 들러 회의하고 나와 함께 점심을 먹었다. 대부분 같은 식당에서. 1층의 일식당은 이미 우리만의 약속이었다. 식사 후 나는 다시 14층 사무실로 향하고, L은 현장 업무를 위해 사무실을 나섰다. 그의 복귀 시간은 일정하지 않다. 어떤 날은 퇴근 무렵까지 돌아오지 않기도 했다. 두 명이 감당하기엔 다소 버거운 업

무량이었지만 당연한 듯 받아들이는 게 일상이 되었다. 계절은 어느새 네 번이나 바뀌었다. 봄, 여름, 가을, 그리고 다시 겨울. 특별한 사정이 없는 날엔 언제나 L과 함께했다. 그럼에도, 우리 사이엔 여전히 사적인 대화는 없었다. 아무리 긴 시간을 공유해도 우리는 서로의 일상 너머를 넘지 않았다. 나는 알고 있었다. 사적인 이야기를 나눠야 할 사람은 따로 있다는 것을. 그녀에게, 언젠가는 내가 알고 있는 사실을 전해야만 한다. 하지만 매번 용기를 내지 못했다. '개발이 마무리되면 말하자', '한숨 돌릴 여유가 생기면 그때'라며 미루기를 반복했다. 진정으로, 육체의 피로감이 원인이기도 했다. 이 일은 단지 열정만으로는 감당할 수 없었다. 개인의 삶을 내려놓을 수 있는 사람, 혹은 그 삶을 통째로 이 일에 병합할 수 있는 사람만이 이 무게를 견딜 수 있다.

-

새벽 두 시, 어쩌면 세 시에 가까운 시각이었다. 나는 여느 때처럼 조용히 현관문을 열었다. 문을 열자, 시간이 멈춘 듯한 고요가 나를 맞이했다. 집안 공기는 응고된 정적 속에서 숨을 죽이고 있었고, 그 정적의 틈을 뚫고 들려오는 건 아버지의 기침 소리뿐이었다. 그 기침 소리는 매일 밤 일정한 간격으로 이어졌다. 조심스레 신발을 벗고 문턱을 넘었을 때, 마치 내가 들어오기를 기다렸다는 듯 아버지가 선잠에서 깨어났다.

"요즘 많이 늦네. 힘들진 않고?" 그는 한 손으로 기침을 막으며 내게 말을 걸었다. 기침 사이로도 그의 눈빛만은 또렷하게 빛났다. 그건 오래도록 무언가를 바라며, 끝내 내려놓지 못한 사람의 시선이었다. 나는 잠시 멈칫하다 대답했다. "응. 플랫폼 출시 일정 맞추려면 지금보다 더해야 해요. 요즘은 진짜, 숨돌릴 틈도 없이 바쁘네." 아버지는 묵묵히 내 얼굴을 바라보았다. 그 시선에는 안타까움과 자랑스러움이 묘하게 뒤섞여있었다. 그러고는 천천히 등을 소파에 기대며, 오래 준비해 온 말을 꺼내듯 입을 열었다. "넌 참 대단한 아이였어. 무슨 일이든 스스로 해내려 했고, 실제로 해냈지. 아주 어릴 때부터. 손을 내밀면 닿을 수 있는 거리인데도, 넌 늘 스스로 걷고, 스스로 넘어졌지. 가끔은 그게 안쓰러울 정도였단다." 아버지의 말투는 평소보다 훨씬 느릿했다. 이미 삶의 한 페이지가 그 끝에 도달했음을 알고 있는 사람의 속도였다. "그런데 넌 말이다. 언제부터인가 너무 오래 혼자 버티는 법을 배워버린 것 같아. 누군가 네 곁에 있어도 기댈 줄을 모르더라." 그 말에 나는 잠시 시선을 바닥에 떨궜다. "난 네 인생에 많은 걸 해준 아버지는 아니야. 그래서 가끔 이런 밤이 올 때마다 생각했지. 내가 남긴 건 도대체 무엇일까." 그는 자신의 손등을 문지르며 말을 이어갔다. 그 손은 한때 모든 것을 움켜쥐려 했던 사람의 손이었지만, 지금은 내려놓는 법을 배우고 있었다. "사람의 삶은 말이야, 하나의 초상화 같아. 우리는 태어날 때 그저 배경만 주어져. 허연 캔버스 위에 아무것도 없는, 시작조차 없는 공간이야. 우리는 그 위에 점을 하나씩 찍고, 선을 긋고, 색을 더하면서 삶의 형상을 만들어가게 되지. 가끔은 점이 겹쳐 엉키기도 하고, 덧칠이 지나쳐 망가지기도 해. 하지만 결국엔, 그 모든 흔적이 모여 나만의 얼굴이 되고, 너만의 초상이 되는 거야." 그의 말은 단순한 은유가 아니라, 그가 평생을 두고 깨달은 마지막 철학 같았다. 나는 숨을 깊게 들이쉬었다. 아버지의 초상화는, 어쩌면 나의 밑그림이기도 했다. "이제 나는 그 그림에서 물러나야 할 때가 왔단다. 너는 계속해서 덧칠을 하거라. 새로운 색으로, 너만의 결로. 그림이 망가져도 개의치 않아도 돼. 그리고 나는 그 배경으로 남아, 너를 비추고 싶어.", "가지 말아요." 나는 그 말이 무의식에서 흘러나오는 것을 막지 못했다. 아버지는 작게 웃었다. 그 미소는 오래도록 참고 있던 침묵의 감정이었다. "너는 강한 사람이야. 강하다는 말이, 어쩌면 가장 외롭다는 말이 되어 너를 괴롭게 만들지도 모르지만, 그래도 너는 단단하고 강인한 사람이란다." 그 말이 마음 깊은 곳에 남았다. "아빠." 나는 조용히 아버지를 불렀다. "정말로, 죽음이 두렵지 않아요?" 그는 잠시 생각에 잠긴 듯했다. 그리고 천천히 말했다. "죽음은 어둠이 아니야. 죽음은 여백이란다. 더 이상 색을 덧입히지 않아도 되는 마지막 쉼이야. 그 여백은 공포가 아니라, 이제 내 역할이 끝났다는 평온이지.", "여백." 나는 속삭이듯 그 단어를 되뇌었다. "그 여백을 어떤 색으로 채울

지는 네 몫이다. 무리하지 마라. 그저 네가 그리고 싶은 걸 그리거라. 그 안에 나를 한 줄기 남겨주면, 그걸로 족하다." 그는 내 손을 잡았다. "너를 사랑했다." 그의 목소리엔 긴 시간의 조각이 배 있었다. "그건 어떤 색으로도, 어떤 말로도 다 담을 수 없는감 정이야." 나는 조심스럽게 아버지의 옆에 앉아 그의 손을 쥔 채, 한참 동안 침묵을 지켰다. 기침이 잠시 가라앉은 틈을 타, 나는 조용히 물었다. "나 잘살고 있는 걸까요?" 그는 고개를 약간 기울였다. 그 시선은 어느 한 점을 뚫어지게 응시하고 있었다. 아무것도 없는 벽, 혹은 지나온 세월의 틈일지도 모르겠다. "넌 항상 잘살아왔지. 문제는, 그 '잘'이라는 말이 누구의 기준이냐는 거야." 그의 목소리는 한층 더 낮아져 있었다. "세상은 우리에게 많은 색을 강요하지. 성공이라는 색, 안정이라는 색, 타인의 기대라는 프레임에 맞춰야만 칭찬받는 색들. 하지만 네가 그리는 인생은, 그런 색과는 다른 결을 가지고 있어. 나는 너를 볼 때마다, 선명하지 않아도, 참 정직하다고 느껴.", "정직하다라." 나는 작게 되뇌었다. "그래. 모든 그림이 선명하고 뚜렷할 필요는 없어. 흐릿한 선도, 번진 색도, 멈칫한 붓질도 결국 하나의 감정이니까." 아버지는 고개를 돌려 내 얼굴을 바라보았다. 그의 눈은 더없이 고요했지만, 그 고요 속엔 모든 계절을 품은 듯한 따뜻함이 담겨 있었다. "아빠는 누군가를 정말로 사랑했던 적 있어요?" 그는 질문을 듣고 한동안 침묵했다. 그 정적은 무겁지도, 어색하지도 않았다. 마치 그 질문을 품은 채 평생을 살아온 사람 같았다. "있었지. 하지만 그 사람과 끝내 함께하진 못했어.", "왜요?", "그땐, 사랑이란 게 나를 완성해 줄 거로 생각했거든. 그 사람과 함께여야 내 그림이 완성될 줄 알았어. 하지만 살다 보니, 사랑은 완성이란 결과를 낼 수 있는 부분이 아니라는 걸 알게 됐지. 계속해서 수정하고 덧칠해야 하는 과정의 반복일 뿐이야. 그걸 받아들일 용기가 없었지." 그는 잠시 웃었다. 그 웃음엔 후회와 용서, 그리고 자조적인 평온함이 섞여 있었다. "사랑은 화려한 붉은색이 아니라, 그 밑에 숨어 있는 투명한 층이야. 그 층이 견고하지 않으면, 아무리 진한 색도 오래가지 못해." 나는 입술을 앙다물었다. 아버지의 고백은, 오래 묻어두었던 이야기의 조각이었다. "아빠는 지금, 후회해요?" 그는 고개를 천천히 저었다. "예전에는 많이 했지. 하지만 지금은 아니야. 왜냐하면, 나의 가장 큰 작품이 지금 내 옆에 있으니까. 너 말이야." 나는 참았던 울음을 더는 숨길 수 없었다. "아빠." 나는 그의 손을 더 꽉 잡았다. 그 손은 살짝 떨리고 있었지만, 여전히 따뜻했다. "너는 너의 속도로 살아가렴. 남들보다 조금 천천히 그려도 괜찮아. 중요한 건, 그 그림이 거짓 없이 네 마음에서 나왔다는 거야. 그리고 언젠가 누군가가, 네 진심을 알아보게 될 거야. 그러면 그 누군가는 네 삶을 이해하게 될 테고.", "내가 언제쯤 나의 그림을 완성할 수 있을까요?", "그림은 끝까지 완성되지 않아. 내가 떠나더라도, 너는 계속 네 삶을 덧칠할 거야. 나도 내 그림을 완성하지 못했지만, 네 인생이 내 붓질의 연장이 된다면, 더없이 행복한 삶이었을 거다." 그 말은 아버지의 마지막 고백이자, 유언이었다. 창밖에서 아주 옅은 빛이 스며들기 시작했다. 밤은 조금씩 물러나고 있었다. 지금 이 순간, 나의 삶이라는 초상화 위에 가장 깊고 진한 색의 한 점이 찍혔다.

아버지의 유언이 온종일 나를 맴돌았다. 말라야 할 물감이 아직 축축하게 남아 있는 날들이지만 그는 이제 자신의 초상화에서 조용히 퇴장할 준비를 하고 있었다. 억지로라도 그 생각을 떨쳐내야 했다. 그렇지 않으면 눈물이 쏟아질 것 같았다. 한번 터진 눈물을 멈출 자신이 없었다. 오전 회의를 생략한 채, 기계적으로 개발사의 업데이트 내역을 점검했다. 요청했던 수정 사항이 반영되어 있지 않자, 분노가 치밀었다. 눈앞의 모니터를 산산이 부숴버리고, 바닥에 흩어진 파편까지 모조리 불에 태워버리고 싶은 충동이 일었다. "오늘 식사는 어떻게 하실 건가요?" L의 목소리가 들렸다. "속이 좀 안 좋아서. 혼자 먹고 와." 그는 별다른 질문 없이 조용히 겉옷을 집어 들었다. 그의 배려는 늘 그랬듯 간결하고 정확했다. 나는 L의 심플함이 좋았다. 그 심플함은 계산된 간결함이 아니라, 감정을 지운 대신 상대의 삶을 존중하는 것이었다.

앱 개발. 출시. 그 이후의 관리. 그리고 아직 그녀에게 전하지 못한 진실과 아버지의 부재. 정확히 세 개의 굵은 선이 마음속에서 얽혀있었다.

하나는 기술의 선, 하나는 감정의 선, 그리고 마지막 하나는 존재의 선. 그 선들이 엇갈리며 나를 혼란스럽게 만들었다. 나는 무채색의 그 남자에게 전화를 걸었다. "오늘 자정쯤, 갤러리로 갈게.", "오늘 비가 와. 인사동에서 볼까?" 그는 불안한 나의 상태를 정확히 짚어냈다. 그것은 나에게 큰 안도감을 주었다. 공공연한 나의 비밀을 이제는 그와 공유해야 할 때가 왔다. "그래. 주소 보낼게." 조금 이른 퇴근을 위해 집중력을 끌어올리려는 찰나, 사무실 문이 열리는 소리에 금세 흐름이 깨졌다. L이 조용히 들어와 내 책상 위에 검은색 봉투 하나를 올려 두었다. "금일, 외근 후 현장에서 바로 퇴근하겠습니다.", "어, 오늘 무슨 일정? 하루 종일 정신이 없어서 확인을 못 했네.", "입점 미팅입니다. 메신저로 다시 한번 일정 공유해드리겠습니다." 그는 짧게 고개를 숙이고 사무실을 나섰다. 말도 없고, 감정의 과잉도 없지만 그 걸음마다 남기는 어떤 감정의 밀도는 절대 얕지 않다. 물론, 그 어떤 감정이 무엇인지까지는 모른다. 홀로 남겨진 텅 빈 사무실에서 시간이 얼마나 흘렀는지 가늠할 수 없었다. 지겹게 울리던 휴대폰은 조용했고, 창 너머로 흘러오는 도시의 소음도 들리지 않았다. 담배를 한 대 피워야겠다 싶어 몸을 일으키는데, L이 두고 간 봉투가 시야에 들어왔다. 내가 늘 챙겨 다니는 두통약, 사탕, 초콜릿, 그리고 여러 종류의 에너지바가 담겨 있었다. 그의 배려에 아무런 반응 없이 넘어가는 건 예의가 아니었다. 간단한 문자를 보낸 후, 담배 대신 사탕 하나를 꺼내 입에 넣었다. [이미 퇴근했으려나. 내일 점심은 같이 먹자.] 곧장 답장이 도착했다. [이제 막 퇴근하는 중입니다. 대표님, 파이팅입니다.] L은 두 가지 호칭을 번갈아 사용한다. 수석, 혹은 대표. 그의 언어에는 늘 절제와 존중이 함께 담겨 있다. 그것은 단순한 직함의 호칭이 아니라, 나라는 사람의 위치를 늘 지켜봐 온 사람만이 쓸 수 있는 고유한 명명 방식이었다. 그 섬세한 호명은 나를 단단하게 받쳐주는 감정의 틀이 되었다.

　

무채색의 그 남자를 바라보면 언제나 영감이 떠오른다. 인사동의 간판 없는 전집 앞에서 담배를 태우고 있는 그의 뒷모습을 보는데 문득 전시 기획에 대한 아이디어가 떠올랐다.

주제는 '침묵과 상실'.

그와 그의 그림은, 늘 무언가를 말할 듯 말하지 않는다. 수많은 단어가 그림 위를 맴돌다 결국 끝내 발화되지 못한 채 침묵에 가라앉는다. 마치 원래의 목적을 상실한 언어들처럼 전하지 못한 수많은 감정과, 그것에 스며 있는 진심을 작품으로 옮길 수 있다면, 그 자체로 하나의 정제된 기록이 될 것이다. L과의 회의 후 기획안을 정리해야겠다. 그는 내 시선을 느꼈는지, 슬며시 고개를 돌려 손을 흔들었다. 비가 오는 날이면, 그의 향이 유독 짙어진다. 한 걸음, 두 걸음. 조금 더 빨리 다가가고 싶다는 생각에 마음이 조급했다. 말없이 그를 안았다. 그의 옷깃에서 느껴지는 향이 코끝을 간질였다. 그는 손에 들고 있던 우산을 내려놓고, 두 팔을 벌려 빈틈없이 나를 안았다. 우산을 씌워주는 대신, 속절없는 이 비를 함께 맞는 이가 무채색의 그 남자다. 인사동의 간판 없는 전집은, 비가 오는 날이면 유독 조용하다. 비가 오면 사람들의 발걸음이 일찍 끊어지는 탓일까, 아니면 이 공간이 본래부터 정적을 품고 있었던 것일까. 나무 대들보와 천장으로 짜인 이 구조물은 입구에서부터 인사동 고유의 전통적인 기운을 머금고 있다. 한지로 덧댄 창과 어딘지 모르게 비의 흐름과 닮은 곡선을 지닌 부적들이 여기저기 붙어 시선을 끈다. 우리는 창가 자리에 앉았다. 빗소리를 들을 수 있는 자리다. 추운 날씨 탓에 창문을 열 수 없다는 것이 유일한 아쉬움이었다. 이곳에선 늘 80, 90년대 발라드가 잔잔히 흐른다. 나는 평소 이런 스타일의 음악을 즐기지 않지만, 이 공간에선 이 음악마저 풍경의 일부가 되어 자연스럽게 스며든다. 때론, 실제로 겪은 적 없는 과거의 향수가 들이친다. 비가 오는 날이면 더욱 그렇다. "당신이 왜 비 오는 날의 이곳을 좋아하는지 알겠어. 그래도, 직접 당신 입으로 듣고 싶어. 그 이유를 말해 줘." 나는 창 너머 고요한 인사동의 골목을 바라보다가 시선을 돌려, 그를 바라봤다. "여러 이유가 있는데, 가장 큰 이유는 이거야. 비 오는 날이면 내가 이곳에 있는 게 당연한 일상처럼 느껴져. 마치 비 오는 날의 풍경과 이곳이 공식처럼 묶여버린 거지. 그 공식을 떠올리면, 긴 여행 끝에 집에 돌아와 푹신한 침대에 몸을 던지는 것처럼 마음이 편안해져.", "당신의 말은 늘 추상적이지만, 이상하게 무슨 말인지 정확히 알 것 같아.", "당신의 언어도 충분히 추상적이야.", "당신이랑 대화하면 정의를 내릴 수 없는 감정들이 단박에 이해돼.", "정의 내릴 수 없는 것들을, 사랑하게 되나 봐." 나는 작게 웃으며 말을 이었다. "아무튼, 이 전집은 비 오는 날의 상징 같은 곳이야. 간판이 없는 것도 그렇고, 흐르는 음악도 그렇고, 각각의 요소가 합쳐져 하나의 장면이 되는 느낌.", "당신이 이런 스타일의 노래를 좋아했었어?", "아니, 오직 이곳에서만 흘러나오는 이 음악들을 사랑해. 공간과 소리, 냄새와 분위기. 그 모든 것이 어우러졌을 때 느껴지는 감각을 사랑하는 거지.", "그러니까 당신 말을 종합하자면, 각각의 요소가 아닌 그것들이 어우러져 만들어진 결과, 그 결과를 사랑하는 거네?", "정확히 맞았어. 그 모든 것이 갖추어져야 비로소 완성되는 감정. 간판이 있어도 안 되고, 날이 맑아도 안 돼. 혼자라는 전제가 있어야 하기도 하고. 하지만, 당신이라면 괜찮아." 그 말에, 그는 말없이 웃었다. 대화 사이를 비집고 스며든 빗소리는 절대 무례하지 않았다. 오히려 대화의 숨을 고르게 해주는 간주처럼 자연스럽게 흘렀다. "그리고 또 있어. 이 전집을 좋아하는 개별의 이유." 나는 웃으며 나무젓가락으로 적당히 익은 김치전을 집었다. "말도 안 되게, 맛있어.", "그건 중요한 이유지." 우리는 말없이 여백의 시간을 나누었다. 우리에게는 늘 이 고요한 '여백의 시간'이라는 것이 존재한다. 말없이 같은 공간에 앉아 각자의 상념에 잠기고, 그 상념을 캐묻지 않는 사람과 함께 시간을 보내는 일은 퍽 즐거웠다. 나는 조용히 고개를 돌려 흘러가는 시간을 두 눈으로 담고 있는 그의 옆모습을 바라보았다. 오늘의 여백은, 내가 먼저 채웠다. "아버지가 나에게 유언을 남겼어. 아버지의 시간이 얼마 남지 않았나 봐. 고작 의사의 말과 몇 편의 논문에 기대던 여명. 지금은 그 예측조차 무색해. 나는 그 시간을 붙들고 싶어. 하지만, 나는 한낱 인간일 뿐이야. 바꿀 수 있는 것은 아무것도 없어. 너무 명확하게 보이는 것들이 오히려 날 더 무너뜨려. 이 기대를 버릴 수도, 현실을 인정할 수도 없는 지옥 같은 시간이 빨리 지나갔으면 해." 나는 그릴 수 있는 손이 있음에도, 그 무엇도 덧칠할 수 없는 이 상황 앞에서 무력했다. "1980년의 어느 밤에, 아버지를 만나고 싶어. 그곳은 불빛이 반짝이는 도쿄의 밤거리야. 한 사람의 인생이 저물기 전, 평생을 간직할 단 한 장면을 만들어주는 거지." 나는 천천히 그 이미지를 입안에서 굴리듯 말했다. 그건 말도 안 되는 공상일지 모르지만, 너무나 선명하고 간절한 상상이었다. "그땐 아버지가 아직 날 모를 거야. 내가 태어나기도 훨씬 전이니까. 자신이 가장 중요했던 시절의 젊은 남자로, 세상을 향해 거침없이 나아가던 시절일 테니까. 나는 아버지에게 이유

없이 맛있는 음식과 술을 대접하고, 함께 그 찬란한 불빛을 따라 정처 없이 걸을 거야. 그러다 어느 순간, 그는 어렴풋이 나를 알아보겠지. 피로 이어졌다는 건, 언어 없이도 흐르는 어떤 결이니까. 그때 말할 거야. 난 당신의 딸이고, 당신이 존재하지 않는 미래에서 왔어요. 조만간 다시 만나요. 그날까지 부디 행복하세요." 나는 잠시 말을 멈췄다. 그리고 고개를 들자, 그의 눈 속에 조용한 물감 한 방울이 떨어지는 듯한 진동이 스쳤다. "궁극의 낭만이야." 그가 작게 웃으며 말했다. "그리고 머지않아, 아버지의 숨이 멎는 그날, 아버지는 분명 그 밤을 기억해 낼 거야. 그 환상처럼 아름다웠던 도쿄의 한 장면. 평생을 통틀어 가장 따뜻했던 기억으로 남아 있었으면 좋겠어. 그리고 나는, 그 기억을 품은 채 작별을 고하겠지. 우리, 그날처럼 언젠가 다시 만나요.", "당신은 내 인생에서 최고로 멋진 사람이야. 정말 멋있어." 그가 진심으로 말했다. 그 말은 칭찬이 아니라, 하나의 감정회화였다. 진심이란 색은 어떤 물감보다 오래 남는다. "우리 아버지를 그려줄 수 있어?" 내가 조심스럽게 물었다. "네가 허락한다면, 그려 볼게." 그는 고개를 끄덕이며 왼쪽 손목에 찬 메탈 시계를 몇 번 감싸 쥐듯 만졌다. "그런데 오늘, 당신한테서 조금은 편안한 느낌을 받았어. 그게 뭘까?" 그가 물었다. "아마도, 오늘 내가 어떤 사람한테 받은 봉투 때문인 것 같아. 하루 종일 마음이 용암처럼 들끓다가, 그 봉투를 여는 순간 잠잠해졌거든.", "당신과 함께 비를 맞아 볼품없어진 한 남자는, 당신을 편안하게 만들지 못했어?" 그는 장난기 없는 진심으로 물었다. 나는 그의 눈을 조용히 마주 보다가 대답했다. "그 남자는 오늘도 내게 영감을 줬어." 그는 더 이상 묻지 않았다. 그는 침묵의 깊이를 아는 사람이었다. 잠시 후, 김치전에 이어 주문한 골뱅이 소면이 테이블 위에 놓였다. 맛은 기대 이상이었다. "나도 조만간 혼자와 보려고." 그가 말했다. "왜, 당신도 이곳에 혼자 오고 싶어졌어?" 내가 웃으며 되물었다. "아니. 난 당신이랑 함께 오는 게 더 좋아. 그런데 당신이 혼자 오는 걸 좋아하는 이유를 알고 싶어.", "물어보면 되잖아.", "아냐. 입 밖으로 내뱉은 말만으론 진짜에 도달할 수 없는 게 있다는 걸, 당신도 알잖아. 나는 당신의 원초적인 내면까지 진심으로 알고 싶어.", "왜?", "1980년 도쿄 이야기 때문이야. 도대체 어떤 경험과 감정을 가진 사람이어야 그런 낭만을 품을 수 있는 걸까. 내가 한 번도 가져보지 못한 감정이, 당신 안엔 너무 자연스러워 보여서." 그는 말을 멈추고 테이블을 잠시 응시했다. 그 위엔 아무 말도 없지만, 감정의 결이 놓여 있었다. "이 전집만 해도 그래. 당신은 그냥 스쳐 지나가는 전집을, 평생을 기억할 특별한 장소로 만들어버렸어. 이곳을 몇 년간 궁금해했는데, 그 기대보다 더 특별한 곳이었어.", "하지만, 당신은 나보다 훨씬 용기 있는 사람이야.", "왜?", "당신이 선물한 그림 있잖아. 그 그림, 아직도 포장을 못 풀었어. 그 순간 느낀 감정을 잃을까 봐. 그 찰나의 경이로움을 간직하려는 비겁한 선택이지. 하지만 당신은, 이 전집에 대한 기대를 품은 채 몇 년을 기다리다 마주했고, 그걸 마음껏 누렸잖아.", "포장을 아직 풀지 않았다는 건, 좀 섭섭하네." 그가 농담처럼 말했다. "당신처럼 용기를 낼 수 있다면, 그때 풀게.", "좋아. 그때 보관해 둔 그림은 어떻게 할래?", "이것 봐, 난 역시 용기가 없어. 계속 보관해 줘. 가능하다면.", "물론이지." 혀끝에서 미끄러지다 끝내 의지를 잃고 묻혀버린 내 이야기는 미뤄두기로 했다. '침묵과 상실'엔 내 작품도 걸어야 하지 않을까.

몇 번의 잡음 끝에 마침내 〈침묵과 상실〉 전시에 대한 최종 결재를 받아냈다. 겉으로 내세운 구실은 '플랫폼이 출시되면 이런 작품들이 업로드됩니다'라는 사전 홍보 목적이지만, 사실 이 전시는 나의 가장 깊은 내면에서 비롯된 기획이었다. 플랫폼의 사전 체험 부스를 마련해 관람객의 반응을 확인하는 한편, 전시의 완성도를 높이기 위해 높은 수준의 큐레이션이 필요했다. 연말이라는 시한은 무척 빠듯했다. 그러나 시간의 부족을 이유로 작품의 수준이나 전시 구성에서 적당히 타협할 생각은 없었다. 다소 무거운 주제를 다루는 만큼, 선택될 작품들은 회화사적으로나 감정적으로 반드시 발화되지 않은 언어를 품고 있어야 한다. 단순히 침묵이나 상실을 묘사한 작품이 아닌, '전할 수 없음'의 절박함을 끝내 시각화하려는 의지가 담긴 작업만이 이 전시에 설 자격이 있다. L은 나의 감정, 특히 언어화되지 않은 감정의 결을 정확히 짚어냈다. "타이틀은 〈침묵과 상실〉. 수많은 말들이 머릿속에 맴돌지만, 끝내 전하지 못하고 공중에 흩뿌려져. 침묵은 그 단어들의 의미를 삼켜버리고, 그 말들은 목적을 잃어버려. 하지만, 그런 상황에서도 여전히 그 말을 전하고 싶어. 속이 시꺼멓게 타들어 갈 정도로 말이야. 그래서 그 말이 작품을 통해 닿길 간절히 바라는 거야.", "그러니까, '침묵 혹은 상실'을 다룬 작품이 아니라, 그런데도 끝내 말하려는 강한 의지를 품은 작품을 찾는 거군요?", "정확해.", "그럼, 색감은 자연스럽게 무채색에 가까울 것 같네요. 그리고 그 위에 어울리지 않게 놓인 거칠고 투박한 선들. 형태도 명확하지 않고, 어딘가 중간에 멈춘 듯한 불완전한 조형.", "맞아. 검토는 내가 직접 할 거야. 생각해 둔 갤러리가 있어. 조율도 어렵지 않을 거야. 우선, 작가 협업 제안서 초안부터 잡아줘. 사전 체험 부스 관련 내용 포함해서.", "네. 미정인 항목은 공란으로 처리하고, 전체 구성 흐름 먼저 잡아두겠습니다." 첫 전시는 반드시 그의 갤러리여야만 한다. 그보다 더 적확한 공간은 없다. "연말 갤러리 일정 어때?", "이렇게 이른 시간에 전화해서 첫마디가 갤러리 일정이라니. 무슨 큰 이벤트라도 있나 봐? 봐서 알겠지만, 하반기 전시 일정은 전혀 없어. 내 그림에 집중하기에도 급급해서.", "당신 갤러리에서 연말 전시를 하고 싶어.", "그날의 영감으로?", "응.", "당신이 기획한 전시라면, 거절할 수 없어. 진부한 세부 조율도 필요 없어. 당신 마음대로 해. 필요한 게 있다면 말만 해.", "지금 이 대화가, 5분도 안 돼서 대관 계약까지 이어졌다는 거 알지?", "알고 있어. 필요한 서류 목록만 정리해서 보내줘." 우리는 중요한 절차보다 서로의 감각을 더 신뢰한다. 그의 경우엔 특히 더 그런 듯하다. 미리 그려 보는 전시장 동선과 조도, 그리고 거기에 투영될 감정의 구조. 아직 오지 않은 그날의 풍경이, 마음속에 먼저 설치된다.

오후 두 시. 햇빛이 거의 수직으로 바닥에 닿는 시간이다. 나는 자연광이 깊게 떨어지는 그 갤러리를 걷는다. 전시장 바닥은 옅은 콘크리트 질감이고, 전시 가벽은 철제 프레임에 유리 혹은 불투명 아크릴로 채워져 있다. 전체적으로 오픈 스페이스를 유지하되, 빛의 통과를 유도해 관객의 이동 경로가 빛과 그림자 사이를 따라 흘러가도록 설계된 구조다. 나는 슬립온을 신고 조용히 내부를 걷는다. 탁탁탁 일정한 간격의 발소리가 갤러리 바닥을 따라 울린다. 그리고 한 작품 앞에 멈춰 선다. 그 순간, 진작부터 참아왔던 눈물이 흐른다. 이유를 알 수 없다. 그저 지나치게 고요할 뿐이다. 그 고요는 금세 거대한 공허로 확장된다. 나는 수많은 회화 작품에 둘러싸여 있다. 모두 완결된 이미지지만, 그 안엔 절대 닫히지 않는 감정의 틈이 있다. 그 공허의 끝, 그 마지막 문턱에서 문득 1980년의 도쿄가 떠오른다. 단 한 번도, 꿈에서조차 가본 적 없는 그곳. 전시장 조도는 인위적으로 낮춰져 있다. LED 라이트는 바닥이 아닌 천장을 향해 퍼지고, 관객은 그 빛의 여백 속을 걷는다. 공간은 금속 재질의 조형물과 유리판으로 나뉘어 있고, 동선은 어둠을 가르며 각 작품에 다가가는 몰입형 구조로 설계되었다. '도쿄의 밤거리'라는 키워드 아래, 이 구조는 빛, 금속, 적막을 병치하고 있었다. 하지만 아버지가 없다. 갤러리는 실재이고, 도쿄는 허상이다. 실재와 허상이 만났지만, 정작 가장 중요한 것이 사라졌다. 그토록 큰 공허는 결국 '존재의 부재'로부터 오는 것이었다. 1980년 도쿄의 기억을 지우고, 대신 '그녀의 공간'을 붙여본다. 그러나 그녀가 보이지 않는다. 실재와 실재가 만났는데도 왜 그녀가 없는지, 그 까닭을 알 수 없다. 그 어둠은 바닥조차 가늠할 수 없는 심해 같았다. 나는 상상 속 공허에 빠져들기 직전, 가까스로 탈출한다. 그리고, 지금 이 순 유일한 실재를 본다. L. 그는 수 분째 협업 제안서 초안을 다듬고 있다. 조용하지만 분명한 존재이다. 나는 그가 허상이 아님을 확인하기 위해, 별 의미 없는 질문을 던졌다. "뭐해?", "네? 말씀하신 초안 정리 중입니다." 실재가 있다. 다행이다. 나는 다시 집중하기 시작했다.

어찌 되었든, 이번 전시의 실질적인 큐레이터는 무채색의 그 남자였다. 그와 업무적 맥락으로 만나는 것은 처음이었다. 검정 목 폴라 위에 검정 롱코트를 걸친 그는, 말 그대로 '무채색의 남자'였다. 오늘만큼은 그 별칭이 단순한 은유가 아닌, 정확한 묘사처럼 느껴졌다. 이번 전시는 주관사인 플랫폼, 참여 작가들, 그리고 큐레이터의 협업으로 구성된다. 기존의 전시기획과는 확연히 다른 결을 가진 프로젝트다. '전시' 자체가 최종 목적이 아니라, 머지않아 출시될 플랫폼에 대한 예술적 프로토타입으로서 기능해야 한다. 그러나, 전시의 예술적 밀도가 떨어져서는 안 된다. 그것이 이 프로젝트의 가장 까다롭고도 결정적인 과제다. "갤러리 내 전시 장비는 전면 무상제공됩니다. 설치 보조인력도 저희 측에서 지원 드릴 예정이고요. 다만, 도면에 표기된 구역 외의 추가 타공은 어렵습니다. 자세한 사항은 공간을 둘러보신 후 작품을 보며 논의하는 것이 좋겠네요." 그의 설명은 명료했고, 불필요한 수사는 배제되어 있었다. 예술이라는 분야에 일가견이 없어 눈치로만 분위기를 읽는 임원과 함께 갤러리를 찾은 나는, 의도적으로 L의 동행을 피했다. 무채색의 그 남자와 L이 한 공간에 있는걸, 나는 왠지 견딜 수 없었다. 업무적 맥락으로 다시 한번 둘러본 그의 갤러리는 말 그대로 '무질서한 구성미'를 지닌 공간이었다. 벽은 전면 백색도장으로 마감되어 있었지만, 벽면마다 조도가 다르게 설계되어 있었고, 일부 섹션은 천장을 개방해 자연광이 들어오도록 유도하고 있었다. 금속과 원목, 유리라는 서로 다른 물성이 공존하는 구조에서 나는 직관적으로 '이곳이 맞다'는 확신을 얻었다. "정말 멋진 공간이네요." 동행한 임원은 연신 감탄사를 뱉었고, 무채색의 그 남자는 단정히 웃으며 짧게 말했다. "마음에 드신다니 감사할 따름입니다." 공간 안내가 끝난 후, 그는 핸드드립 커피를 내왔다. 어떤 대단한 설비나 장치 없이도, 그의 손끝에서 나오는 여백은 갤러리 전체를 하나의 거대한 정물화로 만들었다. "가장 염려되는 부분은, 전시와 플랫폼 체험 부스 간의 구성입니다. 기획단계에서 결이 어긋나면 전체 흐름이 흐트러질 수 있어요. 특히 이번 전시는 가볍지 않은 주제를 다루고 있기 때문에, 공간의 물성과 개념의 연결이 매우 중요합니다. 분리되되, 연결되어야 하고, 그 '자연스러운 이음'이 관건입니다. 보내주신 작품 리스트를 세심히 검토했습니다. 단 몇 점만으로도 전시의 주제가 선명히 드러나더군요. 작품 선별의 밀도, 그리고 텍스트 구성의 균형도 놀라웠습니다. 관련 전공자가 아니라는 점이 오히려 더 흥미롭더군요. 다만 한 가지, 조심스럽게 제안하고 싶은 점이 있습니다.", "편하게 말씀 주세요." 그는 테이블 위에 프린트된 이미지들을 펼쳐 보이며 말했다. "보내주신 작품들은 모두 회화작품이죠. 하지만 제가 파악한 플랫의 성격상, 작가 장르에 제한이 없는 걸로 알고 있습니다. 이 점을 고려해, 공간 전체를 활용하는 설치미술이나 텍스타일아트, 오브제 기반의 조각 작업, 나아가 소리나 영상, 퍼포먼스와의 접점을 염두에 둔 복합전시 구성은 어떨까요. 갤러리가 상당히 자유로운 구조라, 복합매체를 수용하는 데 매우 유리하죠. 플랫폼의 철학도 자연스럽게 시각화할 수 있고요. 전시기간 중 특정 시간대를 활용한 퍼포먼스 아트도 충분히 기획 가능하며, 필요하시다면 참여 가능한 작가도 추천해 드릴 수 있습니다." 그의 말이 끝나는 동시에, 머릿속에서 그 공간의 이미지가 그려지기 시작했다. 경기도 외곽, 어느 예술

마을. 갤러리의 출입문 바깥. 빨간 드레스를 입은 갈색 머리의 여인이 검정고양이와 함께 다가선다. 손을 대지 않아도, 출입문은 소리 없이 열린다. 그녀는 천장에 매달린 기하학적 구조물 아래를 걷는다. 그 구간은 조형적 질서 대신 감각적 무질서를 유도하는 공간이다. 작품 하나하나가 각자의 문장을 외치고 있다. 그 구두 소리는 단순한 리듬이 아니다. 그녀의 걸음마다 수많은 침묵이 쌓이고 있다. 검은 고양이는 어느 나무 테이블 위에 놓인 그림 위로 뛰어오른다. 그녀는 그 장면을 빠르게 드로잉 노트에 스케치하고, 찢은 페이지를 조용히 테이블 위에 올려 둔다. 그것은 즉석에서 하나의 작품이 되었다. 누군가, 그 드로잉을 보고 조용히 웃는다. 그녀는 거대한 석고상 앞에 멈추어 선다. 그 석고상은 어딘가를 응시하고 있지만, 그 대상은 끝내 드러나지 않는다. 그녀는 망치를 들어 석고상을 부순다. '뜻'을 찾기 전에, 석고상은 산산조각이 났다. 그녀는 진심이 없었거나, 애초에 의미를 믿지 않았다. 조각난 석고 조각들 위에서, 그녀는 소리 내어 웃는다. 순간, 모든 소음이 멈춘다. 나는 표정을 감추지 못했다. 무채색의 그 남자는, 그 표정을 조용히 읽고 나의 여백을 기다려주었다. 시간이 지나, 드립 커피의 마지막 방울이 잔에서 사라졌을 무렵, 마침내 나는 입을 열었다. "오랜 침묵이 남긴 상실이, 결국엔 공허만을 의미하진 않았으면 좋겠어요. 저는 오색이 번지는 공간이 좋아요." 무채색의 그 남자는 말 없이 웃었다. 그 웃음은, 오후 두 시의 햇살처럼 희고 맑은 빛이었다. 그 순간 '사랑'이라는 단어가 떠올랐다. 하지만 나는 그 말조차, 침묵 속에 두기로 했다.

L은 전시 포스터와 홍보용 리플릿 디자인을 자신이 직접 진행하고 싶다며 조심스럽게 말을 꺼냈다. "디자인은 갤러리 측에서 진행하기로 했는데, 네가 직접 하고 싶은 거야?", "물론 갤러리에서 작업해 주시면 훨씬 세련된 결과물이 나올 거예요. 하지만 대표님께서 전하고자 하는 감정은 제가 더 잘 표현할 수 있을 것 같습니다.", "있을 것 같습니다 말고, 있습니다라고 해야지." L은 곧바로 수정했다. "제가 더 잘 표현할 수 있습니다." 나는 곧바로 무채색의 그 남자에게 양해를 구했다. "업무 전화할 때는 대표님이라는 호칭을 써야 할까?", "당신 입에서 듣는 호칭은 또 새롭네.", "포스터랑 리플릿 작업은, 우리가 직접 하고 싶은데 괜찮을까?", "이런, 내가 준비하려던 참이었는데. 당신 뜻이 그렇다면 어쩔 수 없지. 뭐든, 편한 대로 해." L은 항상 가지고 다니는 작은 노트에 무언가를 그리고 있었다. 그는 내 기척을 느끼고 재빨리 두 손으로 노트를 덮었다. "지금은 안 돼요." 나는 어깨를 으쓱하고 자리에 돌아왔다. L은 내가 퇴근하기 전까지 절대 먼저 자리에서 일어나지 않았다. 어쩌면 오늘은 퇴근이 어려울 수도 있겠다는 생각에 L을 먼저 보내려고 했다. "나 오늘 퇴근 못해. 먼저 들어가서 조금이라도 자고 나와. 그래야 효율이 오르지.", "처리해야 할 업무는 수석님만 있는 게 아닙니다. 막상 보면 저도 할 일이 꿩

장히 많거든요.", "걱정돼서 그래.", "정작 본인 걱정은 안 하시고요?" 문득, 화이트 와인에 얼음을 한 알 넣어 딱 한 잔만 마시면 업무 효율이 오르겠다는 근거 없는 확신이 스쳤다. 마침 오피스 건물 1층 편의점에선 스크루 캡 와인을 다양하게 판매한다. 와인 오프너가 필요 없다는 사실에 안도하며, 한 병을 들었다. 한 알이면 충분하지만, 얼음은 한 봉지를 사기로 했다. 무엇이든 완벽한 구도를 갖춘 뒤에야 즐길 수 있다는 태도에는 어떤 집요함이 배 있다. 머그 컵에 얼음을 한 알 넣고, 와인을 따랐다. 나는 L에게 컵을 건넸다. "와인 잔이 없어 조금 아쉽지만, 그래도 한 번 부딪쳐 줘.", "상사와 야근 중 딱 한 잔의 와인이라. 부담스러우면서도 감칠맛 나네요. 좋습니다." 우리는 정말로 한 잔의 와인을 마셨다. 한 번의 잔을 부딪친 후, 책상 앞으로 돌아갔다. 남은 와인은 싱크대에 부었다. '한 잔'이란 딱딱한 전제를 설정한 이유는, 선을 넘지 않기 위해, 넘지 않은 선 위에 선명한 선을 하나 더 그어두기 위해서였다. 그럼에도 잔에 남은 온기와 잔을 부딪칠 때의 맑은소리는 오래도록 남았다. 오히려 조금의 결핍과 함께한 밤이라 그 온기가 더 도드라지는 밤이었다. 나는 한 잔의 와인만으로 오른 몸의 열을 내리기 위해 창을 열고 겨울바람을 마주했다. 새벽의 고요가 온 세상을 잠식하고 있었다. 이토록 쓸쓸한 새벽. 그러나 참으로 아름다운 공허였다. "유언을 들어본 적 있어?" 내가 물었다. "없습니다. 가까운 사람의 죽음을 경험한 적은 있지만 그땐 너무 어렸어요.", "누구였어?", "아버지요.", "그랬구나. 슬펐어?", "그럼요. 아무리 어려도 슬픔은 알아요. 아직도 어제 일처럼 생생하게 기억납니다." 우리 사이에서 좀처럼 오가지 않는 사담이었다. "사실은 두려워. 누군가를 잃는 게.", "두려운 일이 맞죠. 제가 위로드리면 조금 나아질까요?", "아니. 이미 날 혼자 두지 않았잖아. 불빛 하나 없는 이 새벽까지 함께 해 줬잖아. 이것보다 더 큰 위로가 어디 있겠어. 오롯이 혼자라는 건 꽤 슬픈 일이야. 그렇다고 타인을 크게 갈구하지도 않지만.", "사람은 혼자 살아갈 수 없어요. 아무리 대쪽 같은 사람도 언젠가는 누군가를 필요로 해요." 그 말은 아무도 알아주지 않는 그림 위에 조용히 색을 덧칠해 주는 손길처럼 따뜻했다. 나는 휴대폰을 꺼내, 선잠에 들었을 아버지에게 문자를 남겼다. [내일은 일찍 들어갈게요. 저녁 식사 같이해요.] 너무 공허한 새벽이었기에, 누군가와 함께 있음이 안도였다. 나는 오늘도 L의 '실재(實在)'에 여러 번 안도했다. 그 안도 속에서, 그렇게 쉽게 들지 않던 잠에 스며들었다.

무채색의 그 남자 덕분에 작가 섭외는 한결 수월해졌다. 작가 섭외뿐만이 아니었다. 전시 레이아웃 설계부터 구조물 설치 디렉팅, 작품 라벨과 캡션 제작에 이르기까지 전시를 구성하는 전반적인 흐름 속에서 그는 매우 감각적인 큐레이션을 제공했다. "플랫폼 사전체험존을 전시구조물처럼 보이게 구성하는 건 어떨까요? 갤러리 중앙에 자연스럽게 설치하면 동선의 흐름도 무너지지 않을 거예요." 그는 디지털콘텐츠와 동시대 미술을 병치하는 감각이 뛰어났다. 이번 전시에 그가 이토록 마음을 기울이는 이유가 단지 연인을 위한 애정 때문만은 아닐 것이다. 아마도, 이 프로젝트를 기획한 사람 즉, 나의 표정 어딘가에 비추어진 애매한 균열이 그의 흥미를 자극한 것일지도 모른다. 나는 갤러리 현장에서 업무를 조율하면서도 개발사와의 통화를 놓지 않았다. 예상보다 과도한 추가개발 비용으로 인해 사전체험 준비에 차질이 생기고 있다. 협의가 원만하게 이루어지지 않을 경우 추가예산편성이 불가피하며, 이를 보고서에 정리해 올려야 했다. 이마 한쪽이 지끈거리기 시작했다. 머리를 누르는 통증은 감정과 정보가 동시에 밀려드는 '과밀한 실존'의 신호였다. 그래도, 오늘 저녁식사는 반드시 참석해야 한다. 아버지가 아프기 전 자주 찾던 동네의 작은 양식집은 나의 사적인 풍경 속에서도 가장 오랫동안 보존된 기억이었다. 유럽 외곽의 소도시를 닮은 그곳엔, 저마다 다른 색의 주택들이 느슨하게 배치되어 있다. 그 집들 사이를 천천히 걷다 보면, 나무 외벽에 아이보리색 페인트가 칠해진 아담한 레스토랑이 나타난다. 그곳을 기점으로, 풍경은 어느새 이탈리아의 조용한 소도시로 탈바꿈한다. 영문으로 삐뚤게 쓰인 입간판은 누가 봐도 손수 제작한 것이다. 주방에선 늘 같은 셰프가, 흰 조리복에 검은 앞치마를 두르고 요리를 하고 있다. 그 맛은 굳이 설명할 필요가 없을 만큼 분명하다. 나는 양식을 먹을 때도 늘 뜨거운 커피를 함께 곁들인다. 이곳에선 커피잔을 천천히 들어 올리는 사소한 느림조차 하나의 완결된 감각처럼 느껴진다. 아직 여섯 시 반의 저녁 식사 시간까지는 한참이 남았지만, 그 풍경을 떠올리기만 해도 벌써 하루의 속도를 빨리 감고 싶은 마음이 앞섰다. 그 그곳의 느림에 빨리 닿고 싶어서 속이 탔다. 오늘은 오일 파스타 대신 클래식 라자냐를 먹을까 생각하던 중, L에게서 이미지 파일이 도착했다. 배경은 옅은 회색에서 점차 백색으로 번지는 그러데이션 톤이다. 명확한 윤곽이 없이 번진 채, 한 송이의 흑백 꽃이 포스터 중앙에 위치해 있다. 꽃잎들은 이미 바닥으로 떨어져 나가, 흐트러진 선으로 퍼져 있다. 그러나 단 하나의 꽃잎이 남아있다. 그리고, 그 꽃잎에만 유일하게 색이 입혀져 있다. 그 색은 보라다. 꽃잎의 보라는 찬란하지 않고, 깊은 밤의 색처럼 침잠되어있었다. 그렇기에 더욱 뚜렷하게 말할 수 없는 감정들을 호출한다. 바닥에 뿌려진 다른 꽃잎들보다, 남아있는 그 한 장의 꽃잎이 더 쓸쓸했다. 침묵의 절정은 말해지지 않은 상태가 아니라 이제는 말할 수 없게 된 순간에서 온다. 그 포스터엔 영문 표기가 일절 없었다. 한글로 쓰인 '침묵과 상실'이라는 문장이, 꽃 위쪽에 조용히 앉듯 배치되어 있다. 단어는 수직 배치가 아닌, 비스듬히 놓여 있었다. 마치, 떨어진 무게중심처럼. 그것은 말로 설명할 필요가 없는 완벽한 이미지였다. 나는 짧게 답장을 보냈다. [통과] 곧, L로부터 이모티콘 두 개가 도착했다. 포도 그리고 주스. 귀여운 이모티콘 두 개에 피식 웃음이 났다. L의 진심은 언제나 언어보다 오래 남았다. "오늘 다섯 시 반쯤 가봐야 할 것 같아. 가족과 저녁 식사가 있어서.", "좋은 시간 보내. 조만간 우리도 저녁 한 번 같이 하자. 요즘 붓을 전혀 잡지 못하고 있어. 당신이 좀 더 많은 이야기를 해줘야 할 것 같아.", "그림이 그리고 싶어?", "미칠 지경이야. 하지만 전시 준비는 즐거워. 당신 기획은 말 그대로 궁극의 낭만이야.", "요즘 '궁극의 낭만'이란 표현을 자주 쓰네.", "예전에 당신이 처음 그 단어를 썼잖아. '궁극의'. 그 말이 마음에 계속 남아있었어. 그리고, 선물이 있어.", "뭔데?", "차 키 좀 줘. 트렁크에 실어 놓을게.", "아참, 포스터 이미지가 방금 막 도착했어." 그는 내가 건넨 휴대폰 화면을 물끄러미 바라보며 오랜 시간 침묵을 지켰다. 흑백의 이미지 속, 단 하나의 색. "나는 완벽하게 마음에 들어.", "너무 당신스러운 디자인이야. 그런데 묘하게, 당신의 디자인이 아닌 것 같네.", "응. 내 디자인 아니야.", "이렇게까지 당신을 잘 아는 사람이 있다니, 놀라워. 그리고, 그 보라색. 나와 같은 시선으로 당신을 바라보는 사람이 있었네." 무채색의 그 남자는 짧게 말을 마친 뒤에도 한참이나 포스터의 이미지를 보고 있었다.

-

　식당 창가 자리에 미리 도착해 있던 가족의 모습이 보였다. 집이 아닌 공간에서 가족과 함께 식사하는 건 오랜만이었다. 아버지는 기침이 잦아진 이후로는 좀처럼 외출하려 하지 않았다. 아마도 타인의 시간을 방해하고 싶지 않다는 배려였을 것이다. 아버지의 배려는 늘 그런 방식으로 타인의 곁을 맴돈다. 자리에 앉아, 가장 먼저 뜨거운 커피를 주문했다. "밤늦게 커피 마시면 안 좋은데." 어머니의 염려는 늘 같은 음을 지녔다. "그치만 음식과 곁들이는 뜨거운 커피를 포기할 수 없지." 루꼴라 피자와 라자냐, 봉골레, 까르보나라, 해산물 리소토를 주문했다. 나는 조금 고민하다 말했다. "스테이크도 하나 더 시킬까?" 남는 게 생기더라도, 지금 이 순간만큼은 무엇도 아끼고 싶지 않았다. 소진되는 시간을 조용히 붙잡아두고 싶은 본능이었다. "요즘 얼굴 보기가 힘드네.", "전시 일정 때문에 정신이 없어. 아무리 애를 써도 뭐든 완벽하기가 어렵네." 아버지는 원래 말수가 적고 식사 속도가 빨랐다. 대개 먼저 식사를 마친 후, 바깥 공기를 쐬러 조용히 자리에서 일어나곤 했다. 하지만 그날은 달랐다. 그는 더 많은 말을 했고, 기침 때문에 식사 속도도 자연스럽게 느려졌다. 아버지가 내가 사랑하는 '느림'에 닿았다. "전시 주제만 봐도 울림이 있어. 어쩌다 그런 주제를 정하게 됐어?" 아버지가 전시 주제에 대한 질문을 했다. "너무 많은 말들이 침묵에 삼켜지잖아. 하고 싶은 말은 늘 많은데, 단어란 건 입 밖으로 내어야만 비로소 존재할 수 있어. 전해지지 않은 말은 결국 존재의 의미도 잃게 되지. 그런 생각에서 출발했어." 이미 여러 번 했던 이야기였지만, 아버지 앞에서 이 말을 다시 꺼내는 건 다른 온도를 가졌다. 아버지의 눈에 놀라움과 통찰의 기운이 동시에 스쳤다. "인문학적인 관점에서 접근해 보는 것도 좋겠구나. 단순한 정보보다 중요한 건 맥락이야. 과거와 현재가 어떻게 연결되는지를 봐야 해. 타이틀에 걸맞은 전시가 되려면, 그 연결고리를 설득력 있게 설계해야 할 거야." 아버지는 언제나 인문학을 삶의 중심에 두었다. 그의 말은 단순한 의견이 아니라, 그의 신념과 가치관의 축적된 울림이었다. 그 말은 곧장 내 마음에 깊이 닿았다. 과거와 현재의 연결. 그건 마치 아버지의 존재 같다. 과거의 그가 있었기에 현재의 내가 존재할 수 있다. 삶은 늘 연결된 구조 안에서 살아 움직인다. 그 선형적 시간 속에서, 끊어진 무엇 하나 없이 나아가는 게 이 세계가 멸망하지 않는 가장 근본적인 이유일지도 모른다. 아버지는 다시 물었다. 그 말은 마치 철학자의 질문처럼 천천히, 그러나 정곡을 찔렀다. "그 전시가 너에게 안겨주는 물질적인 것이 무엇일지, 혹은 누군가 그 전시 앞에서 조용히 눈물을 흘리는 장면. 그 둘 사이에서, 너는 어떤 가치를 더 소중히 여기게 되니?" 정답이 없는 가장 중요한 질문이었다. 나는 한동안 대답하지 못했다. 그리고, 조용히 말했다. "지금 당장은 잘 모르겠어. 하지만 그 전시 앞에서 눈물을 흘릴 누군가가 있다면, 그건 바로 나야." 아버지는 고개를 천천히 끄덕였다. "괜찮아. 지금 당장 답하지 않아도 돼. 그건 시간을 들여서 고민할 문제니까. 너의 삶에서 가장 중요한 가치를 어디에 두고 싶은지, 그 질문은 계속 안고 살아야 해." 나는 이미 식어버린 커피를 한 모금 마셨다. 그리고 어렴풋이 깨달았다. 그 전시는, 완성되지 않은 나의 대답을 위해 기획된 것이다. "꼭, 전시에 갈게." 아버지가 말했다. 그것은 아버지가 나에게 건넨 마지막 약속이었다. "언니, 내가 무조건 아빠 데리고 갈게. 걱정하지 마!" 동생의 말에 나는 작게 웃었다. 식사는 그리 오래가지 않았다. 아버지의 체력이 금세 소진된 탓에 후식은 집에서 먹기로 했다. 차가운 공기를 마시며 나의 동네를 조금 더 천천히 걷고 싶었지만 아버지가 감기라도 걸릴까 염려되어, 곧장 차를 몰았다. 가족들을 차에 태우고 돌아오는 길에 운전석 뒷자리에서 동생이 말을 건넸다. "언니, 이건 뭐야?" 무채색의 그 남자가 실어둔 선물이었다. "누가 줬어." 나도 그게 무엇인지 알지 못했다. 가족들은 먼저 올려보내고 나서야 쌀쌀한 밤공기를 들이마실 수 있었다. 손에 들린 담배는 서둘러 입에 물었지만, 그보다 먼저 포장을 풀고 싶은 충동이 앞섰다. 무채색의 그 남자가 내게 건넨 선물은 평소 그가 좀처럼 사용하지 않는 F4 사이즈의 캔버스였다. 이 크기의 캔버스를 선택한 데에는 이유가 있을 것이다. 작품으로서의 과시가 아니라, 내가 부담을 느끼지 않길 바라는 조심스러운 거리감 속에 놓인 선물이었다. 지나치지도, 모자라지도 않은 무채색의 배려였다. 연보랏빛의 천으로 감싸진 그림은 은은한 단내가 섞인 꽃 향을 풍긴다. 리본 사이엔 작고 얇은 카드 한 장이 꽂혀 있었다. 담배를 바닥에 비벼 끈 뒤, 조심스레 천을 풀었다. 자세히 들여다보지 않아도 알 수 있었다.

1980년, 도쿄의 여름밤

그러나 그 밤은 형형색색의 불빛으로 채워진 전형적인 '도쿄'가 아니었다. 그가 그려낸 배경은 인적 없는 기차 역사다. 불빛이 아니라, 그림자가 시간을 말하고 있다. 전철 선로 아래로 길게 떨어진 그림자는 무심한 듯 그 밤을 가로질렀고, 역사 안에 놓인 단 하나의 거울만이 역설적으로 도쿄의 야경을 반사하고 있었다. 거울 속 도시는 네온사인으로 가득했지만, 정작 그림 바깥의 현실은 적막하고 정제된 밤이었다. 이중구조의 구도 속에서 그는 '실재와 허상', '빛과 어둠'의 경계를 시적으로 재구성했다. 바닥에는 싱그러운 초록빛 나뭇잎 하나가 조용히 놓여 있었다. 그 잎사귀 하나로 여름이었음을 확신할 수 있었다. 그는 내 말 몇 마디를 듣고 단박에 여름을 떠올렸고, 그 계절의 감도를 이토록 섬세하게 화폭에 옮겨냈다. 그리고 카드 한 장에는 짧은 문장이 적혀 있었다. "내가 그린 건 배경, 아버지는 당신이 직접 그려." 나는 이 그림에 아버지를 그려 넣어, 그의 장례식에 둘 것이다. 이 그림은 죽음을 애도하는 것이 아니라, 그의 생이 찬란했음을 나타내는 마지막 정경이다. 집에 들어서자, 어머니의 시선이 가장 먼저 그림에 닿았다. 나는 대리석 아일랜드 식탁 위에 그림을 조심스레 올려 두었다. 그림은 조명 아래서도 과장되지 않은 채, 정중한 침묵을 유지했다. "무슨 그림이야?" 어머니가 물었다. 나는 조용히 대답했다. "아버지의 장례식에 둘 그림이야." 어머니와 동생은 동시에 숨을 들이켰고, 놀람과 당혹이 스친 얼굴이 식탁에 번졌다. 하지만 아버지는 이제껏 내가 본 그 어떤 미소보다 더 환한 웃음을 지었다. "아주 마음에 든다.", "여기에 아버지를 그릴 거야. 내가 직접.", "내가 볼 수 있는 거냐?", "내가 이 그림에 아버지를 그릴 땐, 이미 아버지가 떠난 후야." 우리는 그림을 통해 누군가를 그리워하고, 그리움 속에서 그 존재를 다시금 상기한다. 나는 그 그림 속에, 가장 조용하고 완전한 방식으로 아버지를 남겨두기로 했다. 아무런 예고도 없이 찾은 그녀의 공간은 굳게 닫혀 있었다. 한겨울의 차가운 기운만이 그곳을 남아있었다. 그녀의 공간은 어떤 형태로든 겨울이 아닌 다른 계절을 좀처럼 허락하지 않았다.

-

그곳은 연말의 절정, 한창의 시기였지만, 어떤 공지나 안내도 없이 닫혀 있었다. 커튼은 두껍게 드리워져 있었고, 내부는 어렴풋한 그림자들만 어른거렸다. 그 틈새로 보인 건 바닥을 덮은, 산산이 부서진 유리 조각들이었다. 불안한 예감이 목덜미를 타고 흘렀다. 도어록의 비밀번호를 빠르게 눌렀다. 문을 열고 들어선 공간은, 더 이상 무엇도 남아있지 않았다. 진열대 위 대부분의 잔과 술병이 깨져 있었고, 선반 위에 얹혀 있던 무수한 유리들이 바닥으로 내던져져, 파편이 되어 흩어졌다. 모든 것이 흩어져 있었다. 질서도, 기억도, 온기마저도. 아무런 맥락도 없었다. 어떤 분노의 흔적도, 도둑의 침입도 느껴지지 않았다. 그것은 오히려, 스스로 무너뜨린 세계처럼 보였다. 말없이 빗자루와 쓰레받기를 챙겨 파편을 조심스레 치운 뒤, 창고에 있던 마대자루에 담았다. 부서진 잔 하나, 깨어진 병 하나를 치우는 행위가 왠지 고통스러웠다. 나는 그녀의 무너진 세계를 애써 복원하고 있었다. 몇 번이고 전화를 걸었다. 하지만 그녀는 받지 않았다. 싸늘한 냉기가 공간에 가라앉아 있었다. 이토록 익숙한 공간이, 처음으로 낯설게 느껴졌다. 더는 기다릴 수 없어 조심스레 메시지를 남겼다. [얼굴이나 볼까 해서 들렀는데, 유리가 깨져 있어서 문을 열고 들어왔어. 연락 줘.] 그녀는 마치 한 번도 전화를 피한 적 없던 사람처럼, 곧장 답장을 보냈다. [신경 써 줘서 고마워. 피곤할 텐데 들어가봐. 내가 처리할게.] 그녀가, 처음으로 나를 밀어냈다. L과의 관계 때문일 수도 있다. 하지만 그것보다 더, 그녀가 이제는 누군가와 이야기를 나눌 힘조차 남아있지 않다는 사실이 두려웠다. [통화를 하고 싶어. 잠깐이면 돼.], [통화하고 싶지 않아. 미안.] 그녀는 단호했다. 그리고 침묵했다. 아무것도 말할 수 없을 만큼 지쳐 있었고, 말하지 않기로 결심한 듯했다. 나는 그녀에게 '중대한 문제가' 생겼다는 불안한 확신을 했다. 진실을 아직 말하지 못했다는 사실이 나를 가장 절망스럽게 만들었다. 혹시 그녀가 이미 그 진실을 마주했고, 그 스스로 지옥의 문을 열고 걸어 들어간 것이라면? 그보다 더 크고 깊은 상처라면? 나는 아무것도 할 수 없다. 무언가에 이끌리듯 고개를 들었다. 테이블 위에 사진 한 장이 놓여 있었다. L의 얼굴. 폴라로이드 속에서 그는 그녀를 향해 웃고 있었다. 그 미소는 너무도 선명했다. 심장을 찌르듯 명확했다. 사진 속 풍경은 말이 없었지만, 그 자체로 모든 이야기를 품고 있었다. 무엇을 말해야 할지, 무엇을 느껴야 할지 도무지 알 수 없어 나는 조용히 그 공간을 빠져나왔다. 그녀에게 전시의 초대장을 건넬 수 없다.

–

　연말을 기점으로 약 3주간의 전시가 열린다. 여러 작가가 참여하는 테마 중심의 기획전이기에, 전시 기간을 그보다 더 줄이기는 어렵다는 결론에 도달했다. 갤러리의 중앙에는 하나의 거대한 나무 조각이 세워졌다. 주재료는 목재이지만, 그 위에는 실, 리넨 조각, 바느질된 천들이 뿌리내리듯 얹혀 있다. 전통 조각과 텍스타일 아트가 조우한 형태다. 날카로운 조각 대신 바느질된 촉감으로 연약하고도 섬세한 침엽을 형상화해서 크리스마스트리의 형식을 빌려온 이 작품은 계절을 매개로 한 감각의 환기이자, 감정의 기념비다. 그 나뭇가지마다 무채색의 그 남자가 만든 인형들이 매달려 있다. 작고 조용한 인형들이다. 그에 따르면 이 인형들은 모두 '잊힐 수 없는 꿈'을 간직한 존재다. 마치 각각의 인형이 하나의 인격체처럼 느껴졌다. 하나의 트리 위에 세 명의 작가가 엮어낸 결과물이 겹겹이 얹혀 있다. 공동 작업이기보다는, 서로의 매체가 충돌하면서도 조화를 이루는 드문 형식이다. 전시 준비는 마무리 단계에 가까웠고, L과 무채색의 그 남자는 마지막 작품들의 입고 작업을 진행하고 있었다. 여전히 손이 필요한 자잘한 작업이 남아 있었지만, 공간은 이미 하나의 숨결로 살아 움직이기 시작했다. 참여 작가들의 면면을 살펴보면 대부분 이제 막 자신의 작업 세계를 드러내기 시작한 신예들이다. 작품은 거칠고도 솔직했다. 주관사의 입장에는 물론 판매 성과 혹은 실적이 중요하겠지만, 나는 처음으로 그 너머의 가치를 좇기로 했다. 예술이 돈이 아니라 감정으로 환산되는 순간을 두 눈에 담기로 했다. 갤러리 안을 감도는 겨울 냄새가 우리를 들뜨게 했다. 보이는 건 눈에 띄는 것이 없지만, 온도와 빛과 먼지의 감촉이 계절을 완성했다. L은 이 전시에 마음을 쏟았다. 이 여정의 한가운데에서 그가 느끼는 충만함이 전해졌다. 우리는 사랑도 우정도 아닌 그 무엇으로 빚어진 관계이며, L은 내 여정의 단 하나뿐인 동료다. 정형화된 전시 기법을 벗어난 공간은, 하나의 의도된 무질서 속에 있다. 회화는 벽이 아니라 조형물이나 가구 위에 놓여 있고, 결이 다르고 높이가 제각각인 오브제들이 자연스럽게 스며들었다. 마치 처음부터 그곳에 존재해 온 듯 거리낌이 없다. 이 무질서는 회화와 오브제, 조각과 텍스타일, 이미지와 실재가 뒤엉킨 '다성적 설치'다. 그러나 그 침묵의 연합은 곧 저마다의 방식으로 아우성친다. 그 가운데 내 시선을 사로잡은 작품은 두 손을 하늘로 뻗은 석고 오브제였다. 손은 무채색이며, 투박하다. 그러나 그 손이 받치고 있는 회화는 섬세하다. 시커멓게 칠해진 배경 위에 오직 흰색의 단선(單線)으로만 그려진 이미지다. 그 선은 말이 없으나, 모든 것을 말하고 있었다. 두 명의 작가가 만든 공동 작품이었다. 거칠지만 섬세한 감각을 가진 조각가의 작품 위에, 또 다른 작가의 회화가 놓여 있었다. 하늘이라 믿고 올려놓은 듯한 구도이다. 수직성과 희생, 바침의 태도가 스쳤다. 그 안에는 경배

와 고백의 감정이 동시에 흐르고 있었다. 나는 그 앞에서 말없이 겨울을 느꼈다. 아주 깊은, 침묵의 온도를 지켰다. 그 작품 앞에서 L이 긴 시간 머물렀다. 말없이 서서, 그 어떤 해설지도 없이 가만히 작품을 바라보았다. 그렇게 수 분이 흘렀을 무렵, 그는 아주 천천히 입을 열었다. "사랑." 그 단어는 이질적일 정도로 낯설었다. 그리고, 온전히 진심이었다. "이 작품이 전하는 단어는 감히 사랑이라 할 수 있겠네요." 무채색의 그 남자는 '사랑'이란 단어가 L의 입에서 나온 순간, 나를 바라보았다. 아주 짧은 순간, 하지만 놓칠 수 없는 교차였다. 굳이 고개를 돌려 확인하지 않아도 알 수 있는 시선이었다. 그들은 각자의 방식으로 사랑을 말하고 있었다. 침묵으로, 그리고 침묵 너머의 감정으로.

3부

죽음(2022)

— 봄 —

　상조 회사에서 전달받은 부고문을 지인들에게 전했다. 난생처음 전하는 내 아버지의 부고장이었다. 겨울이 채 가시지 않은 이른 봄, 아버지는 세상을 등지고 끝을 알 수 없는 긴 여행을 떠났다. 예순한 살의 생일을 하루 앞둔 날이었다. 논리로는 도저히 설명할 수 없는 불안한 밤이 있었다. 아버지가 중환자실에 입원한 지 2주째 되던 날이었다. 그의 육신은 여전히 내가 속한 이 세계에 머물러 있었지만, 영혼은 이미 다른 차원을 향해 조용히 떠날 채비를 하고 있었는지도 모르겠다. 산소호흡기로도 자가 호흡이 되지 않아, 결국 거대한 벤틸레이터(Ventilator)를 살이 거의 남지 않은 몸에 부착했다. 신경안정제가 투여되면서, 아버지는 깊은 잠에 빠져들었다. 의식의 끈은 희미했지만, 그의 손은 여전히 따뜻했다. 매시간, 매분, 매초가 날 갉아먹던 그 불면의 밤, 나는 결국 그를 그림 속에 그려 넣었다.

　그는 조용한 역사의 거울에 비친 분주한 밤거리를 바라보고 있었다. 그래서, 그의 측면 얼굴밖에 그릴 수 없었다. 그는 검은색 라이더 재킷을 걸치고 주머니에 손을 찔러 넣고 있었다. 사진으로만 보던, 아버지가 젊은 시절 즐겨 입던 스타일이었다. 이제 그는 역사의 플랫폼을 떠나, 도쿄의 밤거리로 걸어 나갈 것이다. 그리고 그 1980년의 여름, 미래에서 온 자신의 딸을 만나게 될 것이다. 그림에 자꾸 눈물이 떨어졌다. 그 눈물 덕분에 물이 필요하지 않았다. 내일, 장례식이 시작되기 전까지 그림이 마르길 바랐다. 어차피 잠들 수 없는 밤이니, 인위적인 바람으로 말려 보기로 했다. 그림을 완성한 뒤, 무채색의 그 남자에게 전화를 걸었다. "당신이 선물한 그림에, 아버지를 그렸어." 한동안 말이 없었다. "늦지 않게 선물해 줘서 고마워." 나는 결국 임종을 지키지 못했다. 아니, 지킬 수 없었다. 면회는 엄격히 제한되어 있었고, 병원 측은 그가 떠난 후에 그의 육신을 확인할 수 있도록 허락했다. 그게 무슨 의미가 있을까. 그저 확인이라는 행위일 뿐이다. 병원에서 걸려 온 전화를 받고 그림을 챙겨 나왔다. 의미 없는 아버지의 껍데기라도 보고 싶어, 모든 신호를 무시한 채 병원으로 향했다. 경적도, 사람들의 얼굴도, 아무것도 보이지 않았다. 온전히 시간과의 싸움이었다. 하지만 시간은 언제나 그랬듯 무자비하게 날 배신했다. 나는 결국, 꽃밭을 선물하지 못했다. 병원에서는 정확히 두 번, 그의 육신을 볼 수 있는 시간을 허락했다. 한 번은 거대한 기계를 단 채 긴 잠에 빠진 모습으로, 그리고 또 한 번은 그 기계를 제거한 후, 마치 오래된 잠에서 막 깨어난 듯한, 그 본래의 모습으로. 슬퍼할 겨를도 없이 장례를 준비해야 했다. 회사는 5일 간의 장례 휴가를 주었다. 이 세상에 처음 태어났을 때부터 함께한 사람을, 고작 닷새 안에 정리하고 다시 일상으로 돌아가야 하는 현실이 야속했다. L에게 전화를 걸었다. "오늘 오전에 아버지가 돌아가셨어." 사실은 출근이 어렵다고 말하려던 참이었다. 그런데 갑자기 목이 메어 말을 잇지 못했다. "그러니까, 와 줄 수 있어?" 무채색의 그 남자는 가장 먼저 장례식장에 도착했다. 그는 아버지에게 마지막 인사를 건넨 후, 영정 사진 옆에 세워둔 그림을 바라봤다. 그 아래엔 또 다른 그림이 놓여 있었다. 하지만 무채색의 그 남자의 존재는 내 슬픔을 위로할 수 없었다. 특정 인물로부터 비롯된 공허는, 오직 그 사람만이 메울 수 있다. 그날, L이 장례식장에서 몰래 흘린 눈물을 봤다. 여느 조문객들의 위로보다 말 없는 그 눈물이 더 큰 힘이 되었다. 그는 삼 일 내내 장례식장을 지켰고, 내게 초콜릿을 건넸다. 나는 남김없이 그것을 먹었다. 내내 기다리던 그녀는 오지 않았다. 그녀는 부의금 계좌로 삼십만 원을 보내며 갈 수 없어 미안하다고 말했다. 그 예전 여름날, 그녀가 갑자기 건넸던 노란색 파우치가 떠올랐다. 만원 남짓한 그것이 지금의 삼십만 원보다 더 간절했다. 밤새 물감을 말렸지만, 보이지 않는 그림 내부까지 마르지는 않았을 것이다. 그나마 아크릴 물감이라 다행이라는, 허탈한 위안을 곱씹으며 나지막이 웃었다.

아버지는 나와의 마지막 약속을 지켰다. 전시 첫날, 두꺼운 마스크를 쓴 채 가족과 함께 갤러리에 들어서는 아버지를 기억한다. 그날의 아버지는, 마치 꽃이 만개하던 어느 봄날의 기억처럼 깔끔한 정장을 입고 있었다. 실로 오랜만에 보는 단정한 차림이었다. 아버지는 전시장 안을 천천히, 그러나 놀랄 만큼 집중력 있게 둘러보았다. 느린 걸음 뒤로, 시선은 어느 작품 하나도 놓치지 않겠다는 듯 고요하게 머물렀다. 나는 아버지를 멈춰 세울 작품이 무엇일지 유심히 지켜보았다. 몇 차례 되풀이해 공간을 거닌 끝에, 아버지는 마침내 내 앞에 멈춰 섰다. 그는 나직이 웃으며 말했다. "그 어떤 작품을 봐도, 이만한 작품이 없네." 나도 웃으며 되물었다. "인문학적 관점으로 접근했을 때?" 아버지는 고개를 천천히 저으며 덧붙였다. "어떤 관점에서든. 타이틀을 넘어선 완벽한 전시야. 그런데, 이 작품 다음으로 마음이 가는 그림이 하나 있는데 내가 그 그림을 구매할 수 있을까?" 아버지가 마음을 둔 작품은 무채색의 그 남자가 전시에 올린 단 한 점의 회화였다. 그는 원래 완성 전의 작품을 외부에 공개하지 않았지만, 전시공간 안 특정한 구역—원래 라일락이 놓여 있던 장소—은 그의 결정을 바꾸어 놓았다. 그 공간은 이번 전시에서 유일하게 색이 가득 채워진 곳이었다. 그는 전시 큐레이션 과정에서 그 구역의 쓰임에 대해 오랜 시간 고민했다. 그리고 결국, 스스로 결론을 내렸다. "그대로 둬야겠어. 손댈 수가 없네. 내 그림 하나를 이곳에 올려도 될까?" 나는 짧게 답했다. "물론이지." 그가 올린 작품은 연작 중 첫 번째 그림이었다. 나를 다시 만나기 전, 그가 그렸던 '시작의 이미지'. 그림 속엔 연보라색 원피스를 입은 여자가 등장한다. 그보다 한층 진한 라일락꽃 사이에서, 얼굴이 없는 채 길을 잃은 듯 서 있다. 그는 라일락의 꽃잎으로 여자의 얼굴을 교묘하게 가려냈다. 그녀는 왜, 달콤한 꽃 향에 취하기도 전에 그 자리를 떠나려 하는 걸까. 그림은 색채로 가득했지만, 그 아름다움이 오히려 비현실적일 만큼 과장되어 있었다. 초현실주의적 시선과 상징성이 얽힌 구성은, 회화의 정적 속에서 불가사의한 정서를 발산했다. 마치 그녀의 존재 자체가 애초부터 환영이었던 것처럼. 나는 조심스럽게 아버지의 말을 그에게 전했다. 내가 아는 한, 그는 그 그림을 판매할 생각이 전혀 없었다. 그는 예의를 갖춰, 직접 아버지께 말씀드리고 싶다고 했다. "사실은 판매할 수 없는 그림입니다. 4년 넘게 손을 대지 못한 연작의 첫 시작이라 각별한 작품입니다. 혹시, 실례가 아니라면 왜 이 그림에 마음이 닿으셨는지 여쭤도 될까요?" 아버지는 망설임 없이 대답했다. "제가 특별히 미술에 일가견 있는 사람은 아닙니다. 그저, 아주 오래 알고 지낸 누군가가 떠올랐어요." 아버지는 고개를 살짝 돌려 나를 바라보았다. "제가 그 사람에게 이 그림을 선물하면, 언젠가 얼굴을 그려 넣을 때 조금은 수월하지 않을까요?" 아버지의 말에 무채색의 그 남자는 더는 감탄을 숨기지 못했다. 설명 한마디 없이, 아버지는 단숨에 그림 속 여자가 나임을 확신했다. 그리고, 무채색의 그 남자가 나의 연인임을 알아챘다. 며칠 뒤, 장례를 마친 나는 아버지가 내게 남긴 마지막 선물, 그 라일락 그림을 정성스럽게 포장해 차 뒷좌석에 올려 두었다. 그 그림은 이제, 영원히 아버지의 시선을 품은 채 나와 함께 남게 되었다.

-

누군가 아주 작은 흔적만을 남기고 이 세상에서 사라져도, 언제나 그렇듯 시간은 흐른다. 생일에 큰 의미를 두지 않는 나지만, 올해는 무채색의 그 남자와 함께 저녁식사를 하기로 했다. 우리는 저녁 일곱 시, 공덕에 있는 조용한 레스토랑에서 만났다. 나는 붉은색 메리제인 구두를 신고 있었다. "이 구두에 대해 이야기하면, 그림을 완성하는 데 도움이 되지 않을까 싶어서. 물론 내 생각이지만." 아침 열 시, 사무실로 퀵 배달이 도착했다. 상자 안에는 또 다른 포장 상자가 들어있었고, 그 안에 흰색 편지봉투가 얌전히 놓여 있었다. 그녀가 나에게 보낸 선물과 편지였다. 편지를 읽을 용기가 나지 않아, 우선 책상 위에 조심스레 봉투를 내려놓고 상자의 내용물을 확인했다. 붉은색 메리제인 구두. 그녀의 마음이 담긴 생일 선물이었다. "바쁘다는 진부한 핑계로 편지를 읽는 것을 미뤘어." 그러나 여기까지 말하고, 멈출 수밖에 없었다. 전혀 예기치 못한 눈물이 음식 위로 뚝 떨어졌기 때문이다. "플랫폼 출시 일정 때문에, 아버지의 부재를 느낄 틈도 없이 바쁘게 지냈어. L도 그랬고. 오늘만 해도 해결해야 할 일이 감당할 수 있는 범위를 한참 넘었어. 아니, 핑계야. 사실은 편지를 읽고 싶지 않았던 거야." 한참을 뜸 들인 뒤, 나는 이어 말했다. "그녀가 나를 밀어낼지 두려워서가 아니야. 지금의 나는, 그녀의 감정을 받아들일 수 있는 상태가 아니야. 그녀에게 전해야 할 진실도, L과의 관계에 대한 죄책감도 모두 피하고 싶어. 솔직히 말하면 장례식장에서 삼 일 내내 그녀를 기다렸어." 나는, 오전 열 시에 도착한 그 편지를 해가 완전히 저문 후에 읽었다. 몇 년 동안, 수십 번이고 반복해 읽으며 마침표 하나까지 외워버린 그 편지의 내용을 이야기에 남기고자 한다.

안녕, 오랜만이야. 잘 지내지 못했을 걸 알아서, 잘 지냈냐는 말로 시작할 수가 없네. 생일 축하해. 함께 보내는 선물이 네 마음에 들었으면 좋겠어. 네가 자주 입는 하얀색 원피스에 신으면 정말 예쁠 거라는 생각을 하며 고른 구두야. 왜 메리 제인이냐고? 너는 소녀 같은 느낌이 참 잘 어울리거든. 네가 할머니가 돼도, 넌 메리제인이 잘 어울릴 거야. 그리고 아버지를 보내 드리는 힘든 시간에 함께하지 못해 진심으로 미안해. 너의 찬란함이 아버지와 함께한 어린 시절부터 시작되었음을, 네가 그 시간을 얼마나 사랑했는지 너무 잘 아는데, 가지 못했어.

실은, 내가 조금 아파. 어디가 어떻게 아픈지는 말하고 싶지 않아. 집중치료기간이라 병원 밖으로 나갈 수 없었어. 가게는 못 연 지 한참 되었지만, 그래도 접을 생각은 없어. 세는 꼬박꼬박 내고 있어. 치료가 끝나면 다시 따뜻한 공간으로 너를, 그리고 L을 반겨 줄게. 미안해하지 않아도 돼. 내가 웃으며 너희를 다시 만날 수 있게 기도해 줘. 작고 아담하지만, 지나치게 따뜻한 나의 공간에서 너를 다시 만나고 싶어. 하고 싶은 말이 너무 많아. 그 사람은 지금 내 치료가 끝나기만을 기다리고 있어. 그가 나를 사랑하지 않는 줄 알았는데 날 버리지 않았어. 치료가 끝나면, 그와 결혼할 생각이야. 네가 부케를 받아줬으면 좋겠어. 그래, 줄 거지?

나는 그 사람을 정말 사랑해. 너는, 그 사람과 아직 만나고 있니? 혹시 그 사람이 너의 사랑이었을까? 할 말이 너무 많아 눈물이 날 것 같아. 준비가 되면, 가장 먼저 너에게 연락할게. 그때까지 날 잊지 말고, 조금만 기다려줘. 고맙고, 미안하고, 보고 싶어. 안녕.

P.S. 네 소식은 항상 인터넷으로 찾아보고 있어. 잘되고 있는 것 같아서 정말 기뻐.

나는 그녀의 연인에게 분노했다. "내가 진실을 알았을 때 미루지 말고 알렸어야 해.", "거짓일지언정 치료가 끝날 때까지 곁을 지키려는 마음 아닐까?", "사람이 할 짓이야?", "내가 당신이라면, 지체없이 알릴 거야." 무채색의 그 남자는 넌지시 나와 그의 목적이 같음을 알렸다. "그녀에겐 그 사람이 유일한 삶의 의지일 거야." 내 대답이 그의 논리에 도리어 힘을 실어줬다. "당신과 그 남자. 똑같은 짓을 한 거야.", "진실을 말했다가, 그녀가 잘못되면?", "당신은 지난번 망친 그림을 가지고도 선택을 망설였어. 나에게 그림을 보관해 달라고 했고, 그림은 방치되는 중이야. 선택하지 않으면 방관일 뿐이야. 그녀를 위해서 입을 다물지, 진실을 말할지 선택해야 해. 당신은 결국 그녀가 걱정된다는 구색 좋은 핑계 뒤에 숨어서 선택을 미루고 있는 거야. 물론 그 남자도 당신과 다르지 않아." 무채색의 그 남자는 결국 감추고 싶던 나의 밑바닥까지 들춰냈다. "목도리가 되어 주진 못해도, 빼앗을 필요까진 없잖아. 오늘 이야기로 당신 얼굴을 그린다면, 분명 일그러진 얼굴일 거야. 지금 신고 있는 그 구두는 길거리에나 뒹굴고 있겠지." 무채색의 그 남자와 불편한 식사를 마친 뒤 다시 사무실로 향했다. 미처 처리하지 못한 업무에 집중하면 불면의 밤이 두려워 공허를 느끼는 일은 없을 것이다. 그런데, 사무실에서 환한 빛이 흘러나왔다. L이 남아 있다. "퇴근 안 했어?", "다시 오실 것 같았어요. 다행이네요. 아직 열두 시 전이라." 그는 내 책상에 올려 둔 홀 케이크를 가리컸다. "생일 축하해요." 별 의미를 지니지 않은 L의 한마디에 그만 바닥에 주저앉고 말았다. 하루가 너무 버거웠다. "그리고, 오늘 퇴근 못 하십니다." L은 싱긋 웃으며 어지럽게 널브러져 있는 종이들을 툭툭 쳤다. 우리는 딱히 조각을 나누지 않고 숟가락으로 케이크를 먹었다. 달다. 달아서 정말 다행이다.

— 여름 —

'침묵과 상실' 전시는 비평적·상업적 양면에서 기대 이상의 성과를 거두었다. 전시 기간 내내 예상치를 웃도는 방문객 수를 기록했고, 소장 가치가 높은 주요 작품 다수가 판매되었다. 특히 몇몇 지자체에서는 지역문화 활성화를 위한 공동기획전시를 제안하며 정식 협업요청서를 보내왔다. 이는 단순한 홍행을 넘어, 이번 기획이 미술계 내외부에서 신뢰할 만한 콘텐츠로 인정받았다는 증표다. 주목할 만한 것은, 전시가 막을 올린 직후 유명 아트플랫폼에 실린 칼럼의 반향이다. '페르소나 무명'이라는 필명을 사용하는 익명의 필자는, 이번 전시의 미학적 구조와 큐레이션의 방향성을 날카롭고도 애정이 어린 시선으로 분석하며 독자와 평단 모두의 주목을 끌었다.

〈침묵과 상실〉

— 말이 사라진 자리에 예술이 피어나다.

삶에서 가장 무거운 언어는, 때때로 끝내 입 밖으로 나오지 못한 말들이다.

〈침묵과 상실〉은 바로 그런 말들, 전하지 못한 마음과 의미를 작품이라는 방식으로 회복하려는 시도다. 경기도 외곽의 한 갤러리. 처음 이 공간에 들어섰을 때 관람객은 어떤 의도된 '무질서'에 부딪힌다. 회화는 벽이 아닌 낮은 조형물 위에 놓여 있고, 석고 오브제와 텍스타일, 드로잉과 퍼포먼스의 잔향들이 공간을 무심히 점유한다. 그러나 그 무심함 속에는 치밀한 사유의 구조가 숨겨져 있다. 침묵이란 이름의 공백은 텅 빈 것이 아니라, 다만 언어가 미처 닿지 못한 감정의 밀도라는 사실을 이 전시는 천천히, 그러나 깊이 말해 준다. 전시의 시작점은 단순했다. '수많은 말들이 결국엔 침묵으로 사라진다면, 그 말들이 전하려 했던 진심은 어디로 가는가.' 이 질문에서 출발한 기획은 단지 회화나 조형물로 끝나지 않는다. 관람자 각자의 기억과 상실의 경험을 소환해, 침묵의 공간 안에서 새로운 서사를 생성해 낸다. 특히 눈에 띄는 것은 무채색의 석고 손 조형물이 검은 회화 한 점을 받치고 있는 작품이다. 모든 것이 절제된 색감 속에서 단 하나, 흰 선으로만 그려진 이미지가 관람자의 시선을 붙든다. 누군가의 표현을 빌리자면, 이 작품이 전하는 언어는 '감히 사랑이라 할 수 있겠네요.' 그렇게 침묵 속에서 꺼내진 사랑이라는 단어는, 아이러니하게도 가장 조심스럽고 온전한 말로 다가온다. 단조로움, 고요함, 침묵 속의 소음… 그런 역설이 이 전시의 언어다. 말이 없기에 더 많은 것을 말하는 전시. 〈침묵과 상실〉은 침묵의 무게를 견디고 선 누군가에게, 혹은 말을 잃은 모두에게 닿기를 바라는 '공허의 예술'이자, 그럼에도 살아남는 '사랑의 예술'이다. 이 전시는 단순한 시각예술을 넘어, 인간의 존재성과 기억, 실재와 허상의 경계, 과거와 현재의 연결성을 통찰하는 시도다. 철학자처럼 침묵을 질문하고, 시인처럼 상실을 기록한다. 침묵은 결코 텅 빈 것이 아니었다. 그것은 말을 잃은 사람들의 마지막 언어이자, 상실 이후 남겨진 우리가 새롭게 써 내려가야 할 문장이다. 그리고 〈침묵과 상실〉은 그 첫 문장을 건네는 전시다.

그는 기획 의도를 정확히 짚어냈고, 특히 L이 전시장 한켠에서 무심히 뱉은 한 문장을 그대로 인용했다. "감히 사랑이라 할 수 있겠네요." 전시의 깊은 내면을 들여다본 그의 글이 남긴 여운은 이후 플랫폼 출시에까지 막대한 영향을 끼쳤다. 전시는 종료되었지만, 호평의 후광은 두 계절이 지난 후에도 여전히 유효했다. 단 한 발의 총알로 모든 의지를 불태우던 이 년 전 여름을 떠올렸다. 그 짧은 계절 동안, 나는 제법 성장했다. 나의 능력을 필요로 하는 타인이 생겼고, 불완전한 나 자신에게 묘한 우월감을 느끼게 되었다. 그러나 언제나 완벽한 성과만을 보고해야 하는 위치에서 오는 압박은 생각보다 훨씬 무거웠다. 나는 스스로 그 압박에 짓눌렸다. 그래야만 겨우, 불면의 밤을 견딜 수 있었다. 오직 압박만이 내 숨을 연명하게 했다. L은 내가 처음 내걸었던 단 하나의 조건, '신의'를 변함없이 지켜내고 있다. 그는 내 여정을 묵묵히 함께하는 동료

이자, 아버지의 장례식장에서 몰래 눈물을 훔치던 사람이었다. 그리고, 일 년 가까이 매일 아침, 아무 말 없이 책상 위에 커피를 올려 두고, 나의 사소한 변화까지 누구보다 먼저 알아채는, 완벽한 타인이라고 할 수 없는 타인이 되었다. 나는 L의 실재(實在)에 여러 번 안도했다. 그러나 여전히 그에게서 어떠한 색과 향도 떠올리지 못한다. 그에 대해 궁금한 것이 없다. 이토록 '무'에 가까운 사람도 있을까. 나는 여전히 L에게 그녀의 이야기를 전하지 못했고, 결국 비겁한 방관자가 되어 있었다. 그런 와중에, 메이저 백화점으로부터 정규 입점 제안서를 받았다. 온라인 기반 이커머스 플랫폼을 오프라인 공간과 연계해, 보다 다양한 타깃층을 공략하겠다는 전략이다. 예상보다 빠르게 입점이 확정되었고, 회사는 과도기 이후 이 사업의 전권을 내게 부여했다. 쓸데없는 잡음 없이 나의 의사로 결정하고 책임지는 과정은 한결 편안했다. 입점 확정 직후, 지자체로부터 팝업스토어 공동 기획 제안까지 이어졌다. 그야말로, 외형상으로는 승승장구의 길을 걷는 중이었다. 다만, 매해 장마철 단 한 번 열리는 '소리의 전시회'를 즐길 여유조차 없다는 점이 아쉬웠다. 비 오는 날 유독 짙어지는 자연의 향을 느끼며 잠시 그 여운으로 위안을 삼았다. 백화점 입점은 전시 준비와 크게 다르지 않다. 플랫폼 입점 작가들 중 1분기 판매 작품을 선별하고, 마진율을 협의하는 과정으로 구성된다. 초기 플랫폼 사업은 대부분 적자 상태로 시작한다. 외부 투자유치를 기반으로 손익분기점을 넘기는 것에 총력을 다하며 다음 투자를 준비해야 한다. 백화점 입점 역시 단기적인 수익을 기대하기보다, '메이저 유통망을 통해 검증된 플랫폼'이라는 이미지를 쌓기 위한 장기 전략이라 보는 편이 옳다. 백화점으로부터 제안받은 공간이 예상보다 넓어, 그에 비례해 시설 투자 비용도 상당했다. 창업 직후 일 년 만에 회사를 합병했으니, 바닥을 치던 시절이 길지 않은 셈이다. 물론 합병 이후 '내 회사'는 아닌 '회사'가 되었지만, 차선의 성과로는 충분하다고 자평한다. 회사는 외부 투자유치 이후 자회사 분사를 논의 중이었다. 분사 이후, 명목상의 대표직을 회복할 수 있을 것이다. 대주주를 등에 업은 채 얻게 되는 이름뿐인 자리일지라도, 협의된 지분율은 그럭저럭 나쁘지 않았다.

광화문역 6번 출구부터 시작되는 그 거리를 걷다 보면, 수많은 사람 중 하나일 뿐인 나의 위치를 실감하게 된다. 아무리 잠깐의 우월감에 젖어 있다고 해도, 그 거리의 공기는 언제나 날 현실로 돌아오게 했다. 내 옆에 '사랑'이라는 감정을 두어 어렴풋한 행복이라도 누리고 싶었지만, 마음속 공허는 좀처럼 메워지지 않았다. 인사동의 간판 없는 전집이 그리웠지만, 시간에 쫓기며 그곳에 잠시 머물고 싶진 않았다. 사무실에서 마시는 딱 하나의 얼음을 띄운 와인 한 잔이 유일한 오늘의 위로이자 내일의 연료였다.

무채색의 그 남자는 '침묵과 상실' 전시 이후 수많은 전시 제안을 받았으나, 모두 고사했다. 마치 '라일락' 연작의 완성이 그의 삶을 정의할 마지막 목표인 양, 그림에 몰두했다. 그는 시리즈의 마지막 작품을 유례없이 큰 캔버스에 그릴 예정이었다. 말 그대로 '결정적 장면'을 염두에 둔, 마무리의 선언과도 같은 회화다. 그는 그날의 도래를 간절히 그리워하며, 아직 도달하지 않은 미래를 기다리는 현재를 무색하게 떠도는 중이었다. 나는 여전히, 일주일에 한 번 그의 갤러리를 찾았다. 그는 늘 물감이 튄 짙은 색 셔츠와 무거운 앞치마 차림으로, 캔버스 앞에 서 있었다. 대개는 작업에 몰두하느라 내 존재조차 인지하지 못할 정도였다. 그의 작업엔 눈에 띄는 변화가 생겼다. 그림 속 그녀의 모든 신발이 붉은색 메리제인 구두로 통일되어 있었다. "첫 번째 작품이 없어서 어떡해?" 그는 내가 가까이 다가서야 뒤늦게 나의 존재를 감지했다. "시작이 사라졌다는 건 그 자체로도 하나의 의미가 있지 않아? 난 멋지다고 생각해. 마지막 작품이 제일 중요해." 그에게 단 한 번도, 완성 이후의 계획을 묻지 않았다. 그는 그 이후의 세계는 마치 존재하지 않는 듯 오로지 '마지막'의 서사에 집중했다. 그의 언어 속에는 결과 이후의 결과가 없다. 완성이라는 절정만이 전부였다. 그는, 탄생부터 삶의 겉 피부까지 전부 예술적 무언가로 구성된 사람이었다. 그의 세계를 붕괴시킬 수 있는 것은 이 세상 어디에도 없었다. 바로 이 지점에서, 나는 연기를 그만두었다. 나와 그의 결정적인 차이다. 나는 예술을 단지 예술로 소비하지 못한다. 언제나 결과를 먼저 엿보고, 거기에 나를 맞추며 걷는다. 그러나 그는 그저 맹목적인 사랑에 가까운 방식으로 예술을 대했다. 때로는 그 '맹목'이 몹시 부러웠다. 나는 가질 수 없는 것이다. 나는, 무채색의 그 남자를 동경한다. "당신이 비겁한 방관자가 된 이후로 좀처럼 표정이 생기질 않네. 상념이 많으면 표정에 생각이 드러날 법도 한데, 그렇게 '무'에 가까운 상태는 또 처음이네" '무'에 가깝다는 그 표현은, 내가 L을 정의할 때 사용하는 말이었다. "비겁한 방관자에서 벗어나지 못한 걸 어떻게 알았어?", "표정이 없으니까.", "오늘은 다른 생각을 하던 참이었어.", "무슨 생각?", "당신을 동경해." 그는 조용히, 팔레트 위에 물감이 묻은 붓을 내려놓았다. "커피를 내려올게." 나는 미드 센추리 모던 양식의 철제 의자에 앉았다. 아니, 정확히는 1950년대 원형 그대로 보존된 진품일 것이다. 그는 복제나 흉내를 경멸한다. 오직 진짜만을 품는 사람이다. 무채색의 그 남자는 신중하게 내린 드립 커피를 탁자 위에 조심스레 내려놓았다. "커피와 술 중 하나를 포기해야 한다면, 무엇을 포기할래?" 나는 조금의 망설임도 없이 대답했다. "둘 다. 하나라도 없으면 완전한 행복에 도달할 수 없어. 그럴 바엔 둘 다 포기하고, 차라리 불행을 선택할래. 의지대로 선택한 불행이 불완전한 행복보다는 나아.", "당신은 언제나 질문에 답하지 않더라. 그거, 조금 비겁하지 않아?", "그게 나야. 그리고, 음악도 포기하지 않아.", "그림은?", "포기할 수 있어." 그는 나를 잠시 바라보다, 중얼거렸다. "당신의 행복엔 커피와 술, 그리고 음악이 있구나." 나는 고개를 천천히 끄덕였다. "나를 동경한다고 했지. 오늘은 그 얘기를 해줘." 그는 탁자 위에 올려 둔 드로잉 북을 펼쳤다. "별건 없어. 당신도 알겠지만, 난 예술이라는 장르를 좋아해. 오랫동안 그 분야에 미쳐 있었고." 나는 말의 첫머리를 평온하게 열었다. "열 살 때였나?. 어머니를 따라간 백화점 꼭대기 층 문화센터에서 '연극반모집'이라는 다섯 글자를 봤어. 그 문장 하나에 온몸이 멈췄지. 글자만으로도 열정을 느꼈거든. 난, 연기를 꽤 사랑한다고 생각했어. 내가 기억하는 학창 시절은 단순해. 연기, 그리고 H. 그 두 가지가 내 청춘의 정의야." 무채색의 그 남자에게 H를 언급한 건 이번이 처음이었다. 그는 드로잉 북을 조용히 넘기며 연필을 쥔 손을 멈추지 않았다. "초등학교 고학년 무렵부터 연기 레슨을 받았어. 예술고등학교를 거쳐 예대에 진학했고, 정석적인 루트였지. 당신도 대략 알고 있을 거야. H는 그 모든 시절을 관통하는 인물이야.", "우리가 다시 만난 종로의 이자카야?", "정확해." HB에서 2B로, 손의 움직임에 따라 선의 농도가 자연스럽게 변했다. "H를 보면, 약간 모자랐던 나의 청춘이 떠올라. 연기만을 전부라 믿었던 시절이라 너무 많은 것들을 흘려보냈지. 이를테면, 어스름한 햇살이 드리운 조용한 교실이라거나, 하교 후 친구들과 나누던 떡볶이 같은 것들. 사소하지만 누군가는 그런 기억 하나로 살아가기도 하잖아. 나에겐 그런 부분에서 오는 결핍이 있었어. H를 제외하면, 나의 학창 시절은 충만하지 못했지." 그는 잠시 나의 눈을 보았다. "그 시절을 떠올리면 여전히 교복 입은 H의 얼굴이 또렷해. 연기와 그런 사소한 시간을 맞바꾼 후 남은 유일한 것이 그 친구였으니까. 그런데 어느 날부터인가, 연기에 아름다움을 느끼지 못했어. 그런 마음이 들기 시작하면, 현실적인 문제들을 따지게 돼. 연기를 연기로 보지 못한 거지." 그의 미간이 살짝 찌푸려졌다. 그는 감정을 말보다 감각의 형태로 나타내는 것에 익숙한 사람이다. "그런 마음이 들고 머지않아 연기를 그만뒀어. 아무것도 하지 않은 채 고여 있던 시간이 꽤 길었지. 그러면서도, 그 열정이 그리웠고, 모자란 청춘을 채우고 싶어 H를 만났지. 그 애는 언제나 날 사랑해 줬어. 하지만 과거를 현재에 덧붙인다고 해도, 그 결핍이 채워지지는 않더라. H의 무게가 때론 너무 버거웠고, 무엇보다, 부산에서 잠깐 스친 당신의 잔상을 지울 수 없었어." 나는 그제야 드립 커피가 담긴 머그잔에 손을 대며 잠시 말을 멈췄다. 그러나 그의 연필 끝은 여전히 종이 위를 걸었다. "당신을 처음 본 날, 직감했어. 당신의 피는 특정한 무언가로 충만하다는걸. 당신의 세계는 오직 그림으로 가득 차 있어. 그림 앞에서 당신은 아무런 계산도 하지 않아.", "무척이나 그런 것 같아.", "난 어떤 그림 하나를 보고 큰 결심을 했어. 그조차도 예술로 인한 움직임이었지. 내 정신은 아직도 무언가를 갈구하고 있어.", "연기에 대한 감정이 아직도 당신을 흔들어 놓는 거야?", "조금은. 하지만 그 감정이 과

거에 대한 갈망인지, 아니면 연기 자체에 대한 것인지는 모르겠어." 그는 문득 말을 멈추더니 물었다. "그렇다면, 당신은 날 사랑해?" 나는 침묵으로 대답했다. 그는 내 여백을 이해하며 조용히 기다린 뒤, 다시 입을 열었다. "그렇다면, 당신은 날 동경해?" 이번엔 대답할 수 있었다. "동경해. 사랑이라는 감정은 정의하기 어려워서 대답할 수 없었지만, 동경은 명확해. 당신의 진정성을 깊이 동경하고 있어." 그는 고개를 끄덕이며 말했다. "내가 늘 말했지만, 당신은 궁극의 낭만을 지닌 사람이야. 사회적으로도 성공 가도를 달리고 있고. 그런데 당신은, 그 모든 것들에 진정성이 없다고 생각해?" 그의 말은 날카롭진 않지만, 나의 어딘가를 깊숙이 파고들었다. "잘 모르겠어." 절반쯤 남은 커피는 이미 식고 있었다.

―가을 ―

여름의 잔상이 여전히 남아 있어 낮엔 반소매 차림이 가능하지만, 해가 기울면 시작되는 가을의 바람에 못 이겨 겉옷을 꺼내 입어야 했다. 이처럼 계절이 두 겹으로 겹치는 혼돈의 시기, 그 반복이 문득 지겹게 느껴졌다. 백화점 입점과 지자체에서 요청한 팝업스토어 일정이 절묘하게 겹쳐 있었다. 한숨 돌릴 틈조차 없는 날의 연속이었다. L은 이 살인적인 스케줄 속에서도 단 한 번도 불만을 표하지 않았다. L은 또래보다 훨씬 성숙한 편이었다. 그는 고통을 외면하지도, 굳이 드러내지도 않는 사람이었다. 정신적 고통이든 육체적 피로든 조용히 견뎌내는 것 같았다. 물론, 보이지 않는 곳에서 어떤 감정을 삼키고 있을지는 알 수 없다. 하지만 나에게는, 드러나지 않은 고통은 곧 존재하지 않는 것이나 마찬가지였다.

백화점 전시에 사용될 집기 제작이 완료되던 날이었다. 최종 검수를 위해 남양주에 있는 공장을 방문하기로 했다. 원래라면 L에게 맡겼을 일이었지만, 사무실을 벗어나고 싶은 마음이 들어 오전부터 곧장 현장으로 출근했다. L이 책상 위에 올려 두던 커피를 마실 수 없어 조금 아쉬웠다. 남양주까지는 도로 상황에 따라 한 시간 이십 분 정도 걸린다. 창문을 살짝 열자 바람이 들어왔다. 바람의 결은 분명 달라져 있었다. 한여름의 그것과는 달리, 어딘지 모르게 쓸쓸하고 건조한 기운이 섞여 있었다. 그 계절의 색과 냄새, 그리고 온도는 언제나 나를 들뜨게 했다. 가장 좋아하는 클래식 피아노곡을 틀고, 쉼표 같은 이 시간을 마음에 새겼다. 음악과 쏩쓸한 커피, 그리고 창 너머로 흐르는 풍경은 완벽히 조화로웠다. 모든 창을 열고, 바람을 그대로 맞았다. 아주 오랜만에 기분이 좋았다. 어떤 연락을 받기 전까지는 말이다. 공장에서 확인한 집기들은 흠잡을 데 없이 정교했다. 요청한 도면대로 재단되고 조립되어 있었다. 매끄러운 제작 과정과 품질에 대한 감사의 의미로, 제작책임자와 함께 근처 식당에서 식사를 했다. 식사 후, 남양주 외곽의 오래된 카페에 들러 커피를 한 잔 마셨다. 가족과 함께 드라이브하던 주말에 자주 들르던 곳이었다. 그 익숙함 속에서 노트북 전원을 켜고, 오늘까지 제출해야 할 몇 건의 품의를 정리했다. 오랜만에 여유롭고 차분한 오후 시간이었다. 품의서 정리를 마치고 사무실 도착 시간을 내비게이션으로 확인하니, 예상보다 늦은 시간이었다. 서둘러 자리에서 일어났다. 창밖엔 얇은 햇살이 걸려 있고, 나뭇잎이 바람에 흔들리고 있었다. 오후를 완벽에 가깝게 채웠다는 생각에 퍽 만족스러웠다. 그러나 그 여운은 오래가지 않았다. 창 너머의 풍경을 흘깃 살피며 운전하던 중, 낯선 번호로 전화가 걸려 왔다. 운전대를 잡은 손에 가벼운 의문이 실렸다. 무심코 전화를 받은 순간, 여유로운 오후의 만족감은 산산조각 났다. "안녕하세요." 처음 듣는 여자 목소리였다. 어딘가 메마른 기척이 있었다. "네, 어디에서 전화해 주셨나요?" 그녀는 자신을, 그녀의 친동생이라고 소개했다. 이름은 들리지 않았고, 곧장 다음 말을 건넸다. "언니가 하늘나라로 떠났습니다. 장례는 치르지 않고, 내일 오전 발인 예정입니다. 장소와 시간은 문자로 보내 드릴게요." 나는 운전 중이던 차를 갓길에 세우지 않을 수 없었다. 브레이크를 밟는 발끝에서 전신이 흔들렸다. 그녀의 부고는, 잔혹할 정도로 덤덤한 언어로 내게 전달되었다. 어쩐지, 유난히도 완벽했던 하루였다. 이토록 고요하고 평화로운 날, 거짓말처럼 그녀는 내 세상에서 증발했다. 정신을 가다듬은 후, 그녀가 안치되어 있다는 장례식장에 전화를 걸었다. 이 모든 것이 그저 악의적인 장난이기를 바랐다. "네. 내일 오전 발인입니다." 너무도 자연스럽고 사무적인 안내였다. 누군가의 죽음을 일상처럼 전달하는 말투가, 더없이 비인간적으로 들렸다. 나의 세상은 무너졌다. 고작 한 계절을 넘긴 시간 뒤에, 한없이 가벼운 목소리로 또다시 죽음이 나를 찾아왔다. 시간의 존재를 잊었다. 해가 졌고, 밤이 깊었다. 휴대폰 화면엔 L의 부재중 전화가 열통도 넘게 찍혀 있었다. 하지만 어디로 향해야 할지 알 수 없었다. 아버지가 없는 집? L이 기다릴 사무실? 그것도 아니면 굳게 닫힌 그녀의 공간? 하필이면, 비가 내렸다. 이토록 잔인할 수 없다. 하필 그녀를 만나는 바람에, 나는 정처 없이 이 도시의 빗속을 헤매고 있었다. 목적지를 잃은 밤, 나는 깊게 드리운 어둠 속에 내던져졌다. 침묵으로 뒤덮인 길고 긴 밤이었다. 한 세계의 종언이었다. 끝내 완성되지 못한 서사 하나가 그렇게 무너졌다. 그 비통함을 차마 어떤 언어로도 표현할 수 없었다. 어스름한 빛이 수평선 너머로 비칠 무렵, 그제야 나는 장례식장으로 향할 수 있었다. 나는 비에 젖은 채였다. 그녀에게 작별을 고하는데 어울리지 않는 몰골이 부끄러웠다. 장례식장 입구에 멈춰선 나는 한참을 서성였다. 휴대폰 전원은 이미 꺼진 지 오래였다. 잠시 뒤, 장례식장의 무거운 출입문이 천천히 열렸다. 차가운 공기를 가르며 등장한 여자는 낯선 얼굴이었다. 그녀는 주저 없이 곧장 나를 향해 걸어왔다. 전형적인 상복 차림의 그녀는 나에게 나직한 목소리로 말을 건넸다. "혹시, 맞으시죠?" 나는 그녀를 몰랐지만, 그녀는 나를 알아보았다. "언니에게 자주 이야기를 들어서 바로 알아봤어요." 나는 당황스러운 얼굴로 대답했다. "처음 뵙는데 꼴이 이래서 죄송합니다." 그녀는 고개를 저었다. "와 주신 것만으로도 감사합니다. 입관은 가족끼리 조용히 마쳤고, 발인까지 시간이 조금 남아서요. 괜찮으시다면 근처 카페에서 잠시 이야기를 나눌 수 있을까요?" 나는 조용히 고개를 끄덕이며 그녀의 뒤를 따랐다. 두 사람의 그림자가 가을 오후의 햇빛 아래 길게 늘어졌다. 그녀는 커피잔을 앞에 둔 채 오랜 시간 입을 떼지 못했다. 말보다 앞서 눈물이 흐를까 두려운 듯했다. 한참이 지나서야, 그녀는 허공을 응시하며 조용히 입을 열었다. "뇌에 종양이 생겨서 항암 치료 중이었어요. 처음부터 수술이 어려운 케이스라, 항암제로 크기를 줄이고 나서야 수술이 가능했거든요. 기적처럼 항암 반응이 잘 나타났고, 수술도 무사히 마쳤어요. 회복도 빨랐고요. 우리 다시 평범한 일상을 되찾을 수 있을 거라 믿었어요." 내가 간신히 내뱉은 말은 짧았다. "그런데, 왜…" 그녀는 고개를 잠시 들었다가 금세 힘없이 떨어트렸다. "언니는 자살했어요. 병 때문이 아니라, 스스로 삶을 끊었어요." '자살'이라는 단어가 서늘한 비수처럼 가슴을 찔렀다. 눈앞이 하얘졌다. "언니는 수술 이후, 일상으로 돌아가고 싶어 했어요. 만나던 사람이 있었어요. 그 사람 이야기도 들으셨겠죠?" 나는 고개를 끄덕였다. 시선은 커피 잔의 가장자리에 고정되어 있었다. "언니는 그 사람만을 기다렸어요. 그 사람의 말, 치료가 끝나면 결혼하겠다는 거짓말을 믿었죠. 그 믿음 하나로 언니는 버텼어요. 아니, 그런 줄로만 알았죠." 그 순간 내 머릿속에, 그 남자의 손목에서 반짝이던 디지털 워치의 알림이 스쳐 지나갔다. 그녀는 한숨을 내쉬며 이어 말했다. "그 사람의 아내가 언니의 가게로 찾아왔어요. 작년 겨울이었어요. 가게는 엉망이 되었죠. 깨진 잔과 유리 조각, 술병들. 그 여자가 모든 것을 부쉈어요. 언니는 가게 한구석에 주저앉아 아무 말도 하지 않았어요. 경찰도 부르지 않았고, 소리도 지르지 않았어요. 그저, 다 받아들였어요. 그 여자의 분노도, 자신의 현실도." 엉망이 되어 있던 그녀의 공간이 떠올랐다. 나는 그날을 '비겁한 방관'이라 여겼다. 그러나 그 방관은 이미 늦은 개입이었다. 그녀는 이미 모든 진실을 알고 있었다. 그리고 얼마 전, 내 생일에 도착한 그 편지 또한 온전한 진실이 아니었다. 그녀는 이미 치료를 마친 상태였고, 그 남자의 아내로부터 온갖 모욕과 수모를 겪은 이후였다. 그 모든 사실을 감춘 채, 조심스레 선별된 진실만을 알렸다. 치부는 끝내 가린 채, 오직 단정한 말들로 삶의 마지막 장면을 조용히 준비하고 있었다. 그녀는 말을 이었다. "그 이후 언니는 매일 같이 술을 마셨어요. 약도 먹지 않았고, 몸은 점점 약해졌어요. 진료 예약도 취소했어요. 스스로 목숨을 끊은 건 그저 마지막 남은 선택지였던 것 같아요." 그녀의 눈에서 끝내 눈물이 흘렀다. "이틀 전, 언니가 제게 모든 진실을 말해줬어요. 그 사람이 유부남이라는 사실을 처음부터 알고 있었다고요. 그리고, 그 감정이 사랑이었는지도 모르겠다고 했어요. 그저, 어떤 그림 속 환영을 붙잡고 있었을 뿐이라고." 그림. 그 단어에 숨이 멎는 듯했다. 그녀는 마지막으로 덧붙였다. "우리 가족은 언니가 오래 살 사람은 아니라는 걸 알고 있었어요. 태생부터, 세상을 오래 버티기엔 너무 섬세한 사람이었거든요. 다만 이렇게 빨리 떠날 줄은 몰랐어요." 세상의 모든 색채가 사라졌다. 소리가 지워졌고, 시간은 흐르지 않았다. 그때, 문 너머로 누군가 다가왔다. L이었다. 그는 조용히 다가와 그녀의 동생에게 인사한 후, 나를 바라보았다. 나는 언어를 잃었다. 한 발짝도 뗄 수 없었다. L은 묵묵히 나를 품에 안았다. 내가 마지막으로 느낀 것은, 내 팔을 꼭 붙잡던 그의 차가운 손이었다. 그 손의 냉기가 나를 붙들고 있는 유일한 감각이었다.

— 겨울 —

　무채색의 그 남자를 찾아간 것은, 그녀의 발인이 끝난 지 두 달쯤 지난 어느 날이었다. 그는 무늬가 없는 흰색 원피스를 입고 와달라고 부탁한 적이 있었다. 나는 그 약속을 오랫동안 지켰지만, 처음으로 검은 옷을 입고 그의 갤러리 문을 두드렸다. 그는 두 달간 아무런 연락이 없던 나를 나무라지 않았다. 언제나 그랬듯, 조용히 드립 커피를 내려놓았다. 그의 라일락은 지난번 그대로 멈춰 있었다. 대형 캔버스 위의 미완성된 꽃들은 마치 아직 도래하지 않은 계절을 고요히 기다리는 듯 보였다. 나는 철제 의자에 앉아, 뜨거운 커피잔을 천천히 만졌다. 손끝을 적시는 열기는 생의 감각을 되살리려는 마지막 안간힘 같았다. 그러나, 그마저도 무의미했다. “그녀가 죽었어,” 나는 입을 열었다. “그래서 오지 않았어. 내 온몸이 죽음의 어둠으로 가득 차서, 숨을 쉬는 것조차 어려웠어.” 무채색의 그 남자는 말 없이 나를 바라보았다. 그리고 이내 드로잉 북을 펼쳤다. 그가 스케치를 시작하자, 내 안에 고여 있던 침묵이 일순간 격렬히 흔들렸다. “내 죽음을 그저 하나의 이미지로 치부하지 마.” 소리칠 힘조차 남지 않아서 그 말은 거의 속삭임처럼 흘러나왔다. 그는 고개를 들지 않고 담담히 말했다. “그녀의 죽음이지. 너의 죽음이 아니잖아.” 나는 그의 눈을 마주치지 못했다. “요즘은 매일 뭘 했는지조차 기억이 나질 않아. 그저 기계처럼 움직일 뿐이야. 내 행동 속엔 더 이상 나라는 주체가 없으니까." 그가 붓을 내려놓고 조용히 물었다. "그럼, 오늘 두 달 만에 나를 찾아온 건?", "해야 할 일을 언제까지 미룰 순 없었어." 나의 말은 화석처럼 무거웠고, 그 속엔 끝내 마주할 수밖에 없는 시간의 층위가 담겨 있었다. "안 그래도 더 연락이 없으면, 조만간 내가 먼저 가려고 했어. 전해야 할 말이 있거든." 무채색의 그 남자는 '할 말'이라는 표현을 가볍게 사용하지 않는 사람이다. 그가 전하려는 말은 언제나 정제되어 있고, 감정의 얕은 결을 걷어낸 진실 그 자체였다. 우리가 함께한 시간이 어느덧 삼 년을 넘어서고 있었다. 나는 여전히 그가 무채색인 이유를 알 수 없었다. 그러나 단 한 가지, 확실히 알 수 있는 건 있었다. 그의 입에서 나올 말은—설령 그것이 이별일지라도—이미 죽어 있는 나의 육신을 다시금 찢고 들어올 만큼 예리하다는 사실이었다. 나는 이미 죽은 것이나 마찬가지인데, 어떤 이별이든 그것이 나를 다시금 죽일 수 있을까, 그 의문만을 품고 그의 말을 기다렸다. "당신이 내게 색이 없는 이유를 물었던 적이 있지. 난 대답하지 않았고.", "응, 그랬지.", "초, 중, 고 그리고 대학 과정까지 이탈리아에서 마쳤어. 유학이라고 했지만 사실상 이민에 가까웠지. 난 대학에서 건축을 전공했고 꽤 흥미를 느꼈어." 그토록 알 수 없던 그의 지난 이야기를 듣는데도, 이상하리만큼 무력했다. 커피잔을 잡은 손에 힘이 실리지 않았다. "대학을 졸업하고, 취업을 준비하고 있던 어느 날 갑자기 복통이 느껴졌어. 참을 수 없을 정도로 심했어. 어쩔 도리가 없어서 병원에 갔지." 무채색의 그 남자는 '복통'과 '병원'이라는 단어에서 잠시 멈칫했다. "'Cancro al retto'. 그곳에 나름 오래 살았다고 생각했는데, 아직도 모르는 단어가 남아있더라고. 직장암 의심 소견이 나왔어. 초기나 중기는 이미 지났다는 말과 함께." 굳이 지금 이 이야기를 나에게 하는 이유가 못내 불안했다. "그리곤 어머니와 급하게 한국에 들어왔어. 조직검사 후 직장암 3기C 진단을 받았어. 이미 림프절까지 전이가 된 상태였고, 다른 장기에 전이되지 않은 걸 감사하게 여겨야 했어. 완치가 가능하다 하더라도, 이탈리아로 돌아가 건축을 다시 하는 건 불가능했지. 그 복통 이후, 내 세상은 무너졌어. 마치 지금의 당신과 같았어. 그 이유로 나에겐 색이 없어. 당신이 말하는 무채색." 적당한 말이 떠오르지 않아 침묵을 지켰다. "치료는 쉽지 않았어. 이렇게 고통받은 만큼 다시 살아갈 수 있을까, 다 부질없는 짓이 아닐까. 이쯤에서 멈추는 게 낫지 않을까. 치료가 끝난 후엔 도대체 뭘 붙잡고 살아가야 할까." 무채색의 그 남자는 고개를 들어 내 눈을 똑바로 보았다. "일주일 정도 병원에 입원했던 적이 있어. 항암치료를 하다 보면 늘 예기치 못한 상황이 생기거든. 나에겐 그때가 가장 깊고 어두운 지옥이었어. 차라리 죽게 해달라고 빌었지. 하지만 실은 살고 싶었어. 살기 위해 연필을 잡았어. 감정을 견딜 수 없었거든" 건축적 공간과 구조의 미학이 아닌, 감정의 선율을 담아낸 선, 그리고 그가 찾은 '화구'는 깊고 어두운 고통의 유일한 출구였다. "한 장, 두 장 그리다 보니 계속 다음 그림을 그리고 싶어졌고, 병원에서 나가면 캔버스에 물감으로 그림을 그리고 싶다는 생각을 했어. 그림이 날 살린 거야. 부작용이라면, 거기서 멈췄어야 했는데, 난 그림에 빠지고 말았어. 내 남은 인생을 모두 던질 정도로 말야." 무채색의 그 남자에게 '그림'은 종교처럼 절대적이었고, 그것은 곧 존재의 방식이었다. "이미 놓아버린 건축에 대한 미련은 없어. 오히려, 그림이 진짜 내가 원하던 유토피아라는 걸 알았지." '유토피아'라는 단어가 유독 귀에 박혔다. "당신에게 선물한 그림은 투병 중에 그린 거야. 당신이 그 그림 앞에 한참을 서 있었을 때, 온몸에 전율이 일었어. 가엾은 내 영혼을 당신이 품어줬어. 마치 위로처럼 느껴졌지.", "마찬가지로, 그 그림이 날 일으켜 세웠어." 그는 잠시 호흡을 고른 뒤 다음 말을 이어갔다. "당신에게 미안한 말을 해야 할 것 같아." 손이 조금 떨리기 시작했다. "암이 재발했어. 간으로 원격전이 재발. 쉽게 말하면, 말기야." 만약 신이 있다면 날 살려주거나, 차라리 죽여주길. "희망적인 건, 수술이 가능해. 병변의 위치나 크기가 나쁘지 않은 편이야. 그리고, 당신이 비겁한 방관자라고 했던 말은 이제 취소할게. 나 역시 당신을 속일까 수없이 고민했으니까." 그의 말 한마디 한마디가 내 안의 공허를 긁어내고, 남은 감정을 들춰냈다. 나는 갑자기 자리에서 일어나, 그의 화구를 뒤져 흰색 스프레이 페인트를 꺼냈다. 무채색의 그 남자는 어떠한 저지도 없이 조용히 그 모습을 지켜봤다. 나는 스프레이 페인트를 내 몸에 마구잡이로 분사했다. 온통 시커먼 나의 옷이 하얀 얼룩으로 물들었다. 한참을 미친 사람처럼 몸에 페인트를 뿌렸다. 그리고, 한치의 빗나감도 없이 똑바로 그를 쳐다봤다. "내 옷에 더 이상 검은색은 없어. 당신은 절대 죽지 않아. 당신이 죽어 있던 날 살렸어." 그는 나의 말에 힘주어 대답했다. "난 죽지 않아. 살아서 라일락을 완성할 거야. 당신은 이제 무늬가 새겨진 옷을 입은 거야. 이야기를 들려줘.", "의자가 더러워질 텐데, 괜찮아?", "그렇게 더러워진 의자라면, 의도한 예술에 가까워." 죽어 있던 나의 얼굴에 생기가 돌았다. 나는 죽음에서 벗어날 것이다. 그의 무채색이 날 살게 한다. "그녀는 내게 거짓말을 했어. 편지엔 치료가 끝나면 연락하겠다고 쓰여 있었어. 하지만 그녀가 편지를 보낸 시점은 이미 모든 일이 벌어지고 난 후야. 심지어 치료가 끝나면 그와 결혼할 생각이라고도 했지.", "두 달 동안, 당신은 그녀의 거짓말에 이유를 찾으려 했지?", "맞아. 그녀는 자신의 치부는 감춘 채, 적당한 사실만 전하며 조용히 삶의 끝을 준비한 거야.", "굳이 거짓말이 필요했을까?", "모르겠어. 그렇지만 한 가지는 분명히 하고 싶어. 그녀는 그에게 가정이 있다는 사실을 처음부터 알고 있었어. 사회적으로 지탄받아야 할 일이 맞지만, 난 그녀를 비난하지 않아. 차라리, 함께 돌을 맞을래. 그녀는, 그냥 그녀일 뿐이야.", "그녀가 떠난 후에야, 그녀의 편이 되어 줄 용기가 생긴 거야?", "맞아. 나는 그녀를 내 가슴에 못처럼 박고, 평생을 그 못에 찔려 아파할 거야. 그 못으로 인해 흘러나온 피를 닦지 않을 거야. 그게 내가 그녀를 기억하는 방법이야.", "왜 이렇게 당신에게 죽음이 강렬하게 각인됐을까? 모두가 그렇진 않은데.", "익숙하지 않았기 때문이야. 그래서 더 큰 충격으로 남았어. 그렇게 각인되어 버린 거지." 오랜만에 나의 얼굴에 표정이 생겼다. 또 한 번 죽음이 내게 올까 두려운 마음을 애써 외면하며 안쪽 깊숙이 감추었다. 마치 포커 게임을 하는 것 같다. 무채색의 그 남자에게 나의 불안을 들켜선 안 된다. 내가 죽음을 떨쳐야만, 그가 삶을 영위할 수 있다. 공허한 눈동자에, 나는 색을 채웠다. 라일락의 완성을 반드시 내 눈으로 확인해야 한다. "이것만 약속해. 반드시 라일락을 완성해." 다소 명령조로 그에게 약속을 강요했다. "그 약속, 당신이 내게 해줘. 약속해. 라일락을 완성할 때까지, 내 곁에 있겠다고.", "내 평생을 걸고 약속할게.", "나 역시 약속할게." 갤러리에서 나와 차에 올랐다. 사이드미러에 비친 그의 실루엣이 작은 점으로 멀어질 즈음, 눈물이 흐르기 시작했다. 신을 믿지 않지만, 그 순간만큼은 간절히 빌었다. 나를 살려주거나, 차라리 죽여달라고. 모든 사실을 내게 털어놓은 무채색의 그 남자가 원망스러웠다. 아니, 고맙다. 모르겠다. 이 지옥에, 구원이 있을까. 아버지에게 꽃밭을 선물하겠다는 나의 염원은 시들어버린 지 오래다. 이제 내가 꾸어야 할 꿈은 단 하나, 그에게 남은 계절이 부디 오래도록 이어지길 바라는 것이다. 차의 시트는 옷에 묻은 덜 마른 페인트로 얼룩졌지만, 개의치 않았다. 눈물은 생각보다 일찍 멈췄다. 그의 라일락을 반드시 나의 전시에 올릴 것이다. 밤이 주는 공허를 정면으로 마주하기로 했다. 내가 사랑하는 내 이층집의 현관문을 열면, 하얀 대리석 바닥의 거실이 펼쳐지고, 왼편에는 나의 공간으로 향하는 대리석 계단이 있다. 그 오른편은 아직 정리하지 못한 아버지의 방이다. 오늘은 아버지에게 인사를 생략한 채 곧장 이층으로 올랐다. 나의 공간은 미술가의 아틀리에처럼 단정하게 정리되어 있다. 작은 거실과 주방, 두 개의 방과 화장실. 그리고 일 층에는 없는 테라스 공간이 있다. 한파주의보가 내려진 겨울밤, 나는 테라스에서 작업을 하기로 했다. 이젤과 캔버스, 화구를 챙겨 나왔다. 캔버스는 프랑스산 린넨으로 무채색의 그 남자가 직접 골라 제작한 것이었다. 얼마 전 선물 받은 이름 모를 피노누아 와인을 글라스 대신 도자기로 빚은 와인잔에 따랐다. 수개월 만에 아버지가 선물한 그림을 차에서 꺼내 왔다. 나는 그가 그린 라일락, 그 시리즈의 회화를 모작할 것이다. 정확히는 변형 모작에 가깝다. 그의 회화 맥락을 이어가되 나만의 서사와 감각을 입힌 작업을 할 것이다. 나는 나만의 방식으로 그녀의 얼굴을 그려 넣을 것이다. 그의 화폭엔 끝내 등장하지 않았던 그녀의 얼굴을, 내가 완성할 차례다. 음악은 빌 에반스의 재즈 피아노 곡이다. 피아노 아래로 낮게 깔린 베이스의 선율은 붓질의 리듬을 결정짓고, 고막을 타고 전신으로 흐르는 드럼 소리는 감각의 층을 쌓아준다. 몸 깊숙한 곳까지 파고드는 겨울바람, 고요를 뚫고 향이 흐르듯 퍼지는 테레빈유의 냄새, 그리고 도자기 잔에 담긴 피노누아. 이 모든 것이 모여, 마침내 그녀의 얼굴을 완성시킬 것이다. 나는 그녀의 윤곽선을 스케치하지 않았다. 대신 팔레트 위의 보라와 회색, 옅은 백색과 엷은 노란빛을 섞었다. 라일락의 흔들림 속에 감정이 전이되듯 색이 물들었다. 그림의 배경이 붓끝에서 서서히 피어났다. 나는 마주 앉은 캔버스를 가만히 바라보았다. 그리고 나직이 말했다.

'삶은 계속되고 있어.'

추락(2023)

— 봄 —

　회사 내부에서는 분사 논의가 점차 구체화되고 있었다. '침묵과 상실' 전시를 기점으로 이어진 일련의 사업 성과는 분사의 시기를 예상보다 앞당겼다. 특히 메이저 백화점의 정규 입점은 결정적인 분기점이었다. 입점 이후 플랫폼의 브랜드 이미지는 자연스레 격조를 입었고, 그 미묘한 품위에 이끌린 고액 고객군이 유입되기 시작했다. 이는 단순한 매출 증가가 아닌, 브랜드 위계의 상승을 의미했다. 그러던 중, 어느 정도 예견하고 있었던 내부 변수가 현실로 다가왔다. 회사가 분사된 뒤 자회사 대표직이 현 대표의 장남에게 넘어갈 것이라는 소문이 돌기 시작한 것이다. 소문이 내 귀에까지 닿았다는 건, 사실상 내부적으로는 이미 기정사실화된 결정일 수 있다. 초기 자금난에서 빨리 벗어나고 싶어 이 같은 구조의 지분 계약을 택한 것 역시 결국은 내 책임이다. 나는 L에게 이 사실을 알렸다. "분사 이후, 대표직은 내 몫이 아닐 가능성이 높아. 지분 구조는 유지되지만, 대표직에 대한 협의가 이뤄지지 않는다면 나도 이 회사를 떠날 생각이야. 아쉽지만, 이미 충분히 많은 걸 얻었다고 생각해.", "대표님이 안 계시면, 저도 이곳에 남을 이유가 없습니다.", "내가 퇴사하면, 오히려 더 좋은 기회가 생길 수도 있어. 전공까지 포기하며 이 길을 선택했으니, 이제는 네가 신중하게 결정할 차례야.", "의미 없습니다. 이건 대표님이 만든 회사이고, 대표님이 아니면 유지되지 않을 겁니다. 그 아들이 대표님처럼 이 일에 애정을 쏟을 거라 생각하지 않아요.", "아직 확정된 건 없어." 몇 해의 계절을 함께 한 이곳과 이별을 준비해야 할 때인 것 같다. 그리고 L과의 마지막 인사는 어떤 말로 전해야 할지, 사소한 문장 하나하나를 마음속으로 떠올렸다. 다소 상기된 얼굴로 나를 마주한 L을, 나는 한동안 가만히 바라보고 있었다. 지난 이 년 동안, 가족보다 L과 보낸 시간이 더 많았다. 우리는 사적인 무언가를 거의 나눈 적 없는 관계였지만, 우리는 생각보다 서로에 대해 많은 것을 알고 있는 사이였다. L과의 마지막을 생각하니, 마음이 저릿하게 아파졌다. 난 유종의 미를 거두기로 결심했다. 이 회사를 떠나기 전, 나의 마지막 프로젝트를 반드시 성공시키겠다. 누군가는 남 좋은 일 시키는데 육체와 영혼을 갈아 넣는다 말하겠지만, 이것이 나의 사명이자, 마지막 불꽃이다. 그 누구도 내 자리에 앉아 감히 흉내조차 낼 수 없는 궁극의 작품을 남기고 떠날 것이다. 유일무이한 존재로 각인될 것이다. 그것이 내가 선택한 최고의 복수이다. 그리고 이 세상에 내 존재에 대한 얄팍한 흔적을 남기기 위한 마지막 몸부림이다. 그 마지막 몸부림엔, L의 도움이 필요했다. 아직 할 말을 채 다 하지 못한 듯 내 책상 앞에 서 있는 L을 모른 채 한 뒤, 나의 마지막 프로젝트 기획에 몰두했다.

프로젝트명 〈Vol.1 무채색의 당신〉

화집과 매거진을 융합한 새로운 형식의 시각예술 기록물이다. 수록된 작품 옆에 삽입된 QR코드를 인식하면 곧장 플랫폼 내 해당 작품의 디지털 아카이브 페이지로 연결되며, 구매 또한 가능하다. 이처럼 전통 매체와 디지털 시스템의 유기적 결합은, 동시대 미술계에서 점차 주목받는 방식이다. 중요한 것은, 예술적 감도와 소비자 경험의 격조를 동시에 구현해 내는 일이다. 화집과 매거진의 결합은 20세기 후반 아트 북과 아트 저널리즘의 이론적 경계에서 출발해, 오늘날 작가의 저작권과 플랫폼의 상업성이 조우하는 지점에 닿는다. 보통 예술 화집은 수천 부가 팔리면 대성공이라 간주한다. 하지만, 나는 그 '간주' 이상의 것을 노린다. 궁극의 성공에 달할 것이다. 굳이 Vol.1을 명기한 이유도 그 때문이다. 이건 소리 없는 선언이었다. Vol.2, Vol.3… 앞으로 어떤 프로젝트가 나와도, 이 Vol.1을 뛰어넘는 것은 없을 것이다. 상당한 제작 예산이 필요하겠지만 상관없다. 어차피 손익분기점은 넘어설 수 있다. 브랜드 가치와 컬렉터 감도 모두를 만족시킬 수 있는 기획이다. 이 세상엔 무채색의 당신이 너무도 많다. 나는 그 모든 당신에게, 이 매거진을 바칠 것이다. 지독하게 결핍된 감정, 채색되지 못한 과거, 스스로를 비워낸 채 살아가는 모든 당신에게 이 작업을 헌정한다. 이 프로젝트를 마지막으로, 마침내 나 자신에게 잠깐의 휴식을 허락하기로 했다. 무채색의 그 남자가 라일락을 완성할 수 있도록, 더 이상 어떤 역할도 없이 온전히 그의 곁에 남기를 택할 것이다.

매달 열리는 월간 회의는 본사에서, 매월 첫째 주 월요일 아침 정시에 시작된다. 출장이나 외부 일정이 있는 임원들은 화상으로 참석하는 것이 관례였으나, 이번만큼은 예외였다. 회의실의 긴 테이블을 따라 익숙한 얼굴들이 전원 참석해 자리를 채웠다. 의도된 침묵 속, 의자에 앉은 그들은 각자의 역할보다 조금 더 조용하고, 조금 더 단정해 있었다. 아마도, '자회사 설립' 안건이 오늘 회의의 핵심이리라. 그것은 나의 존재를 지우는 것을 전제로 논의될 예정이었다. 내가 준비한 마지막 프로젝트 기획안은, 나의 퇴장이 확정된 이후 발표될 것이다. 그편이, 조금 더 품위 있게 물러나는 방식 같았다. 회의는 형식적인 안건 보고로 시작됐다. 반복되는 숫자, 매출 그래프, 전략 개요. 귀에 하나도 들어오지 않았다. 정신이 그저 한 줄기 실처럼 느슨하게 떠다녔다. 시간이 꽤 흐른 듯했다. 마침내, 예술에는 일가견이 없던 그 임원이 자리에서 일어섰다. 그는 준비한 자료를 꺼내며, 정제된 어조로 말하기 시작했다. 그의 말은 이내 의미 없는 음으로 바뀌었다. "이번 자회사 대표직 및 운영 방안에 대해 최종안을 정리했습니다.", "기존 리더십 체계는 일부 조정이 불가피하며—" 합당한 명분은 존재하지 않았다. 그저 갖다 붙인 억지 이유라면, 내게 정신적 부침이 있었다는 정도였다. 몇 번의 죽음을 맞은 사람에게 꽤 잔인한 판단이었다. L은 회의 테이블 반대편에서 조용히 나를 바라보고 있었다. 침묵을 지킨 채, 흰 셔츠의 소매를 가지런히 정돈한 모습이었다. 그는 유난히 단정했다. 정직한 흰색을 띠고 있었다. 그 역시 이 회의가 나의 마지막이 될 것임을 알고 있었다. 나는 그의 끈질긴 시선을 느꼈고, 작게 고개를 끄덕였다. 괜찮다는 신호였다. 그리고 마침내, 자리에서 천천히 일어섰다. "지금부터 'Vol.1 무채색의 당신' 프로젝트 기획안을 보고드리겠습니다." 정적이 흘렀다. 임원들 사이로 옅은 숨소리와 종이 넘기는 소리만 들렸다. 나는 한 치의 떨림도 없이 목소리를 정돈하고 말을 이었다. "이 프로젝트는 단순한 화집이 아닙니다. 미술작품과 매거진의 서사적 결합을 통해, 누군가의 이야기와 예술이 어떻게 교차하는지 탐색하는 기획입니다. 작품의 내러티브를 QR코드로 연결된 디지털 플랫폼에서 확장합니다. 작품 구매도 가능하게 구성했으며, 그 과정 자체가 하나의 퍼포먼스가 되도록 설계했습니다." 그 순간, L의 눈에 나의 모습이 비쳤다. 그는 지금, 나의 추락하는 영광을 보고 있다. 그것은 금빛이 소멸하는 순간이었고, 강렬한 명암이 스스로를 집어삼키는 장면이었다. 하지만 나는 그 추락이 조금도 슬프지 않았다. "이 프로젝트는 제가 이 회사를 위해 진행하는 마지막 프로젝트가 될 것입니다. 최선을 다하겠습니다." 나의 말이 끝나자, 테이블 저편에서 L의 손이 가볍게 떨렸다. 그는 여전히 단 한 순간도 나에게서 시선을 떼지 않았다. 그 시선은 마치, 신에게 청하는 기도처럼 간절했다. L의 눈은 수많은 감정을 쏟아내고 있었다. 나는 그 의미를 읽었다. L의 눈 속에 비친 나는 추락하는 영광이었다. 괜찮다. 추락은 슬프지 않다. 영광이 남았기 때문이다.

-

"마지막 프로젝트를 끝내면 퇴사할 거야." 무채색의 그 남자는 삼사 주 간격으로 항암치료를 받았다. 수술 이후, 남은 암세포의 뿌리를 뽑아내기 위해 그는 여전히 통증을 감내하는 중이었다. 그럼에도, 그는 여전히 갤러리에 머물렀다. 그가 가장 두려워하는 것은 '죽음'도, '고통'도 아니었다. 그는 미완의 라일락을 가장 두려워했다. 그것은 미켈란젤로가 최후까지 다듬지 못한 '론다니니 피에타'처럼, 예술가로서 스스로에 대한 유일한 구원이자 심판이었다. "아쉬움은 없어? 말은 안 해도, 당신 그 일에 꽤 애정을 두고 있었잖아.", "더는 회사를 향한 애정이 남지 않았어. 그리고 추락했지만 영광이 남았잖아." 그는 그 문장에 즉각 반응했다. 스케치하던 그의 손끝이 전보다 분주하게 움직였다. "좋은 말이네. '추락했지만 영광이 남았다'니. 궁극의 낭만이야.", "이번에 실릴 작품은 내가 직접 선정할 거야. 그리고 매거진의 글도, 내가 쓸 거야. 물론 편집자의 손길은 필요하겠지만 이건 나의 마지막이니까. 말 그대로, 나의 전부를 태울 생각이야.", "오히려, 편안해 보인다고 말하면 실례일까?", "아니, 편안해. 이렇게 될 거란 걸 알고 있었어. 언제나 불안했어. 하지만 그 불안이 현실이 되니까, 오히려 편안해. 만약 죽음을 겪지 않았다면 그들과 맞설 각오를 다졌을지도 몰라. 하지만 지금은 달라. 내가 먼저, 나 자신에게 바로 서야 해. '죽음'이 나를 덮치기 전에, 내가 먼저 그것을 떨쳐내야 하니까." 나는 알고 있다. 죽음을 떨치기 위해선, 무채색의 그 남자, 그의 실재가 반드시 곁에 있어야 한다. 그의 존재가, 나의 실재를 증명한다. "당신은 언제나 목표를 향해 나아가는 사람이야. 하지만 어느 날 갑자기 방향을 잃는다면, 오히려 죽음에서 헤어 나오지 못할지도 몰라.", "목표가 왜 없어. 당신의 라일락이 완성되는 그 순간을 지켜보는 게 내 목표야. 그 완성을 확인하면 나도 새로운 방향을 찾을 수 있을 거야.", "그럼, 당신의 방향은 결국 나라는 거네?", "그래, 당분간은 당신이 나의 방향이고, 그 방향을 따라 완성된 라일락에 다다를 거야.", "사랑한다는 말보다 더 와닿아." 그 말엔 대답하지 않았다. 그것이 정말 사랑인지, 죽음을 비켜 가려는 본능인지, 아니면 예술적 영감의 끈을 이어가기 위한 지독히 이기적인 감정인지 선뜻 구별하기 어려웠다. "그런데 정말로, 죽음을 완전히 떨쳐낼 필요가 있을까? 그 경험이 당신에게 누구도 모방할 수 없는 문장을 남겼잖아. 누구보다 처절한 고통을, 찢어질 듯한 슬픔을 가슴에 품고. 당신은 그것을, 조용하지만 또렷하게 드러낼 줄 아는 사람이야." 그의 말이, 조금 다르게 들렸다. 마치 나를 '죽음'에 가두고 싶은 듯한 기묘한 권유처럼 느껴졌다. "만약, 내가 죽어야 당신의 예술이 완성된다면, 나는 기꺼이 사라질 수 있어." 광기에 가까운 그의 말에 나는 단호하게 대답했다. "예술에 앞서 존재하는 건, **인간**의 실재야. 실존 없는 예술은 존재하지 않아." 그의 눈빛이 흔들렸다. "당신의 표정은 가짜야. 아버지의 부재, 그녀의 죽음, 당신이 이끌던 사업의 이탈, 그리고 당신의 오랜 연인은 죽음의 경계에 닿아 있지. 그 모든 걸 겪으면서도, 어떻게 흔들리지 않을 수 있어? 당신은, 화이트 와인에 얼음을 딱 한알 넣어 마시고, 그 취기에 피아노 앞에 앉거나, 붓을 잡는 사람이야. 그 모든 갈망을 드러내. 그러니, 제발 표정을 감추지 마.", "그 모든 것을 감추는 것도 나야. 그것들을 모두 포함한 것이 바로, 나의 실재라고." 말을 잇기 전, 나는 살짝 숨을 골랐다. "하지만, 당신이 방금 한 말은 정말 인상 깊었어. 무의식중에 분명 기억하게 될 거야. 아마 그 말들은, 나도 모르게 나의 작품 안에 숨어들겠지. 의도하지 않아도, 나를 통과한 감정은 작품에서 발현돼. 당신의 말, 그 자체로 이미 영감이야.", "당신이 나와 같은 사람이었으면 좋겠어.", "그럴 수 없어. 나에겐 여전히, 당신의 그림보다 당신의 존재가 더 중요하거든." 나는 그에게 라일락을 모작하고 있다는 사실을 알리지 않았다. 그는 누구보다 날 꿰뚫어 보지만, 그 중요한 사실은 아직 모르고 있다. 그가 말하던 '처절한 고통의 미학'. 나는 감히 그것을 감당할 자신이 없다. 가장 깊은 내면에 웅크린 슬픔은 어느 누구에게도 보일 수 없다. 설령 그것이 나의 영혼을 끝내 소멸시킨다 해도 나는 끝까지 '표면의 평온'을 선택할 것이다. 추락할수록 영광의 빛에 매달릴 것이다.

— 여름 —

〈Vol.1 무채색의 당신〉

Opening Essay — 여는 글

무채색의 당신에게, 이 글을 바칩니다. 당신은 잘 모르겠지만, 나는 추락했습니다. 추락했지만, 영광이 남았습니다. 그 빛을 놓지 않기 위해 나는 매달리는 중이고, 이 매거진은 그 사투의 기록입니다. 삶의 밑바닥에서, 한줄기의 예술을 붙든 누군가를 보았습니다. 상실과 침묵, 끝내 다 닿지 못한 진심과 매듭짓지 못한 무언가. 그 모든 것이 '무채색'이라는 이름 아래 모였습니다. 이 매거진에는 그 무채색의 나날들이 담겨 있고, 또 누군가의 무채색이 스며 있습니다. 예술은 인간의 실재 후 존재합니다. 실존이 없으면 예술도 없습니다. 나는 내 안의 실존, 내 곁에 있던 누군가의 부재를 통해 작품을 골랐습니다.

어느 날 문득 나를 흔들었던 음악의 한 코드, 슬픔이 번지던 흰 셔츠의 주름, 혹은 얼음이 한 알 띄워진 한 잔의 와인 같은 것들. 모든 감정은 지나가지만, 그 지나간 감정이 다시 손에 잡히는 날이 있습니다. 이 매거진은 그런 순간들을 간직합니다. 누군가는 이 매거진을 통해, 자신의 무채색을 마주하겠지요. 당신에게 색이 채워지길 바라지 않습니다. 그저, 무채색의 날을 양분 삼아 나가세요.

Vol.1이라는 이름을 붙인 이유는, 이것이 나의 시작이자 마지막이기 때문입니다. 앞으로의 모든 것이 이 첫 번째 권을 넘지 못하길 바랍니다. 이것은 나의 최선의 프로젝트이자, 조금쯤은 솔직한 고백입니다. 이 매거진이, 당신의 칠흑 같은 밤에 단 한 줄기 빛이 되기를. 그리고, 아직 오지 않은 그 계절에도 당신이 살아 숨 쉬고 있기를.

〈무채색의 당신〉을 만든 사람으로부터.

　매거진의 여는 글을 썼다. 그 문장은 적당한 감정만을 드러낸, 반쯤 닫힌 진실이었다. '앞으로의 모든 것이 이 첫 번째 권을 넘지 못하길 바랍니다.' 마치 자멸을 예고하는 듯한 이 한 줄이 과연 잡음 없이 지나갈 수 있을까. 확신할 수 없었다. 아직, 나를 송두리째 흔들어 놓은 메인 작품을 만나지 못했다. 아직은 단 한 점도, 이 매거진의 표지를 차지할 자격이 없다. 그러나 알 수 있었다. 그 운명적인 작품은, 언제나 그렇듯 누구도 예상치 못한 순간에 나에게 올 것이다. 그저 '때'를 기다리는 수밖에. 무채색의 그 남자는 가끔 연락이 닿지 않았다. 암성 통증 혹은 항암 치료의 부작용이 그를 침묵하게 만들었다. 나는 그의 메시지 유무를 수시로 확인하는 강박에 사로잡혔다. 그와 연락이 되지 않으면, 나는 절대로 잠에 들 수 없었다. 그게 낮이든 밤이든 상관없이. 문득 잠든 사이, 그가 흔적도 없이 사라질까 두려웠다. 휴대폰의 침묵은 어느새 상상의 여백이 되어 나를 갉아먹었다. 한낱 인간일 뿐인 내가 과연 그를 살릴 수 있을까. 그 의문 앞에서 나는 점점 작아졌다. 그럼에도, 무작정 그의 갤러리를 찾지는 않았다. 그의 선을 넘지 않는 것, 그것이 내가 할 수 있는 유일한 존중이었다. 그래서, 그의 생사를 확인하지 못한 나는 매일 밤 무너졌다. 나는 여전히 라일락을 모작하는 중이었다. 변형 모작은 생각보다 훨씬 더 고통스러웠다. 창작은 내 안의 것을 꺼내면 되지만, 변형은 우선 타인의 영혼을 정면으로 마주해야 한다. 그의 붓끝에서 피어난 연보랏빛은 단순한 보라색이 아니었다. 잿빛을 한 겹 머금은 듯하면서도, 그 안에서 은은한 청색이 비쳤다. 어떤 순간엔 그것이 17세기 프랑스 상징주의 회화의 우울한 바이올렛처럼 보이기도 했고, 다른 순간엔 모네의 저녁 안개 속 수련을 연상케 했다. 나는 색채를 맞추기 위해 수십 개의 팔레트를 만들어 혼색을 반복했다. 아주 미세한 농담의 차이만으로도 색의 결은 달라졌다. 그가 사용한 연보랏빛은 감정의 농도로 완성된 색이었다. 그는 감정을 색으로 직조할 줄 아는 예술가였다. 나는 감정이 아닌 사후의 감정을 관찰자의 시점으로 보고, 라일락을 모작하려 했다. 하지만 그 감정의 잔향조차 잡히지 않았다. 라일락의 꽃잎은 간신히 옮겼지만, 그 꽃잎 아래 가려진 그녀의 얼굴은 완고했다. 붓을 들고 수십 분 동안 캔버스를 응시했다. 얼굴을 그리려면 어떠한 감정과 마주해야 했다. 그리고, 그 어떤 예고도 없이 L의 얼굴이 떠올랐다. 소스라치게 놀랐다. 왜 하필 지금, 왜 라일락 속 그녀의 얼굴을 그리는 순간에 L의 표정이 스쳤을까. 생각이 꼬리를 물었다. 그 표정. 추락하는 나의 영광을 정면으로 바라보던, 그 애처롭고도 처절한 표정. 그건 연민도, 동정도 아니었다. 차마 나의 단조로운 언어로는 설명할 수 없는 깊이를 지닌 표정이었다. 나는 얼굴의 첫선을 그었다. 눈썹의 곡선과 희미하게 떨리는 눈꼬리의 방향도 모두 L이 나에게 보여준 표정이었다. 입술은 무표정보다는, '참아내고 있는' 것에 가까웠다. 지금 당장이라도 입술이 떨릴 것 같은 긴장을 담으려 했다. 미묘하게 올라가는 콧대의 경사는 L의 고유한 얼굴 구조에서 따왔다. 그러나 완벽히 같게 그릴 순 없었다. 그건 초상화가 아니라, 기억의 왜곡이었기 때문이다. 붓을 던지고 다시 앉고, 옅은 윤곽을 지우고 또 그리는 과정을 반복했다. 기억이라는 렌즈는 늘 뿌옇고 기만적이다. 하지만 나는 확신할 수 있었다. 지금 그리고 있는 이 얼굴은, 무채색의 그 남자가 바랐던 '그 표정'이라는 것을. 그토록 그녀의 얼굴을 완성하지 못한 채 꽃잎으로 가려둔 이유는 나에게서 본 적 없던 이 표정 때문이었을 것이다. 누구도 쉽게 표현할 수 없는 얼굴이었다. 그는 나에게서 그 표정을 결코 얻지 못할 것이다. 나는 무색하고 평온한 얼굴로 모든 것을 감추었으니까. 하지만 L은 아니었다. L은 자신의 표정을 숨기지 않았다. 아니, 숨기지 못했다. 고작, 나 때문에. 그리하여,

그녀의 얼굴을 그리는 것은 곧 L의 내면을 그려내는 것이 되었다. 캔버스 위 그녀의 얼굴은 더 이상 '그녀'가 아니었다. 그리고, 슬프도록 자명한 깨달음이 있었다. 내가 지금 그리고 있는 이 그림은 무채색의 그 남자가 끝내 완성하지 못할 그림이다. 그의 라일락은 결국 미완성으로 남을 것이다. 완성은 이제 나의 몫이다. 나는 그녀의 얼굴을 그릴 수 있다. 오직, 나만.

-

회사는 예상보다 빠르게 내 존재를 지우려 했다. 매거진의 서문이 그들의 심기를 거슬렀던 모양이다. 프로젝트 권한을 L에게 인계하라는 통보가 날아왔다. 그들은 겉으로는 내 공로를 인정하면서도, 결국 '유일한 존재'로 남는 것은 허락하지 않았다. 그들은 그 프로젝트가 쉼표 하나, 마침표 하나까지 나의 손끝에서 완성되어야 한다는 사실을 모르고 있다. 'Vol.1 무채색의 당신'은, 단순한 기획물이 아니라 온전히 나의 체온과 이야기를 담은 기록이다. 어쩌면, 프로젝트가 성공적으로 마무리될 경우 내 입지가 다시 굳건해지는 것을 막고 싶었던 것일지도 모른다. 그 무자비한 통보 앞에서 L은 분노를 감추지 못했다. "저도 프로젝트를 진행하지 않겠습니다. 수석님, 아니 대표님이 안 계시면, 아무 의미가 없습니다." 대표 혹은 수석. 그가 나를 부르는 호칭이다. 나는 우선 그를 진정시켰다. "네가 남아서, 나의 마지막을 완성해.", "싫습니다. 아무 의미 없습니다.", "난 이 작품이 세상에 알려졌으면 좋겠어.", "그렇게 제가 억지로 완성한 결과물은 가짜일 뿐이에요. 진짜 '무채색의 당신'은, 대표님만이 만들 수 있습니다.", "네가 도와주지 않으면, '무채색의 당신'이란 타이틀마저 빼앗기게 돼. 제발, 지켜줘." L은 다시 한번, 그 표정을 지었다. 나의 추락을 정면으로 바라보는, 참혹하리만치 애달픈 그 표정을. "수석님이 안 계시면 시간이 조금 더 걸릴 거예요. 완성도도 당연히 떨어지겠죠. 판매 부수는 그들이 기대하는 수준에 한참 미치지 못할 겁니다. 하지만, 전 그것이 중요하지는 않아요. 이곳에 더 머무를 생각도 없습니다. 다만, '무채색의 당신'이라는 타이틀에 걸맞은 작품을, 제가 만들 수 있을지 자신이 없어요. 대표님의 마지막을 망치고 싶지 않아요.", "너라면 할 수 있어. 나는 언제나 너를 믿었으니까. 그리고 네가 만든 작품을 본다면, 마침내 너에게서 색을 찾을 수 있을 것 같아. 나는, 네 색이 궁금해." L은 '색이 궁금하다'는 말에 흔들렸다. "너를 송두리째 흔들 단 하나의 작품을 찾아서, 표지에 올려. 작품이 세상에 나올 때까지, 네 질문엔 어떤 대답도 하지 않을 거야. 모든 걸, 네 뜻대로 해." 잠시 침묵이 흘렀다. L은 고개를 떨구었다가, 작게 웃었다. "전 원래 아이스 아메리카노만 마셨어요. 그런데, 어느 날부터 저도 뜨거운 커피를 마시고 있더라고요. 어디 그뿐이겠어요. 어떤 상황에서도 '대표님이라면 어떻게 하셨을까', '대표님이 좋아하실까'. 모든 발걸음이 결국 당신을 좇게 돼요. 그런 제가, 온전히 제 의지로 작품을 만들 수 있을까요?", "그렇다면, 그럴수록 나를 빨리 떨쳐야겠지." 다시, 그 표정이다. "그리고 '언제나 저를 믿는다'는 그 말. 842일 만에 처음 들었습니다. 그래서, 몰랐습니다.", "이제라도 할 수 있어서 다행이네. 너의 최선을 다해 봐.", "네. 그리고, 842일에서 끝나진 않을 겁니다. 제가 그렇게 만들지 않을 거예요." 그 말이 무슨 의미인지는 묻지 않았다. 묻지 않아도, 알 수 있었다.

-

수석도, 대표도, 이름 위에 덧씌워졌던 모든 포장이 벗겨진 날, 나는 그녀를 찾았다. 그녀를 만나기까지 참으로 긴 시간이 걸렸다. 납골당의 정적은 기묘할 만큼 평온했다. 죽은 자들의 흔적이 가득한 그곳에서, 평온이 감지된다는 사실이 아이러니했다. 공허한 내면이 어느 정도 메워졌기에 그녀를 찾은 것이 아니었다. 그저, 죽은 그녀의 잔향이라도 좇아 지옥 같은 나의 공허를 조금이라도 밀어내기 위해 그녀를 찾은 것이다. 그녀를 멀리하라는 본능을 무시했던 그날 이후, 나는 이해할 수 없는 감정의 바다에 빠진 채 허우적거리고 있었다. 그녀는 결코 논리로 환원될 수 없는 사람이었다. 그래서, 그녀가 그리웠다. 볕이 든 날 잠깐 흩뿌리는 여우비인 줄 알았건만 그 비가 조금씩, 계속 내려 난 비에 젖은 줄도 모른 채 오래도록 그 빗속에 서 있었다. 그 비가 언제 시작되었는지도 모른다. 작은 유리관 안에 잠든 그녀 앞에 앉아, 조심스레 편지를 꺼냈다. "다시 만나자고, 그런 거짓말은 하지 말지." 그러자, 그녀는 나직이 웃으며 대답한다. "거짓말은 아니야. 이렇게 다시 만났는걸.", "하지만 나는 당신을 볼 수 없어. 너무 불공평해. 당신이 있던 그 겨울에 머물고 싶어. 그 시간이 그리워서, 취한 밤이면 일부러 길을 잃고 당신과 걷던 길을 끝도 없이 헤매." 그녀는 또다시 웃는다. "나는 겨울을 그리 좋아하지 않았어.", "나는 좋아했어. 당신은 늘 얇은 옷을 입고 있어서, 겨울을 싫어했던 거잖아.", "그 얇은 옷이, 내가 가진 전부였어.", "두꺼운 외투를 걸쳤어야지.", "그러게. 누군가 두꺼운 외투를 덮어 주길 기다렸나 봐.", "내가 덮어 줄걸." "아니야, 네 잘못은 없어. 네가 외투를 덮어줬다 해도, 나는 추위에서 벗어나지 못했을 거야. 그게 값비싼 외투든, 가장 부드러운 울 코트든. 네 잘못이 아니야." 뜨거운 눈물이 뺨을 타고 흘러 색조차 읽히지 않는 바닥에 스며들었다. 나는 고개를 떨군 채, 그 눈물의 궤적을 묵묵히 바라봤다. "그 사람을 지켜줘." 그녀는, 마지막 위로를 건넨다. "너의 행복을 지켜 줄게.", "나는 당신과 마지막 인사를 나누고 싶었어." 그녀는 전하지 못한 나의 진심에 말없이 미소를 짓는다. "여의도의 밤거리가 좋다 했지? 그 말 덕분에, 내가 조금 더 살아갈 수 있었어.", "미안해. 정말 미안해. 그 어둠 속에 당신을 홀로 두고 떠나서 미안해.", "나는 편안했어. 그 밤, 그 순간, 나는 정말 편안했어. 이제는 너도 편안해지기를 바라. 그리고, 어서 새로운 애플 마티니를 찾아." 아니, 나는 평생 애플 마티니를 마시지 않을 것이다. 꼬리 수육도 먹지 않을 것이다. 그녀가 없는 내 세상에서 그것들은 이미 의미를 잃었다. "너를 친구라고 생각했어. 그러니까, 행복하길 바라." 납골당을 나와, 담배를 한 대 꺼내 물었다. 비가 내렸다. 하필, 그녀를 만나는 바람에 또 비를 맞게 되었다. 언젠가, 구름 한 점 없이 맑게 갠 하늘 아래서 그녀를 다시 만날 수 있을까. 언젠가, 차가운 바람이 부는 겨울날, 그녀의 애플 마티니를 다시 맛볼 수 있을까.

— 가을 —

　광화문역 6번 출구에서 오랜만에 무채색의 그 남자와 마주했다. 2019년, 그를 다시 만났던 가을에 풍겼던 것과 비슷한 향이 공기 중에 맴돌았다. 같은 계절이 머금은 향은 언제나 조금씩은 닮았다. 우리는 광화문역 6번 출구를 기점으로, 동대문종합시장의 낡은 간판들이 늘어선 거리까지 천천히 걷기로 했다. 해가 지면 인사동 골목 어귀 간판 없는 전집에 들를 생각이다. 수 차례 항암치료로 면역력이 현저히 약해진 그와 인파 속을 걷는다는 것은 걱정스러운 일이지만, 그는 완고할 만큼 고집을 꺾지 않았다. 나는 그가 라일락을 완성하는 데 집중할 수 있도록 온전히 그의 곁에 있고 싶었다. 하지만 그는 원하지 않았다. "고통으로 몸부림치는 내 밑바닥을 당신에게 보이고 싶지 않아." 죽음의 가장자리에서 나를 유폐하고, 그로부터 파생된 예술을 목도하길 원했던 사람이 했다고는 믿기 힘든 말이었다. 그는 잠시 머뭇거리다 말을 보탰다. "당신 기억 속의 나는 놀라울 정도로 초연한 모습이었으면 해. 지금처럼 갤러리에 와서 이야기를 나눠준다면, 그것만으로 충분해." 오랜만에 마주한 그는 한층 수척해져 있었다. 그의 병이 재발한 뒤로, 네 번의 계절이 지났다. 그는 여전히 살아서 숨을 쉬고 있다. 그러나 그 사실이 나를 조금씩 무너뜨렸다. 고여버린 나날 속에서 내가 할 수 있는 유일한 일은, 강박처럼 그를 기다리는 일뿐이었다. 오전 열 시 무렵, 선잠에서 깨어난다. 세수를 마치고 옷을 갈아입은 뒤, 1층 거실로 내려간다. 어머니와 동생은 이미 집을 나섰을 시간이다. 나는 오래된 스피커를 켜고, 빗소리가 섞인 쓸쓸한 재즈 음반을 튼다. 그리고 아버지가 생전에 쓰던 핸드 드립 세트로 커피를 내린다. 한 잔의 커피가 하루의 시작을 알린다. 가끔, 매일 아침 책상 위에 올려져 있던 커피가 떠오른다. 느림이 허락되는 이유일 한 공간에서 마시는 커피는, 무채색의 풍경을 잠시 잊게 해준다. 우울에 잠기지 않기 위해 곧장 집을 나선다. 동네를 산책하거나, 간단한 드라이브를 즐기기도 한다. 가끔은 전시장에 들러 회화나 설치작품을 감상하거나, 박물관의 고요한 동선 속에 몸을 맡긴다. 도서관에서 시간을 보내는 날도 있다. 해가 지면 집 근처의 조용한 바에 들른다. 그곳에서는 자연스럽게 그녀의 기억이 떠오른다. 휴대폰 알람이 울리면, 무채색의 그 남자와 가족 외의 연락은 모두 무시한다. 술에 취한 날엔 한두 시간 정도 깊은 잠에 빠지고, 그렇지 않은 날엔 긴 새벽이 시작된다. 테라스에 앉아 그림을 그리거나, 동네를 정처 없이 걷는다. 동이 트면 집 앞 편의점 테라스에서 뜨거운 커피와 쿠키를 먹는다. 담배를 피운 뒤, 다시 집으로 돌아와 얕은 잠을 청한다. 그 하루의 중심에는 언제나 그를 기다리는 일이 놓여 있다. 그렇게 나의 하루는 반복된다. 무채색의 그 남자는 나의 공허를 알지 못한다. 가을의 초입이라 풍경엔 아직 붉은 빛이 없었다. 그와 함께 걷던 광화문 거리에서 단 한 번도 붉은 단풍을 본 기억이 없다. "치열함에서 벗어나니, 어떤 기분이 들어?" 그는 내 안부를 물었다. "특별할 건 없어. 그냥 전보다 조금 더 많이 자." 나는 담담히 대답했지만, 그는 그 문장 속에 미세하게 깃든 망설임을 놓치지 않았다. "당신 계획보다 이른 퇴장이었잖아. 그 프로젝트에 꽤 진심이었던 것 같은데." 그의 말에 한 박자 늦게 고개를 끄덕였다. "어디 진심뿐이겠어. 하마터면 인생을 다 쏟아부을 뻔했어. 유종의 미를 거두고 싶었는데 말이야. 사실, 말하지 않은 게 하나 있어.", "뭔데?" "1년간 동종업계로 이직도, 창업도 할 수 없어. 계약서에 경업금지 조항이 있어. 당신도 그 조항의 구속력에 대해 알 거야.", "그러니까, 당신의 휴식은 당신의 선택만으로 얻어진 게 아니란 거네.", "뭐, 반쯤 맞아. 그리고, 하나 더 있어." 어머니는 고향에 내려가고 싶어 했다. 아버지가 세상을 떠난 이후, 어머니는 자신의 뿌리에 대해 자주 말했다. 기억을 더듬듯, 말끝마다 '거기서는…'이라는 말이 섞여 나왔다. 나는 그 갈망을 알고 있었지만, 쉽사리 답할 수 없었다. 퇴사 후, 내 일상을 지켜보던 어머니가 처음으로 조심스럽게 말을 꺼냈다. "네 아버지와의 추억이 남은 고향으로 가고 싶어. 이젠 이곳에서 벗어나자." 어머니는 무채색의 그 남자에 대해 알지 못했다. 그가 아버지의 장례식장에서 어머니와 나눈 건 형식적인 인사 정도였다. 내가 끝내 어머니에게 침묵을 지켰기 때문에, 그녀는 두 번의 죽음과 추락,

그리고 연인의 죽음에 맞닿은 나의 깊고 깊은 상실에 대해 알지 못했다. 나는 그에게 조심스럽게 말을 꺼냈다. "당분간 어머니의 고향에서 가족과 지내볼까 해. 당신만 괜찮다면." 무채색의 그 남자는 청계천의 흐르는 물소리를 따라 걷다 우뚝 멈춰 섰다. 하천 위로 좁은 돌다리가 이어져 있었다. "경업금지 그 일 년 동안?", "계획으로는 그래. 만약 그곳이 나랑 잘 맞으면 조금 더 있을지도 몰라. 그렇지만 나는 아마, 도태가 두려워 오래 머물지는 못할 거야." 그는 돌다리 위에서 나를 바라보았다. 흐르는 물에 발을 담그듯, 그의 눈동자에 어두운 불안이 스며들어 있었다. 그는 조용히 손을 내밀었다. 나는 망설임 없이 그 손을 잡았다. "내가 당신에게 좋고 싫고를 말할 권리는 없어. 선택은 언제나 당신이 하는 거니까.", "나 요즘 꽤 힘들어. 그중 가장 큰 이유는 당신이야. 당신과 물리적으로 멀어지면, 어쩌면 더 불안해질지도 몰라." 나의 조금 솔직한 고백은 뜨겁지도, 차갑지도 않은 온도의 감정이었다. 끝끝내 완연한 불안을 감추었다. "오늘, 한 점의 라일락이 완성될 거야." 그의 말에 나는 어렴풋한 미소를 지었다. 하늘은 흐리지만, 비는 내리지 않았다. 우리는 인사동의 간판 없는 전집으로 향했다. 그가 이 전집 앞에서 말없이 담배를 피우던 모습을 본 날이 떠올랐다. 나는 그 장면에서 전시를 구상했다. 그의 침묵과, 피할 수 없는 소멸에 대한 인식을 작품으로 치환해 낸 기획이었다. 그리고 나는 이곳에서, 1980년 도쿄의 밤거리를 떠올렸다. "미안해."

무채색의 그 남자가 돌연 사과를 건넸다. 사과라고 하기엔, 맥락 없는 말이었다. 나는 이유를 묻지 않았다. 예술가의 사과는 언제나 불완전한 해석의 여지를 남긴다. 그의 미안함은 말보다, 오래된 그림자의 형태로 나에게 스며들었다. 나는 곧 이 전집에도, 이 거리에도, 당분간 발길을 끊게 될 것이다. 익숙한 것들과 작별하는 시간이 머지않았다. 나는 반쯤 가려진 진심으로 그에게 말했다. "만약 당신과의 첫 만남을 내가 고를 수 있다면, 다음 생을 고를래. 내게 이른 죽음이 닿아 있지 않은 그 생에서, 평범한 장소에서, 평범하게 당신을 만나고 싶어. 그리고, 그들은 오래오래 행복하게 살았다는 뻔한 결말로 마지막 페이지를 쓰고 싶어." 나는, 다음 생에서 그를 다시 만나지 않으리라는 것을 잘 알고 있었다. 다만 내가 고른 거짓된 희망의 형태가 너무나도 아름다웠을 뿐이다. "당신은? 당신은 날 어디서 만나고 싶어?" 그는 대답하지 못했다. 목울대가 떨리는 소리가 들릴 만큼 고요한 침묵이 흘렀다. 그리고, 나는 그가 흘리는 눈물을 처음 보았다. "나는 당신을 이탈리아에서 만나고 싶어. 죽음이 우리를 위협하지 않는 곳, 푸른 하늘 아래 오래된 캠퍼스를 거닐며, 에스프레소를 함께 마시고 싶어. 내게 아직 색이 남아있던 시절, 그 시절의 나로 당신을 사랑하고 싶어. 미안해." 나는 그의 어깨를 감쌌다. "울지 마. 오늘, 한 점의 라일락이 완성될 거라고 했잖아." 그는 어린아이처럼 흐느끼며 울기 시작했다. "당신의 고통으로 그림을 그려서 미안해.",

"내 방향은 당신이야. 괜찮아. 당신은 그림을 완성하면 돼." 그는 천천히 고개를 끄덕였다. 잠시 후, 나는 조용히 물었다. "그런데, 라일락은 연작이잖아. 그녀의 표정이 모두 다른 거야?" 그는 눈물범벅인 얼굴로 다시 고개를 끄덕였다. 내가 모작으로 그렸던 그녀의 표정은, 아마도 그가 라일락의 마지막 점에 그리고 싶어 했던, 진실한 나의 표정일 것이다. 그가 어떤 감정으로 그것을 남기려 했는지, 조금은 알 것 같았다. '나도 미안해. 당신은 나보다 그 표정을 더 잘 그릴 수 없을 거야.' 전하지 못한 그 말은 침묵으로 봉인된다.

내가 어머니에게 대답한 이후, 모든 일은 놀라울 정도로 빠르게 진행되었다. 그토록 사랑하던 이층집을 내놓았다. 익숙함이 쌓여 온기가 되어 버린 공간을 완전히 떠난다는 건, 마음 어딘가를 비워내는 일이었다. 집은, 익숙한 것 중에서도 가장 익숙한 것이었다. 그곳엔 반복과 기억이 새겨진 흔적이 있었다. 언젠가 다시 느림이 허락되는 나의 동네로 돌아오더라도, 그 집은 이미 추억의 저편으로 사라질 것이다. 아일랜드 식탁에 앉아 갈색 도기 잔에 커피를 마시던 아버지가 없고, 그 곁에서 늦은 밤엔 카페인을 삼가라며 잔소리하던 어머니가 없다. 한낮의 햇살 아래 거실 바닥에 느긋하게 누워 잠들곤 하던 동생이 없다. 집 앞에서 교복을 입고 나를 기다리던 H도, 늘 배낭에 술과 과자를 잔뜩 담아 찾아오던 그녀도, 더 이상 존재하지 않는다. 익숙하고 당연하던 것들이 기억 속 허상으로 퇴행해 간다. 아무리 간절히 손을 뻗어 보아도, 그것들은 손가락 사이로 스며든 빛처럼 빠져나간다. 마지막 이삿짐 박스를 트렁크에 싣고, 한참 동안 그 자리에 서 있었던 것 같다. 비워진 집에 미련을 한 가득 남기고 돌아선 나의 뒷모습은, 누군가의 새로운 첫 페이지에 서서히 지워져 갈 것이다. 하지만 나는, 새로운 이야기를 어떻게 시작해야 할지 전혀 모르겠다. 어떤 문장으로 첫 장을 열어야 할지 알 수 없다. 아직은, 놓아주는 법을 모르겠다. 내 새로운 이야기가 시작될 집은 차로 네 시간 이상을 달려야 도착하는 곳에 있다. 그 긴 여정 내내 쏟아지려는 문장들과 눈물을 얼마나 애써 삼켰는지 모른다. 차 안은 침묵으로 가득했고, 어머니와 동생은 한마디도 하지 않았다.

-

그해 가을, 을지로에서 나는 L과 처음으로 밤을 새워 술을 마셨다. 그와 알고 지낸 긴 시간 동안 단 한 번도 없었던 일이다. 작별을 위한 자리였다. 그래서 그는 말했다. "오늘은 일 얘기 안 해요." L과 나 사이에서 '일'이라는 단어를 걷어내고 나면, 과연 무엇이 남을까 문득, 궁금해졌다. 나는 퇴사 이후 L의 연락을 한 번도 받지 않았다. 고의였다. 하지만 그날 밤 그는 내게 감정을 숨기지 않았다. 한잔, 두잔. 내가 따르는 술을 받아마시며 L은 불만을 드러냈다. "너무해요. 연락도 안 받으시더니, 갑자기 그렇게 멀리 이사를 간다고요?", "당분간이야, 당분간." "가지 마세요.", "다시 올 거야." 나는 호기롭게 말했다. 그러나 L에게 기약 없는 기다림을 요할 수는 없었다. 그는 여전히 842일에 멈춰 있다. 술잔을 비우는 동안, 나는 늘 뜨거운 커피를 곁에 두었다. 커피가 내 손끝에 있어야 안심이 되었다. 네 번째 커피를 주문하려고 홀 서버를 부르자, L이 조용히 손을 뻗어 나를 막았다. "과유불급. 대표님이 늘 하시던 말씀이잖아요. 그런데 본인은 그 말을 지키지 못하시네요. 좋아하는 것에는 늘 과하세요. 커피, 음악, 그림, 일 뭐 그런 것들요. 거의 집착 같아요.", "그래서 못 마시게 하려는 거야?", "네. 안 돼요." 한 번 정도는 그의 투정을 받아줘도 괜찮을 것 같은 날이었다. 술기운이 천천히 말을 느릿하게 만들즈음, 나는 조심스럽게 있었다. "우리가 만나지 않았다면 그녀가 죽지 않았을까?" L은 그녀로부터 비롯된 나의 공허를 가장 정확히 인식하고 있는 사람이었다. 그는 단호하게 대답했다. "해본 적 없는 선택이니, 알 수는 없겠죠. 하지만 저는 후회하지 않아요. 모든 걸 알고 다시 돌아간다 해도, 같은 선택을 했을 거예요. 저는 몇 번이고 대표님을 선택했을 겁니다.", "나는 조금 후회했어. 비겁하지?", "아뇨.", "언젠가 너에게서 그녀를 완전히 지울 수 있으면 좋겠어." L은 말없이 웃었다. 그 웃음엔 오래된 그림자 같은 쓸쓸함과 가만히 빛을 비추는 충직함이 동시에 담겨 있었다. 그는 잔을 들어 입을 축이더니, 잠시 말을 멈추었다. "그녀가 언제나 대표님 안에 있다는 거, 그리고 내가 그 곁에 맴돌고 있다는 걸, 처음부터 알고 있었어요.", "그런데 왜 계속 내 옆에 있었어?" 나는 무심하게 물었다. 하지만 그 질문은, 내가 스스로에게 던지는 자책에 더 가까웠다. L은 한동안 말이 없었다. 그러다 이내 고개를 숙인 채, 조용히 말했다. "누군가의 그림자가 되어 보는 것도, 나쁘지 않다고 생각했어요. 언젠가 빛이 사라지면, 그림자는 그제야 제 모습을 갖게 되니까." 나는 그 말을 듣고 잠시 눈을 감았다. "미안해. 늘 그런 식이었지, 나.", "대표님이 가끔 웃을 때, 그 웃음이 진짜인 걸 알아요. 가끔은, 그 웃음 하나 때문에 하루를 버틸 때도 있었어요. 늘 대표님의 웃는 얼굴이 보고 싶었어요." 나는 한참 동안 아무 말도 하지 못했다. 침묵이 테이블 위에 고였다. 나는 들고 있던 테킬라 잔을 조심스럽게 내려놓았다. 그리고 장난스럽게 말했다. "나가자. 편의점에서 컵라면이랑 소주 사서, 공원에서 먹자.", "안 돼요. 대표님 못 더러워져요." 나는 대답하지 않고 그의 손목을 살며시 잡아 일으켰다. 결국 그는 못 이기는 척, 내 옆에 섰다. L과 함께 있을 때면, 나는 과거의 허상을 되짚지 않는다. 미래의 불안을 상상하지도 않는다. 그저 '지금'이라는 실재만이 존재한다. 지금, 내 뺨을 스치는 바람은 시원하다. 그 바람에는 미세한 공허가 실려있어 나의 마음을 두드린다. 문득 불안한 마음에 고개를 들면 언제나 내 시선이 닿는 곳에 L이 있다. 그는, 이 계절의 가장 정직한 증명이고, 내가 두 발을 디딘 현실이며, 그 무엇보다도, 나의 실재다. 기분 좋게 웃고 있는 L의 얼굴을 바라보니 아버지의 질문이 떠올랐다. "그 전시가 너에게 안겨주는 물질적인 것이 무엇일지, 혹은 누군가 그 전시 앞에서 조용히 눈물을 흘리는 장면. 그 둘 사이에서, 너는 어떤 가치를 더 소중히 여기게 되니?", "괜찮아. 지금 당장 답하지 않아도 돼. 그건 시간을 들여서 고민할 문제니까. 너의 삶에서 가장 중요한 가치를 어디에 두고 싶은지, 그 질문은 계속 안고 살아야 해." 나는 여전히 선뜻 대답할 수 없다. 하지만 한 가지 분명히 알 수 있는 것은 아버지의 말이 시간이 지날수록 점점 더 깊게 스며들고 있다는 사실이다. 그리고 그 질문을 되새길수록, 나는 L의 존재를 생각하게 된다. 그는 포도 주스를 내민다. 내가 토마토 주스를 남기는 걸 알고 있었던 사람. 말없이 내 책상 위에 커피 한 잔을 올려 두던 사람. 바쁜 틈 속에서도 잊지 않고, 나보다 먼저 계절의 변화를 감지해 주는 사람. 언제나 나보다 반 발짝 뒤에서, 묵묵히 내 발자국을 따라 걷던 사람. 나의 추락 앞에 붉어진 눈시울을 숨기지 못한 사람. 술에 취해 방긋 웃음을 보이다, 결국은 가지 말라며 아무것도 감추지 않은 표정으로 눈물을 흘리는 사람. 나는 확신했다. 몇 해의 계절 동안, 어떤 수많은 것들과 치열하게 싸우며 살아냈던 나날들 속에서 L을 얻었다. "고마워." 입가에 닿은 말이 낯설지 않게 담담히 내 마음을 전했다. L은 순간 멈칫하더니, 조금 과장된 듯 눈을 크게 뜨고 나를 바라봤다. 그러곤 익숙한 몸짓으로 손사래를 쳤다. "그런 말씀 하지 마세요. 안 어울려요." 나는 조용히 웃었다. 아마 그는, '고맙다'는 말보다 내가 곁에 있어 주는 오늘이 더 중요할지도 모른다. "그해, 을지로의 가을." 나는 속으로 그 계절의 이름을 조용히 읊조린다. "L, 정말 고마워."

— 겨울 —

　오랫동안 내가 사랑하던 그 동네만이 '느림'이 허락된 유일한 곳이라 믿었다. 그러나 새롭게 정착한 이 터전에서도, 나는 결국 느림을 찾아내고 말았다. 아니, 어쩌면 느림이 먼저 나를 찾아와준 것인지도 모른다. 나의 하루는 청소로 시작된다. 겉보기에 예쁜 단독주택이지만, 손을 놓는 순간 금세 생기를 잃는다. 그렇게 매일 아침, 먼지를 털고 바닥을 쓸며 이 공간과 조금씩 친해졌다. 전과 크게 달라진 것은 없다. 굳이 말하자면, 새로운 동네를 구석구석 탐방하는 소소한 즐거움이 더해졌다는 점 정도일까. 월넛빛이 도는 원목 좌식 테이블이 놓인 거실에서 시작해 내 방까지 청소를 마치고 나면, 어느새 점심 무렵이다. 스피커에서 흐르는 재즈의 브러시 소리와 함께, 뜨거운 커피 한 잔과 그날그날 다른 소박한 식사를 한다. 그 여유로운 리듬 속에서, 나는 아주 조금은 행복을 느꼈다. 식사를 마친 뒤, 두꺼운 패딩을 걸치고 하얀 귀마개를 단단히 낀다. 이곳의 바람은, 내가 살던 도시보다 훨씬 날이 서 있다. 귀마개 없이 오래 걷기엔 무리다. 가끔은 손끝까지 감싸는 벙어리 장갑을 끼기도 한다. 예전과는 사뭇 달라진 패션이다. 밖으로 나선 나는, 주머니에 휴대폰을 넣고 손을 자유롭게 한다. 바닥은 꽁꽁 얼어 있고, 조심스럽게 걷는 발끝에 차가운 공기가 감긴다. 오늘은, 유독 내 시선을 붙들어 줄 어떤 장소 만나기를 바란다. 분주함이 사라진 이곳에서 권태를 피하려면, 마음을 두고 머물 수 있는 곳이 필요하다. 마을 어귀에는 언제부터인가 그 기능을 상실한 지 오래된 버스정류장이 있다. 차갑게 녹슨 철제 지붕 아래 벗겨진 페인트의 결조차 그 시간의 흐름을 나타낸다. 그 폐정류장을 기준점 삼아 한 번도 가보지 않았던 사거리의 동쪽으로 천천히 발을 옮겼다. 귀마개 안쪽으로 꽂은 이어폰에선 시티팝 느낌의 일본 노래가 반복해서 흐르고 있다. 그 노래와 완벽히 겹치는 풍경이 내 앞에 펼쳐지기를 바란다. 그의 눈물로 얼룩졌던 지난가을이 떠올라 가슴이 아렸다. 그를 떨쳐내려 애쓸수록, 나는 다른 죽음과 맞닥뜨린다. 부재의 연쇄는 내가 감당할 수 없는 파동으로 돌아왔다. 이사 때 포장해 두었던 라일락 그림과 내가 모작했던 그림은 모두 상자 속에 있다. 그녀가 선물한 붉은 구두도 마찬가지였다. 몇 번이나 붓을 잡으려 했지만, 두려움이 손끝으로 새어 나올까 망설여졌다. 무채색의 그 남자의 웃음을 떠올리는 순간, 나의 오감은 언제나 그에게 점령당한다. 그는 늘 나의 시간을 멈춰 세운다. 이 겨울이 유난히 시리다고 느껴질 무렵, 그에게 점유된 나의 감각이 전혀 다른 무언가를 발견했다. 사방이 한적한 이 마을에서 유일하게 도시의 기운이 묻어나는 작은 건물이 하나 있었다. 민트빛 타일로 마감된 외벽에, 갈색 원목 창틀이 절묘하게 조화를 이루고 있다. 누군가 잠시 머물다 떠난 듯, 공간은 텅 비어 있으면서도 깔

끔하게 정돈돼 있었다. 창 너머로 보이는 내부 벽엔 헤드폰을 쓴 소녀의 일러스트 포스터가 붙어있다. 그 장면이 시야에 닿으니, 한겨울의 오후 두 시, 햇살이 드는 조용한 시골 마을이 한순간에 1980년 도쿄의 밤거리로 탈바꿈한다. 단순한 도쿄의 밤거리가 아니다. 역사의 거울에 비친 도쿄 그 회화적 거리의 어딘가에서 나는 여전히 헤매고 있다. 기억의 틈 속에서, 1980년의 아버지는 역사(驛)의 한편에 서 있고, 그날의 나는 반대편에서 밤을 걷는다. 그림이 실재보다 더 실재처럼 느껴지는 순간, 나는 비현실을 조형하고 그 안에서 누군가를 하염없이 기다리는 사람처럼 살아간다. 그리고 지금 이 마을, 바로 이 장소가 나의 오감을 단단히 붙잡았다. 그 사실을 부정할 이유는 어디에도 없었다. 출입문에는 '임대 문의'라는 종이가 붙어있었다. 나는 종이에 적힌 번호로 전화를 걸었다. "여보세요.", "안녕하세요, 임대 문의드리려고요." 상대는 놀랍도록 빠르게 "지금 근처인데, 곧 가겠습니다."라며 전화를 끊었다. 불과 십 분이 지나지 않아, 백발의 머리에 건장한 체격의 남자가 모습을 드러냈다. 그의 안경테는 햇빛을 받아 반짝이고 있었다. 그는 열쇠 꾸러미를 살피다, 하나를 골라 능숙하게 문을 열었다. "우선 들어오시죠." 건물 내부는 예상보다 훨씬 넓고 고요했다. 빛이 가득 들어오는 창, 나무 바닥의 마찰음, 머물던 시간이 남긴 온기가 공간 전체에 희미하게 깃들어있었다. "시인이 머물며 작업도 하고, 간이 카페처럼 운영하던 공간이었어요. 오

년을 살다 떠났고, 빈지는 이제 일 년 조금 넘었죠. 처음 뵙는 얼굴인데 혹시 타지에서 오셨나요?", "네. 뭐, 여러 이유로 여기까지 오게 됐어요.", "이런 시골까지 젊은 분이 오는 건 대개 두 가지 이유 중 하나죠. 고향이든가, 지쳤든가." 나는 가볍게 웃는다. "두 가지가 교묘하게 섞여 있는 것 같아요.", "어떤 용도로 사용하실지 모르겠지만, 수익을 기대하신다면 저는 반대합니다." 그의 말에는 낡은 현실과 단호한 경험이 동시에 실려있었다. "아뇨. 작업공간으로 쓰고 싶어요. 그림을 그리고, 글을 쓰고, 가끔은 피아노도 치면서요." 그는 흥미와 경계가 동시에 깃든 시선으로 나를 바라봤다. "예술을 하시는 분이군요.", "뭐, 그렇게 볼 수도 있겠죠. 이 동네에 와서 제 걸음을 멈춰 세운 건 이곳이 처음이었어요. 가끔 작업을 하다 찾아오는 분들에게 따뜻한 차 한잔을 내어드릴 수 있다면 그걸로 이 공간의 용도는 충분할 것 같아요." 그는 조용히 고개를 끄덕이며 보증금과 월세 등 필요한 절차를 안내했다. 절충의 여지도 있었던 것 같지만 딱히 별말을 덧붙이지 않고 그대로 진행하기로 했다. 내 감각이 머물기로 한 곳에 굳이 머뭇거리며 가격을 계산하고 싶지 않았다. "오늘부터 바로 쓸게요. 감사합니다.", "도움이 필요하시면 언제든 연락해 주세요." 나는 문을 닫고, 텅 빈 공간의 한가운데 섰다. 청소를 마치고 나면, 미처 꺼내지 못했던 그림들과 마주하고 싶다. 그리고, 그림을 그리고 싶다. 오랜만에 '할 일'이 생겼다는 사실이 의외로 나를 기쁘게 만들었다.

집으로 돌아와 몇 가지 필요한 도구들을 챙기고, 오랫동안 아껴왔던 유럽의 빈티지 조명들을 조심스레 트렁크에 실었다. 다른 건 시간이 지나며 천천히 채워도 괜찮다. 하지만 공간의 온기를 결정할 조명만큼은, 가장 먼저 달고 싶었다. 언제나 그랬다. 무언가를 시작할 때 거창한 준비는 필요 없다. '하겠다'는 의지 하나면 충분하다. 그림을 그리는 데 필요한 도구들을 몽땅 실었다. 피아노는 조만간 옮길 예정이다. 계획에 없던 충동적인 결정이지만, 개의치 않았다. 나는 언제나 충동 위에서 살아왔고, 지금 미치도록 그리고 싶은 한 점의 그림이 있다. 손은 아직 붓을 쥐지 않았지만, 나의 오감이 먼저 그 그림을 그려내고 있었다. 사다리에 올라가 조명을 달기 시작했다. 잎의 결이 층층이 겹친, 장미꽃을 닮은 조명을 공간의 중앙에 걸었다. 주황빛 조명이 퍼지며, 겨울의 온도가 나에게 스며들었다. 총 여섯 개의 조명을 달았다. 그 인공의 빛은 벽에 붙은 일러스트 포스터를 부드럽게 비추었다. 한기가 느껴졌지만, 문과 창문을 활짝 열어 두 시간 남짓, 이 공간의 낡은 공기를 밖으로 내보냈다. 겨우 조명을 달고, 먼지를 털어낸 것뿐인데 몸이 묵직하게 피로 해졌다. 작업용 목장갑을 벗고, 담배 한 개비를 꺼냈다. 하늘은 이미 어스름했고, 시골의 밤은 도시보다 더 빨리, 그리고 더 조용히 내려앉았다. 필터 끝까지 태운 담배를 조용히 바닥에 비벼 끄고, 나는 마침내 이젤 앞에 앉았다. 텅 빈 공간의 중심, 공허 속에 놓인 이젤 위를 장미를 닮은 조명이 고요히 비춘다. 이 순간 붓끝의 떨림조차 아름다움의 일부가 되는 완벽한 고요가 내 안을 채운다. 나는 지금, 1980년의 도쿄 한복판에 있다. 가상의 세계 속에서 두려움과 소망을 하나의 장면으로 밀어 넣는다. "그 전시가 너에게 안겨주는 물질적인 것이 무엇일지, 혹은 누군가 그 전시 앞에서 조용히 눈물을 흘리는 장면. 그 둘 사이에서, 너는 어떤 가치를 더 소중히 여기게 되니?" 아버지의 질문이, 하나의 형상으로 캔버스 위에 떠오른다. "괜찮아. 지금 당장 답하지 않아도 돼. 그건 시간을 들여서 고민할 문제니까. 너의 삶에서 가장 중요한 가치를 어디에 두고 싶은지, 그 질문은 계속 안고 살아야 해." 나는 그림을 그린다. 이곳은 사람들이 만든 인공의 빛으로 가득한 도쿄의 밤거리이다. 에드워드 호퍼의 도시처럼 고립된 불빛, 강한 조명의 명암 대비, 차가운 색조 위로 얹힌 따뜻한 하이라이트, 고층 건물들이 병렬로 줄지어 서 있고, 그 사이를 가르는 소음과 고독이 동시에 존재한다. 분주함은 꺼지지 않는다. 이 그림 속엔 아버지가 없다. 나는 그 대신, 그 사이로 추락하는 한 여자를 그린다. 그녀는 순백의 드레스를 입었다. 아이보리도 아닌, 말 그대로 흰색이다. 그녀는 흰색이 지닌 잔혹한 순결을 입었다. 추락의 바람이 드레스를 감고, 옷자락은 허공 속에서 천천히 풀어헤쳐진다. 그녀가 추락하는 내내, 건물의 불빛은 단 한 번도 흔들리지 않는다. 몰아치는 바람 속에서도 그녀의 발에 신겨진 붉은 구두는 벗겨지지 않는다. 지독할 만큼

끝까지 그녀와 함께한다. 그녀는 웃고 있다. 그 미소에 눈이 멀어버릴 정도로 환한 웃음이다. 어째서, 그녀는 그토록 환하게 웃을 수 있을까? 나는 그 질문의 답을 그려 넣는다. 그녀의 드레스와 같은 색의 정장을 입은 남자가 있다. 그는 그녀의 맞은편에서 가장 환한 미소로 손을 내민다. 그들은 마주 본 채 함께 추락한다. 그는 거부하지 않고, 망설이지 않고, 자신의 모든 걸 기꺼이 내어주며 그녀와 함께 떨어진다. 그녀는 그의 손을 붙든다. 붉은 구두를 신은 그녀의 발끝은 끝내 땅에 닿지 않는다. 그녀는 떨어지며 말한다. "누군가 그 전시 앞에서 조용히 눈물을 흘리는 것." 아버지는 다시 묻는다. "삶을 살아가며 가장 중요한 가치를 두고 싶은 건 무엇이니?" 그녀는 추락 속에서 자신의 손을 붙든 남자의 미소를 본다. 그리고 말한다. "실재(實在)." 그녀는 맞잡은 손의 온기를 느끼며 다시 말한다. "나는, 나의 실재를 어떤 이상보다 먼저 두고 싶어요." 아버지는 의아한 듯 고개를 갸웃한다. "그 전시 앞에서 눈물을 흘리는 건 실재보다는 이상에 가까운 것이 아니니?" 그녀는 다시 눈부신 미소를 짓는다. "그 순수한 감정이, 내가 살아 있다는 것을 알려줘요. 그리고 나는, 실재하기에 이 무수한 계절들을 기꺼이 살아낼 수 있어요. 추락하는 중이지만, 어떤 영광이 실재했음을 기억해요. 그리고 이 손의 온기 또한, 분명히 실재해요." 나는 어느새 울고 있다. "나는 살아 있어요." 이젤 위에 놓인 캔버스 속 두 사람의 웃음을 가만히 바라보다 미리 준비해 둔 레드 와인을 꺼냈다. 그림이 완전히 마르기 전, 와인을 그림 위에 부었다. 붉은 액체가 천천히 배경을 타고 흘러내리며 얼룩을 만든다. 이로써 **완벽한 추락이 되었다.** 조명의 주황빛이 끝내 땅에 닿지 않은 그녀의 발끝을 비춘다.

-

그저 충동적이었다. 다른 이유는 없었다. 무채색의 그 남자를, 지금 당장 만나야만 했다. 나는 라일락과 모작품, 그리고 새로운 공간에서 처음 그린 그림을 조심스레 챙겼다. 그를 만나기 전 먼저 해야 할 일이 있었다. 자동차 내비게이션의 목적지를 내가 한동안 머물렀던 오피스로 설정했다. 운전하는 내내, 이미 내 손을 떠난 〈Vol.1 무채색의 당신〉을 떠올렸다. L이 어떠한 설명 한 줄 없이도, 나의 의도를 알아차리길 바랐다. 설명하지 않아도 통하는 직관과 감각. 우리는 그런 감정선을 함께 구축해 온 팀이었다. 오피스 건물에 도착했을 때, 14층의 불이 환하게 켜져 있었다. 일층의 일식집은 하루 영업을 마무리하는 중이었다. 나는 망설임 없이 그림을 챙겨 14층으로 향했다. 이곳은 내게 무수한 감정을 일깨우는 장소이다. 그럼에도, 오래 머물 생각은 없었다. 하지만 그런 다짐과는 달리 사무실 문 앞에 선 나는, 한참을 숨죽이며 멈춰 있었다. 나와 L 사이를 가로막고 있는 것은 고작 문 하나일 뿐인데, 그 앞에서 나는 한없이 작아졌다. 문을 열고 들어가 수많은 문장을 쏟아내고 싶은 충동을 억누르느라 숨이 막혔다. 내가 곁에 없어도, L은 나와의 약속을 지키기 위해 늦은 밤까지 홀로 사무실의 불을 밝힌다. 그를 마주하는 순간, 온 힘을 다해 삼켜낸 감정들이 끝내 터져버릴 것만 같았다. 나는 여전히, 843일을 감히 약속하지 못하는 겁쟁이다. 그림을 조용히 사무실 앞에 내려두고, 돌아섰다. 지금, 내가 가야 할 곳은 무채색의 그 남자가 있을 갤러리였다. 아무런 예고도 없이 그를 급습하듯 찾아가는 건 처음이었다. 그림을 그리던 중 문득 하나의 의문이 떠올랐다. 무채색의 그 남자는 왜, 라일락 속 그녀의 표정이 오직 처절하기만을 바라는 걸까? 나는 추락 속에서도 실재를 갈망했고, 그 실재 안에서 가장 환한 웃음을 지을 수 있는 사람이다. 그 본질을 그가 몰랐을 리 없다. 그는 처음부터 라일락 속 그녀의 표정을 이미 정해두고 있었다. 그녀는, 그가 원하는 대로 움직여야 했고, 그가 정한 얼굴로 고통받아야 했다. 예술이라는 이름 아래, 그녀의 표정은 해석이 아닌 명령이 되었다. 그러나 무채색의 그 남자는 결국 내 안에서 자신이 원하는 표정을 끝내 끌어내지 못했다. 아이러니하게도, 내가 그에게 끝내 보여주지 않은 표정을 L은 내게 보여주었다. 추락하는 순간, 내가 원한 건 단 하나 맞잡은 손, 실재하는 온기였다. 그 온기 덕분에 내 발은 끝내 땅에 닿지 않았다. 그 손은 나의 추락 속 유일한 영광이었다. 무채색의 그 남자는 그 실재를 나에게서 거두어 가려 한다. 그는 나를 사유와 표상만으로 구성된 존재로 만들고 싶어 한다. 차갑게 식어가는 내 혈관, 그 냉기를 느끼며 나는 그가 갤러리에 있을 거라 확신했다. 이 밤, 내게는 두 번의 솔직한 표정이 있었다. 첫 번째는 삼켜낸 슬픔을 끝내 견뎌낸, 힘겨운 침묵의 얼굴. 두 번째는 그 앞에서 마침내 무너져 내린, 모든 가식을 벗겨 낸 분노의 얼굴. 역시나 그의 갤러리는 주황빛 조명 속에 잠겨 있었다. 차가운 겨울바람이 볼을 스쳤다. 주차를 마치고 나는 조심스럽게 그림 두 점을 꺼냈다. 라일락과 그 모작. 아무런 예고도 없이 갤러리 문을 열었다. 그림들 사이, 붉은 천 위에 널브러진 듯 앉아 있는 무채색의 그 남자가 보였다. 나는 숨을 들이마시고, 그에게 다가갔다. "이제, 말해." 겨울의 끝자락. 고집스러운 한기가 여전히 몸을 움츠리게 하던 그 밤, 나는 비로소 깨달았다. 그는 나의 실재가 아니었다. 그는, 결국 허상이었다. 정확히 일 년 전. 오늘보다 더 매서운 바람이 뼛속을 파고들어, 두 다리로 몸을 지탱하기조차 힘겨웠던 그날. "암이 재발했어." 그 문장은 공포에 가까웠다. 그 후로 내 모든 바람은 단 하나, 그의 실재를 바라는 것이었다. 그는 지금도, 아무 말이 없다. 지독한 침묵 속에서 우리가 오가던 수많은 말과 계절은 어떤 의미도 남기지 못한 채, 이름 모를 바람처럼 흩어졌다. 이 작품이 전하는 언어는 "감히 사랑이라 할 수 있겠네요." 누군가는 어떤 작품을 보고, 감히 사랑을 깨달았다고 했다. 그렇다면 우리가 나눈 감정 또

한 삶의 한가운데를 가로지르던 사랑이었을까. 당신이 그 답을 알려주길 바란다. 당신이 이 침묵의 여백을 깨주기를 바란다. 나는 오랫동안 그의 죽음을 상상했다. 만약 그가 끝내 이 짧은 생을 버티지 못하고, 조용히 나의 손을 놓아버린다면, 어떤 노랫말처럼 만개한 꽃이 지는 봄날, 웃으며 당신을 보내고 싶었다. 그러니, 이제는 나를 갉아먹던 '죽음'에 대해 말해야 한다. 우리의 사랑이 단 한 순간이라도 '실재'했는지 이젠, 설명해야 한다. 나는 침묵 속에 갇힌 그의 표정을 지켜봤다. 그 무의 표정이 모든 의미를 앗아간 채, 마침내 우리의 기억마저 부정하게 될까 두렵다. 더 이상 그의 침묵 앞에 머무를 인내가 남아있지 않다. 나는 그의 발치에 그림을 던지듯 내려놓았다. "당신의 라일락과 내가 그린 모작품이야." 그는 '라일락'이라는 단어에 천천히 반응하며 몸을 일으켰다. 모작품을 바라보는 그의 눈동자 위로, 아주 미세한 파문이 일기 시작했다. "커피를 가져올게. 기다려줘." 그가 커피를 내리는 동안, 나는 테이블 위에 두 점의 그림을 올려놓았다. 두 점의 그림은 그와 나누게 될 마지막 대화였다. 무채색의 그 남자는 어느 때처럼 뜨겁고 진한 커피 한 잔을 내게 건넸다. 손끝이 떨릴 만큼 따뜻했다. "맞지? 당신이 그토록 그리고 싶어 했던 나의 표정.", "어떻게 그 표정을 그려낼 수 있었어?" 나는 대답하지 않았다. 그는 짧게 실소를 터뜨렸다. 그러나 웃음 뒤의 고요는 오히려 날카롭다. "감히, 사랑이라 할 수 있겠네요." 그는 다소 거친 호흡으로 그 문장을 뱉어냈다.

〈침묵과 상실〉

그 전시에서 L이 뱉은 문장이었다. 한 칼럼이 재빠르게 스쳐 지나갔다. "당신이 페르소나 무명이야?", "그래." 그는 잠시 침묵을 지키다, 이어서 말했다. "당신이 나보다 먼저 얼굴을 그릴 수 있었던 이유는, 그건 아마, 그 말을 했던 사람이 당신에게 정확히 그런 표정을 지었기 때문이겠지. 추락하는 당신의 영광 앞에서 말이야." 그는 모작 위에 손끝을 올리고 살아있는 사람의 살을 어루만지듯 조심스럽게 그림을 만졌다. "흠잡을 데 없는 그림이야. 당신은 정말 대단해. 그 찰나의 얼굴, 그 사람에게 스쳤던 표정의 모든 의미까지 한마디 말도 없이, 다 읽어냈어." 나는 그를 똑바로 바라보았다. "우리에겐 사랑이 실재했을까?" 그는 나의 질문에 반응하며 고개를 살짝 기울였다. 그러곤, 단호한 음성으로 말했다. "보통은 이렇게 말해. '날 사랑했어?'라고. 하지만 당신은 굳이 '실재'라는 단어를 사용했어.", "중요한 문제니까." 그는 고개를 끄덕이며, 조용히 커피를 마셨다. "나에게도 실재하는 당신의 표정이 중요했어. 당신이 날 향해 단 한 번이라도 그 표정을 지어줬더라면 우리의 사랑은 실재했을 거야." 나는 웃음기 없는 얼굴로 다시 물었다. "왜? 꾸며내지 않은 '진짜' 라일락을 완성해야 했으니까?" 그는 처음으로, 아주 맑은 눈동자로 내 눈을 보았다. "아니. 그게 내가 정의하는 사랑이니까. 처절한 고통만이 진실한 사랑이야. 라일락의 완성은 그다음 문제였어. 나는, 당신이 나를 사랑하길 바랐어." 그의 문장은 늘 모호했다. 그러나 그 모호함마저 나를 찌르듯 명료했다. 나는 대답했다. "내 사랑은, 추락의 순간 맞잡은 손의 온기야. 우리는 결국, 같은 것을 사랑이라 정의했지만 끝내 닿지 못했어. 그의 표정이 무너지기 시작했다. 그리고 그 무너짐이 너무나 인간적이라, 나는 더 이상 참을 수 없었다. "그리고 나는, 당신이 추락할 때 당신의 발이 땅에 닿지 않도록 손을 잡아줄 수 있는 사람이야. 하지만, 그럼에도 결국 추락했다면 나는, 그 손을 놓지 않은 채로, 당신과 함께 땅에 떨어졌을 거야." 그의 떨리는 눈동자가 이 밤의 정적을 흔들었다. 나는 흔들리는 정적 속에서 단호하게 다음 문장을 이었다. "하지만 이제는 잡았던 손을 놓을 거야. 우린 같은 것을 사랑이라 불렀지만, 서로에게 닿을 수 없었어. 그리고 당신은, 내게 상처를 남겼어." 그의 눈에서 눈물이 흘러내렸다. 한 방울, 두 방울. 형언할 수 없는 슬픔이 그의 뺨을 따라 흘렀다. "내가 무채색인 이유는, 거짓이 아니야.", "알고 있어. 당신은 그림으로 절대 거짓말하지 않아. 그 진실 하나가, 당신을 이렇게 불완전하게 만든 걸 나도 알아." 그는 말을 잇지 못한 채 고개를 숙였다. 나는 조용히, 그러나 단호하게 말했다. "당신 스스로를 가둔 그 지옥에서 이제 그만 나와. 미안하단 말은 하지 않아도 괜찮아. 아버지가 내게 선물한 라일락은, 내가 가져갈게." 그는 떨리는 목소리로 물었다. "날 사랑했어?" 그 질문은 너무 늦어버린 고백이었다. 나는 숨을 깊이 들이쉬었다. "여전히 사랑해. 하지만 나는, 당신의 '허상'을 사랑해. 그리고 당신은 여전히 나의 영감이야." 그는 다시 고개를 들고, 아주 작게 웃음을 흘렸다. "당신이 아직 모르는 게 한 가지 있어.", "뭔데.", "당신이 모작에 그려낸 그 표정은 사랑이 아니면, 결코 설명할 수 없는 표정이야." 나는 잠시 말이 없다가, 조용히 실소를 흘렸다. "알고 있어." 나는 테이블 위에 올려둔 그림 중 한 점을 들고 일어섰다. "당신의 라일락은 위대한 작품이야. 반드시 완성하길 바라." 나는 그에게 등을 돌리기 전, 마지막으로 말을 건넸다. "나는 나의 상처를 복원하려고 그림을 그렸어. 당신은 상처를 그림에 고정하려 했고. 그 차이가 우리를 갈라놓은 거야." 그는 조용히 고개를 떨구었다. 한참의 정적 끝에, 조용히 입을 열었다. "우리는 비슷한 줄 알았어.", "아니, 우리는 비슷했어. 하지만 그 비슷함이 우리를 살리진 못했지.", "내가 당신에게 끝내 그 표정을 얻지 못한 건, 내가 실패한 예술가였기 때문일까, 그저 당신을 몰랐기 때문일까.", "둘 다야." 그는 입을 다물고 천천히 내게 다가왔다. "한 번만 안아봐도 될까?" 나는 그 자리에 선 채, 눈을 감았다. 그리고 조용히 말했다. "안돼." 그의 손은 차마 나의 팔을 붙들지 못했다. "당신은, 내가 절대 완성하지 못할 작품이야." 나는 문을 열며 마지막으로 돌아봤다. "그래도 나는 그 실패작이었음에도 불구하고, 당신의 붓끝에 남겨졌다는 것만으로도 충분해." 그는 입을

열지 않았다. 그저 내 그림만을 바라봤다. 나는 조용히 그림을 들고, 갤
러리를 나섰다.

공백(2024)

다시, 라일락

4년, 열여덟 번의 계절. 그리고 상상 속 그를 그리워한 2년의 시간. 그 모든 시간을, 단 한 번의 짧은 대화로 마무리했다. 돌이켜보면 모든 이별은 언제나 야속할 정도로 간결했다. 마음이 아무리 애달파도 마지막 인사는 언제나 조용하고 무심하게 지나갔다. 그러나 그 간결함은 말끔한 정리와는 거리가 멀었다. 오히려 더 깊고, 다른 종류의 공허를 남겼다. 무채색의 그 남자를 잃은 나는 한동안 온전하지 못했다. 그의 실재하는 온기가 그리워 무작정 차에 올라 그에게 향한 적도 있었다. 물론, 절반쯤 가다 멈췄지만, 그만큼의 충동은 분명했다. 그의 웃는 얼굴이, 너무도 보고 싶었다. 그를 내 일상에서 밀어내는 일은 생각보다 훨씬 더 어려웠다. 아니, 사실은 모든 것이 그립고 고단했다. 계절의 흐름조차 실감하지 못한 채, 나는 그림을 그리고, 글을 쓰고, 음악을 들으며 하루하루를 버텨냈다. 아직은 낯설면서도 이제는 조금 익숙해진 이 공간에, 그림을 하나씩 채워 넣기 시작했다. 가장 먼저, 무채색의 그 남자가 처음으로 선물해 준 그림을 벽에 걸었다. 이제야 비로소 그 그림의 포장을 풀 용기가 생겼다. 나는 마침내 그 그림을 정면으로 마주할 수 있었다. 예상한 대로, 처음 봤을 때의 강렬한 전율이 몰아치진 않았다. 하지만 그 감정의 자리에는 어떤 사유를 위한 고요함이 아스라이 머물렀다. 같은 그림을 마주하고 있음에도 품은 감정은 달랐지만, 도달한 결론은 같았다. 그의 그림은 나에게 사유의 온도를 알려주었다. 이어서 두 번째 선물, 1980년 도쿄의 밤거리를 배경으로 한 그림을 걸었다. 나는 그림 속 아버지의 측면 얼굴을 바라보며 오래도록 멈춰 서 있었다. 하지만, 미완성의 라일락은 여전히 천 뒤에 가려져 있다. 그 그림을 온전히 바라볼 용기가, 아직은 없다. 나는 당분간, 이 공간을 나와 타인의 이야기로 채워 나갈 것이다. 무명 예술가들의 소규모 전시를 열어보려 한다. 20평 남짓한 이곳은 정식 갤러리라 하기엔 매우 협소하지만, 그 때문에 가능한 서정이 분명히 있을 것이다. 그림이 벽에 걸리고, 향이 공기를 채우며, 침묵 속에서도 이야기가 흐르는 그런 공간을 만들 것이다. 내가 당장 할 수 있는 일은 크지 않다. 커피를 내리고, 간단한 음료를 만들고, 전시할 작품들을 천천히 찾아보는 정도일까. 어쩌면, 누군가의 가슴 아픈 고백을 들어주는 일도 생길지 모른다. 나는 갤러리 카페라는 이름 아래, 최소한의 장비들을 들였다. 그라인더를 설치하자, 원두를 가는 소리가 자연스럽게 함께 들어왔다. 커피머신이 들어서자, 고소한 향이 공간 전체를 감싸안았다. 하나를 들였을 뿐인데, 그 너머의 정경들이 함께 들어왔다. 의도하지 않은 풍경 속에서 SNS에 올릴 첫 홍보 글을 작성했다. 무채색이었던 날들의 끝자락에서— 다시 빛이 드는 시간을 믿기로 했다.

[갤러리 카페 향(向)] 예술작품공모

때로는 말보다 깊은 감정의 이야기가 공간을 채웁니다.

침묵의 시간, 상실의 풍경. 그리고, 실재.

의도하지 않았지만, 그래서 더 오래 남게 된 그 장면들—

갤러리 카페 향(向)은 이번 전시를 통해 '말 없는 기억과 조용한 실재'를 주제로 한 예술작품을 모집합니다. 공간은 카페이자, 전시장이며, 작은 기록실이기도 합니다. 시선과 침묵이 오가는 이곳에서 여러분의 작업이 또 하나의 '잔상'으로 머물기를 바랍니다.

• 주제 : 실재/ 잔상/ 감정

• 매체 : 회화, 드로잉, 사진, 설치, 오브제 등 장르 무관

• 접수마감 : 00월 00일(00요일)

• 문의 및 접수 : DM 또는 xx@xxx.com

말하지 못한 모든 것들이, 이곳에 남습니다.

나아갈 향(向).

갤러리 카페의 이름이다. 인적이 드문 이 마을에서, 과연 얼마나 많은 이들이 이 전시에 마음을 기울여 줄까. 나는 그렇게도 매달렸던 '성과'라는 단어와는 완전히 무관한 지점에 서 있었다.이제는 다만, 멈춰 있던 나의 시간이 다시 흐르기를 바랄 뿐이다. 새로 개설한 SNS에 첫 홍보 글을 올린 지 30분도 채 되지 않아, 한 통의 메시지가 도착했다. 보낸 이는 자신을 '무명의 회화작가'라고 소개했다. 2021년경, 우연히 마주한 전시에서 조용히 울음을 삼켰다는 이야기. 그 전시의 이름은 〈침묵과 상실〉이었고, 그는 오늘, '침묵의 시간, 상실의 풍경'이라는 단 두 문장에서 그때의 감정을 단번에 떠올렸다고 했다. "말도 안 되는 억측일 수 있지만, 혹시 당신이 그 전시와 관련된 분이 아닐까 싶었습니다." 그는 조심스럽게 말을 이었다. 그리고 만나서 이야기를 나눌 수 있기를 희망했다. 기억은 생각보다 오래 남는다. 한 장의 그림, 두 줄의 문장, 하나의 감정이, 어느 날 누군가를 다시 이끌어 오기도 한다. 전시는 그렇게, 보이지 않는 선으로 이어지고 있었다. 두 시간쯤 흐른 뒤, 문이 조심스럽게 열렸다. 들어선 이는 30대 중반으로 보이는 여성이었다. 마른 체형이지만 눈빛만큼은 단단했다. 그녀의 손엔 매거진 한 권이 들려 있었다. 심장이 '쿵'하고 내려앉았다. 확인하지 않아도 알 수 있었다. 그 책이 어떤 매거진인지, 이미 나는 알고 있었다. "안녕하세요. 아까 연락드렸던 사람이에요." 짧은 인사를 나눈 후, 나는 그녀를 장미 조명이 드리워진 테이블로 안내했다. "오시느라 고생 많으셨어요. 근처에 사세요?", "차로 한 시간 정도 떨어진 곳에서 왔어요. 반드시 오늘, 이곳에 들르고 싶었거든요." 테이블 아래, 그녀의 손가락이 매거진의 표지를 조용히 만지작거렸다. 나도 모르게 그녀의 손끝에 쏠리는 시선을 떼려 애썼다. 그녀는 망설이다가, 조심스레 입을 열었다. "남들이 알아주지 않는 미대를 그럭저럭 졸업했어요. 그림을 사랑하긴 했지만, 좋은 대학에 갈 실력도, 유학을 감당할 형편도 안 됐죠." 그녀는 우리 시대 '미술계 외곽'에 있는 수많은 작가의 흔한 서사를 가지고 있었다. 미대 졸업장이 곧 전시기획력이나 감정의 밀도를 보증하는 것은 아님에도, 미술계는 여전히 '출신'을 기준으로 작가의 궤적을 분류하곤 한다. "대학교에 가면 뭔가 달라질 줄 알았어요. 졸업하면 조금 나아지겠지, 그렇게 생각했죠. 하지만 시간만 흘러갔고, 달라지는 건 없었어요." 예술은 표현 이전에 견디는 일이었다. 어떤 존재는 말을 하고 싶어서 예술을 택하고, 어떤 존재는 침묵을 견디기 위해 예술에 남는다. 그녀의 이야기 속에 그런 절박함이 배어 있었다. "그림으로 먹고사는 게 제 꿈이었어요. 하지만 그 꿈을 지키는 건 생각보다 훨씬 어려웠죠. 현실을 버티기 위한 조건이 따라 주지 않았거든요." 그녀는 학원강사, 파트타이머, 그리고 비정규직 강사를 전전하며 생계를 이어갔다. 밤늦게 퇴근해, 남은 힘을 짜내며 그림을 붙들었다. 그녀의 오랜 연인은 결국 그녀를 떠났다. 그녀는 연인을 잃은 채 같은 일상을 반복하던 중 문득, 지쳤다는 걸 자각했다고 한다. 그제야 사랑하던 연인이 원하던 '평범한 삶'이 어쩌면 자신도 바라고 있었던 것임을 깨달았다고. "하지만 이미 나이가 들어버린 저는, 그 삶을 살아갈 준비가 되어 있지 않았어요. 그동안 하지 않았던 것들은, 이젠 '할 수 없는 일'이 되어 있었고요." 미술이란 꿈은 언제나 미완으로 남는다. 무명작가에게 현실은 늘 두터운 벽이었고, 창작의 주체성은 생계와 타협해야 하는 잔혹한 현실 속에서 때로는 지워지고, 때로는 스스로를 지운다. "2021년쯤, 그 전시는 어쩌면 스스로에게 보내는 마지막 인사였어요. 관람이라는 행위로 조용히 제 끝을 선언한 거죠." 그녀는 말했다. 울분을 표출하지 못했던 그녀의 무수한 문장들을 그 전시가 대신 삼켜주었다고. "작가들 대부분이 무명이라는 게 믿기지 않을 만큼, 작품은 강렬했고 독창적이었어요. '누가 이 전시를 기획했을까'하는 생각이 가장 먼저 들었죠. 그리고, 나 자신을 정면으로 마주하게 되었어요. 여전히 그림을 그리고 싶은 겁쟁이였던 거예요." 그녀의 말에는 진심이 있었고, 그 진심은 그날의 나를, 그리고 무채색의 그 남자를 어렴풋이 겹쳐오게 했다. 침묵과 상실이라는 제목, 단어로는 다 닿지 못하는 감정의 영역. 예술이 아니면 어디에도 담아낼 수 없는 그 풍경이 다시 누군가를 이곳으로 데려온 것이다. "그 전시 이후로, 다시는 그림 근처에 가지 않겠다고 다짐했어요. 그런데 오늘 저는 이곳에 와 있네요. 그건, 제 안에서 잠잠했던 열정이 다시 고개를 들었기 때문이에요. 더는, 침묵으로는 견딜 수 없을 것 같았어요." 나는 그녀의 목소리에서 미세한 떨림을 느꼈다. 그 떨림은 고백이자, 출발의 신호였다. 예술이 끝이라 믿었던 지점에서, 그녀는 다시 그림을 향하고 있었다. "사실은 저는 오랜 연인을 붙잡고 싶었어요. 현실에 순응하는 척했지만, 결국엔 용기를 내지 못하고 그 사람을 놓아버린 거예요. 보내고 싶지 않았는데." '이 작품이 전하는 단어는, 감히 사랑이라 할 수 있겠네요.' L의 말이 떠올랐다. "여전히 사랑한다고, 외치고 싶었어요. 아니, 그 외침을 그림으로 남기고 싶었어요. 그 공간의 바닥에 주저앉아, 캔버스와 붓을 널브러뜨린 채, 미친 듯 그 사람을 그려내고 싶었죠." 그녀는 울먹이지 않았다. 그러나 말 한 줄 한 줄에 꾹 눌러 담은 감정이 있었다. 그림은 때때로, 말보다 정직하다. "아직도 내가 그 사람을 사랑한다는 것, 그 두렵고 외면하고 싶었던 진실을 붓끝에 실어 전하고 싶었어요." 그 전시, 침묵과 상실은 그녀가 모르는 자신을 꺼내 놓게 만든 시간이었다고 말했다. "나는 알았어요. 나는 결국 사랑조차도 그림으로 말하고 싶은 사람이란 걸요. 직접 말하지 못하니까, 결국 그림 안에 마음을 숨기고 싶었다는 것을요." 그리고 이어지는 한마디. "어느 조각 앞에서 결국 울고 말았어요. 하늘을 향해 두 손을 올린 석고상이었어요. 그 조각이, 마치 제 마음을 대신해 울고 있는 것 같았어요." 숨이 멎는 듯한 순간이었다. 그녀의 입에서 흘러나온 작품의 이미지가 내 심장을 툭, 치고 지나갔다. "그 석고상이 바치고 있는 그림 한 점이 있었는데, 그걸 보는 순간, '구원'이라는 단어가 떠올랐어요." 구원. 그 단어의 뒤를 잇는 그녀의 문장이 궁금했다. "석고상은, 어쩌면 간절히 구원을 바라는 마음으로 하늘에 그 그림을 바치고 있었던 걸지도 몰라요. 그리고, 나에게 그 구원은 결국 사랑이었어요." 그녀의 입에서 '사랑'이라는 단어가 나오는 순간, 그 말은 마치 진동처럼 내 안에서 강하게 울렸다. "그 전시를 기획한 사람은, 결국 '사랑'에 대한 정의를 내리지 못한 사람이었던 것 같아요. 그래서 침묵으로 남을 수밖에 없었겠죠. 하지만 아이러니하게도, 모든 작품은 하나같이 처절한 사랑을 이야기하고 있었어요." 나는 물었다. "그 전시 이후, 당신은 어떤 하루를 살았나요?" 그녀는 눈을 들어 나를 바라봤다. "똑같은 하루를, 다른 마음으로 살아냈어요.", "어떤 선택을 하신 건가요?", "용기를 얻었어요. 전시 이후, 그 전시를 주관한 스타트업의 팬이 되었어요. 이름만으로도 생기 넘치던 그 회사에서 런칭한 플랫폼에 바로 가입했죠. '다음 전시는 또 어떤 이야기일까'하고 기대하면서요." 그녀는 덧붙였다. "심지어 감사한 마음도 들었어요. 그 전시를 만들어준 사람들에게." 나는 고개를 천천히 끄덕였다. '침묵과 상실'은, 결코 허상에서 멈춘 기획이 아니었다. "전시 이후, 그 스타트업은 정말 활발했어요. 플랫폼 런칭, 팝업스토, 백화점 입점. 멋진 행보였어요. 하지만, 그 전시처럼 깊은 울림을 주는 활동은 좀처럼 다시 찾아보기 어려웠어요." 그녀는 천천히 말을 이었다. "그래도 저는 기다렸어요. 그 정도의 전시를 만든 사람이라면, 언젠가는 반드시 돌아올 거라고 조용히, 확신처럼 믿었어요." 그녀의 손에 들린 매거진의 표지를 확인하고 싶었다. 그것이, L의 손에서 태어나 마침내 세상에 나온 그 매거진이라면, 나는 그 안에 담긴, 오랜 침묵으로 지켜졌던 그의 단어 하나, 그 잃어버린 단어의 정체를, 비로소 알고 싶었다. 그녀는 내 조급한 마음을 모르는 듯, 아주 천천히 매거진을 테이블 위에 내려놓았다. 나는, 마치 거스를 수 없는 중력처럼, 자연스레 그 매거진을 바라봤다. "Vol.1 〈무채색의 당신〉이라는 이름을 가진 매거진이에요. 그 스타트업이 발행한 첫 번째 매거진이기도 하죠." 그녀는 이어 말했다. "저는, 그 이름 하나에 흔들렸어요. 표지를 보기 전부터 이미 마음이 움직였어요. '무채색의 당신' 그 단어를 보는 순간, 설명할 수 없는 감정이 들었어요. 낯설면서도 익숙하고, '무채색'이라는 단어가, 마치 어떤 사람의 이름처럼 느껴졌거든요." 무채색의 그 남자, 그를 떠올리며 내가 직접 붙인 이름이었다. 그리고 마침내, 그녀는 내게 〈무채색의 당신〉이라는 이름을 가진 매거진을 건넸다. "바로 이 매거진이에요." 나는 조심스럽게 그것을 받아들고, 표지를 확인했다. 마치, 오래전 떠나간 사람의 얼굴을 오랜만에 다시 마주하는 것처럼 심장이 떨렸다. 쿵— 심장이, 다시 한번 깊숙이 내려앉았다. 내가 그렸던 추락의 순간이, 매거진의 표지를 장식하고 있었다. 캔버스 위에 그린 그림을 사진으로 옮기고, 그 이미지를 재구성해 편집한 결과물이었다. 조금 흐릿하게 보정된 화질이 오히려 매거진의 정서와 더 완벽하게 조응했다. 선명하지 않기에, 감정의 결이 더 깊고 섬세하게 배어 나왔다. 나는 간신히 말문을 열었다. "이 그림을 어떻게 보셨나요?" 그녀는 잠시 머뭇거리다가, 조용히 입을 열었다. "처음 봤을 때, 충격에서 쉽게 벗어날 수 없었어요. 이 그림 역시, 사랑에 대해 말하고 있었거든요." 그녀의 시선은 매거진 표지 위에 고요히 머물러 있었다. "'침묵과 상실' 전시부터 '무채색의 당신', 그리고 이 그림까지. 결국엔 한 사람이 말하고 있는 하나의 사랑처럼 느껴졌어요." 나는 고개를 살짝 숙이며 물었다. "그런데 그게 왜 그렇게 충격적이었을까요?" 그녀는 시선을 잠시 내려두었다가 천천히 말을 이었다. "사랑에 대한 정의조차 내리지 못한 사람이, 그려낸 사랑이 너무도 아름다웠기 때문이에요. 처음부터 끝까지 그 사람은 실재하는 사랑을 갈망하고 있었어요. 그건, 너무도 투명해서 오히려 아프게 다가왔어요." 나는 대답을 하지 못한 채, 그 말을 삼켰다. 그녀의 말은 그림을 감상한 것을 넘어서서, 그 본질을 들여다본 통찰에 가까웠다. "그림 속 인물은 추락하고 있었어요. 그런데도 누군가의 손을 붙든 채, 환하게 웃고 있었죠. 정말이지 슬프도록 아름다운 그림이에요." 그녀의 마지막 말은, 내가 그 그림을 완성하던 밤의 기억과 겹쳤다. 그 밤, 나는 내 의지와는 무관하게 눈물을 흘리고 있었다. 그녀는 말을 이었다. "한가지, 다른 점이 있어요. 이 매거진은 지금까지의 전시나 플랫폼과는 결이 달라요. 이번에는, '다른 사람'이 만든 거예요. 표지를 그린 사람의 이야기를 담아내면서, 동시에 자신의 마음까지 조심스럽게 꺼내 보여주고 있어요." 나는 미세하게 숨을 고르며 질문했다. "그렇다면 그 사람은, 이 그림을 그릴 때 사랑에 대한 정의를 마침내 완성한 걸까요?" 그녀는 망설이지 않고 고개를 끄덕였다. "네, 그럼요. 그 사람은 이미 알고 있었어요. 그리고 전, 당신이 SNS에 올린 홍보 글을 보고 단번에 확신했어요. 당신이 바로 그 전시의 기획자라는걸요." 그녀의 말은 한 치의 망설임도 없는 확신이었다. 완벽한 타인에게 모든 것을 투명하게 들켜버린 탓일까. 작은 웃음이 입가에 맺혔다. "그리고 당신은 아직 이 매거진을 읽어보지 않으셨죠? 맞나요?" 나는 고개를 끄덕였다. "네. 사실, 저도 궁금한 게 있어요." 그녀는 내가 질문하길 기다렸다. "당신은 내가 당신의 작품으로 전시를 기획해 주기를 바라는 건가요?" 그녀는, 추락의 순간 마지막 빛을 마주한 사람처럼 눈부시게 웃었다. "네." 잠시 고요가 흐른 뒤, 내가 다시 입을 열었다. "그리고 한 가지 더요. 이 매거진에 대한 반응은 어땠나요?" 그녀는 담담하게 대답했다. "놀라울 정도로 저와 비슷한 감상을 가진 분들이 많았어요. 전반적으로, 매우 호평이에요." 말없이 그 대답을 받아들였다. 마무리하지 못한 프로젝트의 잔상이 늘 마음 어딘가에 남아있었지만, 나는 L에게 연락하지 않았다. 그저 이 순간이 오기만을 조용히 기다렸다. 그가, 나의 의도를 한마디 설명 없이도 알아차려 주기를 바랐다. 그리고, 그 결과물이 운명처럼 나에게 도착하길 바랐다. 그녀가 말했다. "매거진을 이곳에 두고 갈게요. 그리고 다음번엔 제 작품을 보여드리고 싶어요.", "네. 다음엔 작품에 대해 이야기 나눠요. 그리고 매거진을 전해주서서 정말 감사합니다. 사실, 용기가 부족했거든요." 그녀는 마지막으로 한 가지를 물었다. "어떤 이유에서 용기를 내지 못하셨는지 여쭤봐도 될까요?" 나는 시선을 멀리 두며 대답했다. "이 매거진은, 제가 추락하던 순간 손을 내밀어준 사람이 만든 작품이에요. 아마, 지금도 저를 기다리고 있을 거예요. 기약 없는 기다림인 데도요. 그래서 그 마음을 들여다보는 게 너무 무서웠어요." 나는 잠시 말을 멈췄다가, 다시 조심스럽게 덧붙였다. "그리고 조금 더 솔직해지자면 혹시, 그 사람이 이제 기다리기를 멈췄을까 봐 그게 가장 두려워요." 그녀는 단호하게 말했다. "그분은 여전히 당신을 기다리고 있어요." 그녀는 한번, 깊게 고개를 숙였다. 그리고 아무 말 없이 조용히 문을 열고, 이 공간을 빠져나갔다. 남겨진 공기 속에 그녀의 마지막 말이 오래도록 맴돌았다. 완벽한 적막이 공간을 덮었다. 모든 소리가 차단된 듯, 고요만이 남았다. 당장이라도 매거진을 펼쳐보고 싶은 충동과 그 속에 담긴 진심이 두려워 망설이는 마음 사이에서 갈등이 일었다. 나는 휴대폰을 꺼냈다. 읽지 않은 채 남겨둔 L의 마지막 메시지가 여전히 그 자리에 있었다. [대표님이 푹 잤으면 좋겠습니다. 어떤 꿈도 꾸지 않고요. 답장은 하지 않으셔도 괜찮아요. 오늘도, 좋은 밤이 되길 바랄게요.] 짧은 인사, 담담한 문장. 그러나 그 말들은 이불 속에 조용히 스며든 작은 온기처럼 느껴졌다. 물론 나는 끝내, 아무런 답장을 하지 않았다. 지금까지도 여전히. 나는 사무실 앞에 조용히 그림을 두고 떠났고, L은 그림에 대해 어떤 말도 꺼내지 않았다. 침묵은 합의된 암묵처럼 지속되었고, 그는 그 그림을 아무 말 없이 매거진의 표지로 사용했다. 나는 용기를 내어 매거진의 첫 장을 펼쳤다. 첫 페이지엔 아무런 문장도 없었다. 묵묵한 흰색 여백 하나. 아무것도 적히지 않은, 그러나 그 어떤 말보다 많은 것을 품은 페이지였다. 그 장을 넘기자, 왼쪽과 오른쪽, 두 페이지에 걸쳐 여는 글이 펼쳐져 있었다.

⟨Vol.1 무채색의 당신⟩

Opening Essay — 여는 글

무채색의 당신에게, 이 글을 바칩니다. 당신은 잘 모르겠지만, 나는 추락했습니다. 추락했지만, 영광이 남았습니다. 그 빛을 놓지 않기 위해 나는 매달리는 중이고, 이 매거진은 그 사투의 기록입니다. 삶의 밑바닥에서, 한줄기의 예술을 붙든 누군가를 보았습니다. 상실과 침묵, 끝내 다 닿지 못한 진심과 매듭짓지 못한 무언가. 그 모든 것이 '무채색'이라는 이름 아래 모였습니다. 이 매거진에는 그 무채색의 나날들이 담겨 있고, 또 누군가의 무채색이 스며 있습니다. 예술은 인간의 실재 후 존재합니다. 실존이 없으면 예술도 없습니다. 나는 내 안의 실존, 내 곁에 있던 누군가의 부재를 통해 작품을 골랐습니다.

어느 날 문득 나를 흔들었던 음악의 한 코드, 슬픔이 번지던 흰 셔츠의 주름, 혹은 얼음이 한 알 띄워진 한 잔의 와인 같은 것들. 모든 감정은 지나가지만, 그 지나간 감정이 다시 손에 잡히는 날이 있습니다. 이 매거진은 그런 순간들을 간직합니다. 누군가는 이 매거진을 통해, 자신의 무채색을 마주하겠지요. 당신에게 색이 채워지길 바라지 않습니다. 그저, 무채색의 날을 양분 삼아 나가세요.

Vol.1이라는 이름을 붙인 이유는, 이것이 나의 시작이자 마지막이기 때문입니다. 앞으로의 모든 것이 이 첫 번째 권을 넘지 못하길 바랍니다. 이것은 나의 최선의 프로젝트이자, 조금쯤은 솔직한 고백입니다. 이 매거진이, 당신의 칠흑 같은 밤에 단 한 줄기 빛이 되기를. 그리고, 아직 오지 않은 그 계절에도 당신이 살아 숨 쉬고 있기를.

〈무채색의 당신〉을 만든 사람으로부터.

첫 페이지엔 내가 썼던 글이 마침표 하나 수정되지 않은 채 실려있었다. 논란의 중심이었던 그 문장조차 조용히 제자리를 지키고 있었다.

〈Vol.1 무채색의 당신〉

Another Voice — 덧붙이는 글

그녀는 늘, 자신의 무채색을 감추려 했습니다. 고요 속에 머물렀고, 말도, 마음도 꺼내지 않던 사람. 그녀는 글을 쓰고도, 그림을 그리고도, 늘 마지막 장을 넘기지 않았습니다. 그리고 나는 그 끝을 대신 채워야 했습니다. 아니, 적어도 이 이야기를 그녀만의 이야기로 남겨야 했습니다.

이 매거진은 그녀가 만든 작품이자, 결국 말하지 못한 이야기입니다. 나는 그 침묵의 의미를 알고 있습니다. 그녀의 침묵 곁에 이 글을 남깁니다. 그녀가 살아낸 날들, 그 복잡하고도 투명한 감정들이 하나의 무채색으로 묶일 수 없다 생각합니다.

그녀는 추락했지만, 단 한 번도 부서지지 않았습니다. 이 글을 읽는 누군가가 있다면, 부디 그녀의 언어가, 그녀의 빛이 당신의 무채색에도 닿기를 바랍니다. 그녀가 결국 쓰지 못한 문장들 사이에 나는 그녀의 실재를 보았습니다. 그리고, 무채색의 그녀에게 사랑을 전하고 싶습니다.

— 그녀를 대신해 〈무채색의 당신〉을 엮은 사람으로부터

PS. 그녀에게 라일락꽃을 선물할 수 있는 날이 올까요?

L은 '사랑'을, 주저 없이 '사랑'이라 말할 수 있는 용기를 가진 사람이다. 그리고 M은, 내게 라일락꽃을 선물하고 싶어 한다. 서둘러 매거진의 마지막 페이지를 펼쳤다. 나의 그림이 실려있었다.

〈추락하는 영광〉

작품 소개글/ 작가미상

한 여자가 추락하고 있다. 순백의 드레스는 바람에 흩날리고, 붉은 구두는 끝내 발에서 벗겨지지 않는다. 그녀는 환하게 웃고 있다. 세상의 끝을 향해 떨어지는 와중에도, 마치 그것이 가장 자유로운 비상이라도 되는 양, 웃고 있다. 그리고, 그녀의 손을 붙든 채 함께 추락하는 또 한 사람이 있다. 같은 색의 정장을 입은 남자. 그는 그 순간, 그녀를 구하지 않는다. 다만, 함께 추락한다. 가장 찬란한 미소로. 그녀의 발은 끝내 땅에 닿지 않는다.

이 작품은 실재(實在)에 대한 이야기다. 그리고, 사랑에 대한 정의다. 붓끝에서 흘러내린 두려움, 의도된 얼룩이 되어 흘러내린 레드 와인,

그리고 미처 닿지 못한 사랑.

〈추락하는 영광〉은 "삶이란 추락의 연속일지라도, 어떤 온기와 마주한 순간만큼은 실재로 남는다"는 메시지를 조용히 전한다. 이 작품은 "사랑이 실재하고 있다는 증명"이다. 무채색의 계절에 선명히 남겨진 이 한 장의 풍경이 당신의 마음에도 애달픈 사랑을 남기길 바란다.

L은 단 한 마디의 설명 없이, 내 의도를 정확히 읽어냈다. 무제의 그림에 '추락하는 영광'이라는 제목을 붙인 것부터 '작가 미상'이라는 설정까지, 그는 나를 완벽히 이해하고 있었다. 그리고, 나의 손길이 닿지 않은 그의 이야기가 궁금했다. 매거진의 중간쯤 유난히 눈에 띄는 챕터가 있었다.

〈불면의 밤을 지새우는 무채색의 당신〉
— 이름 없는 시간 속, 조용히 빛나는 감정들

불면은 익숙한 감정이다.
무언가를 지독히도 사랑하거나,
결국 포기하지 못했거나,
잊고 싶은데 잊히지 않을 때—

우리는 쉽게 잠들지 못한다.

그 밤,

누군가는 가슴을 쥐어뜯으며 붓을 들고,

누군가는 손끝으로 감정을 눌러 그림을 그린다.

세상의 기준에서는 아직 '작가'로 불리지 못한 이들.

하지만 이 매거진은 그들을 누구보다 먼저 작가라 부른다.

〈불면의 밤을 지새우는 무채색의 당신〉은 세상에 이름조차 아직 남기지 못한 이들이 어떤 시간 속에서 작품을 지키고 있는지에 대한 이야기다.

　이 챕터에는 총 8인의 무명 예술가들이 등장한다. 그들의 밤은 분명했다. 불면이라는 단어를 진심으로 이해하는 이들의 말과 그림은 화려하진 않아도, 깊다. 형용할 수 없는 감정들을 말 대신, 색 대신, 그 무엇 대신 캔버스에 담아낸 이들의 고백은 읽는 이의 마음에 잔잔히 번진다.

“잠들 수 없을 때, 저는 가장 투명한 사람이 돼요. 그래서 거짓 없이 그리고, 아주 솔직하게 아파해요.”

— 인터뷰 중, A 작가

“낮엔 가면을 쓰고 살아가지만, 밤엔 그 가면마저 내려놓고 그림을 그립니다. 저는 밤의 나를, 예술가라 부르고 싶어요.”

— 인터뷰 중, C 작가

“나는 새벽 세 시의 작가입니다.”

작품제목 : 〈누구의 방도 아닌〉

매체 : 캔버스 위 오일

사이즈 : 40cm × 60cm

작품설명 :

희미하게 열려 있는 방문.

불꺼진 방안에 놓인 두 개의 머그잔.

어딘가 떠나간 흔적만이 남겨진 공간.

그리고, 그 공간을 바라보는 보이지 않는 시선.

인터뷰 중에서 :

"밤이 되면, 저는 아주 작아져요. 작아진 만큼, 세상이 조용히 귀 기울여 주기를 바라요. 그래서 그림을 그려요. 내 목소리는 작지만, 이 그림은 누군가의 밤에 닿을 수 있을지도 몰라서요."

"나를 구하는 건, 나의 붓질뿐이었어요."

작품제목 : 〈차가운 손〉

매체 : 펜드로잉 + 디지털합성

사이즈 : 30cm × 42cm

작품설명 :

얇고 긴 손이 서로를 향해 뻗고 있다.

하지만 손끝은 닿지 않는다.

그림에는 색이 거의 없다.

다만, 손 끝에 아주 옅은 분홍빛이 번져있다.

인터뷰 중에서 :

"사랑에 닿고 싶었지만, 결국 다다르지 못했어요. 그래서 내 그림 속 손들은 언제나 떠 있어요. 닿지 못해도, 나는 계속 그릴 거에요. 왜냐하면 내 그림만큼은, 멈추지 않으니까요."

그들은 대부분 누군가에게 사랑받고 싶었고, 동시에 누구에게도 사랑받지 못할까 봐 두려워했다. 그래서 그들의 그림은 사랑에 대해 말하면서도, 결국 사랑이라는 말을 꺼내지 않는다.

무채색의 밤은 어쩌면, 세상이 우리를 미처 발견하지 못한 시간이다. 그 시간 속에서도, 여전히 자신을 그리고, 누군가에게 닿기를 바라는 마음으로 작은 빛을 보내는 이들이 있다. 나는 그들을 안다. 그들의 조용한 외침이 얼마나 큰 용기인지. 누군가의 말없는 붓질이 얼마나 깊은 절규인지. 그래서 나는 그들의 밤을 지켜보고 싶었다. 그들이 다 쓰고 남긴, 아무 말도 적히지 않은 여백 한 줄까지도.

이 매거진의 독자가 잠들기 전, 그들의 그림 한 점에 머물 수 있다면. 잠시라도 혼자가 아니라는 감정을 느낄 수 있다면. 그 밤은 조금 덜 외로울지도 모르겠다. 그리고, 그녀가 이 매거진을 펼쳐본다면, 혹은 결국 열지 못한 채 서랍 안에 넣어두더라도 나는 괜찮다. 그저 바란다. 이 글을, 이 그림들을, 그녀가 잠들기 전 어느 밤 아주 천천히, 천천히 마주해주기를. 그녀가 또다시 불면의 밤을 건너고 있다면, 이 한 권이 작은 동행이 될 수 있기를. 내가 다 건네지 못한 말들을, 이 무명 작가들의 그림이 대신 건넬 수 있기를. 아니, 사실은 그 무엇보다, 그녀가 오늘 밤, 어떤 꿈도 꾸지 않고 편안히 잠들기를 바란다. 그것이 나의, 이 매거진의 가장 조용한 사랑의 방식이다.

이제 내 허락이 필요 없는 L은, 조금의 망설임도 없이 사랑을 말하고 있다. 마치 그것이 이 세상에 남은 유일한 언어인 것처럼. 편안히 잠들기를 바란다는 그의 문장을 읽는 순간, 멈춰 있던 심장이 뛰기 시작했다. 무채색의 그 남자가 처음 내게 안겨준 설렘을 초월하는 더 깊고, 더 따뜻한 감정이었다. 나는 L에게서, 처음으로 색을 보았다. 무채색의 영역에 가까웠지만, 그것은 단지 색이 없는 것이 아니라 모든 감정의 결을 비워낸 끝에서야 드러나는 순백(純白)이었다. 채우지 않아도 완성되는 색. 그저 존재 자체만으로 빛을 품는 색. 나 자신을 비워낸 자리에서, 비로소 L의 색을 마주했다. 기억은 을지로의 가을로 이어졌다. 잔잔한 노을빛과 희미한 먼지, 커피잔에 비친 황금빛 반사광까지 모든 풍경이 인제 와서야 하나의 색채로 떠올랐다. 그리고, 마침내 한 점의 그림이 내 시야에 닿았다. 숨이 멎을뻔했다. 그림은 말이 없었다. 그러나 그 침묵은 말보다 더 선명한 언어로 무언가를 속삭이고 있었다. 그 한 점의 작품은, 이 매거진의 정체성을 처음부터 끝까지 관통하고 있었다.

<라일락 : 이별 이후>

작가 : 무명

매체 : 유화(캔버스 위 오일)

사이즈 : 162cm x 130cm

연작 <라일락> 중, 마지막 회차

어스름한 보랏빛이 화면 전체를 감싼다. 하늘과 땅, 실루엣처럼 그려진 그녀의 뒷모습까지도 모두 라일락의 톤으로 덧입혀져 있다. 꽃은 더 이상 흐드러지지 않는다. 줄기를 따라 위로 오르던 라일락은 방향을 바꾸어, 이제 천천히 아래로 떨어지고 있다. 그녀는 화폭의 중심에서 고개를 돌려 어딘가를 바라보고 있다. 하지만 얼굴은 여전히 보이지 않는다. 단지, 어깨너머로 흘러내리는 눈물처럼 한 송이의 라일락이 팔꿈치 아래에 매달려 있을 뿐이다. 이제 이 그림엔 더 이상 거짓이 없다. 그는 더는 그녀의 얼굴을 그릴 수 없었고, 그 사실을 그대로 인정했다. 그래서 그림은 침묵한다.

- 작가의 말(작가 노트에서 발췌)

"나는 그녀의 얼굴을 결국 그릴 수 없었다. 그녀를 더 알고 싶어서, 더 진심이 되고 싶어서, 무너뜨리지 않아도 될 것을 무너뜨렸다. 거짓은 사랑을 살리지 못했고, 나는 라일락의 색을 다시 정의해야 했다.

그녀를 처음 만난 그 봄날, 부산의 골목에서 보았던 라일락은 결국 슬픔이었다."

Editor's note / 에디터 L의 문장

〈라일락〉 연작은 결국 한 사람의 얼굴조차 그리지 못한 작가의 진심으로 완성된 기록이다. 이 작품은 연작 중 가장 침묵에 가까운 한 점이다. 보랏빛은 더 이상 몽환적이지 않다. 그는 이별 이후 비로소 진짜 색을 찾았다. 우리는 이 그림을 통해 사랑이란 무엇이었는지를 묻는다. 사랑은, 누군가의 얼굴을 결국 그리지 못한 채 떠나보내는 것일지도 모른다. 그리고 그 부재를 결국 받아들이는 과정이, 작가에게 남은 마지막 연작이었을 것이다.

　무채색의 그 남자는, 결국 나의 얼굴을 그릴 수 없었다. 그래서, 그는 대형 캔버스 한가득 라일락을 그렸다. 얼굴 없는 사랑. 그러나 사랑임을 부정할 수 없는 형상. 무채색의 그 남자가 마침내 완성한 라일락은 우리의 눈물과 함께 피어났다. 이제 그가 만든 보랏빛의 결은 슬픔과 사랑, 그 어느 쪽에도 머물지 않았다. 그것은 차라리, 슬픔과 사랑의 중첩 위에 놓인 숭고(崇高)였다. 너무도 아름다워, 오히려 경이로웠다. 감정이 그 위에 쌓여 존재 자체로 빛나는 색이 있었다. 무채색의 그 남자는 나의 모작품 속 얼굴을 그리지 않았다. 내가 끝끝내 허락하지 않은 그 표정을 그리지 않았다. 그는 나의 심연을 감히 다 그려낼 수 없음을 마침내 인정했다. 그리고, L은 추락하는 영광 속 맞잡은 손이 자신의 손이기를 바랐다. 그 간절한 마음을 입 밖으로 뱉지 않았다. 그의 사랑은 침묵으로 남았고, 그 침묵은 매거진의 여백마다 기록처럼 스며 있었다. L이 매일 아침 책상 위에 놓고 가던, 식기 전에 마셔야 했던 뜨거운 커피의 향이 미치도록 그리웠다. 나는 마침내 미완의 라일락을 꺼냈다. 이제는, 마주할 수 있다. 손끝이 떨리지 않고, 시선이 흐려지지 않는다. 비로소 842일간 멈춰 있던 시간이 흐르기 시작했다. 수많은 흑백의 인파 가운데 운명처럼 L의 색이 내 시야에 닿는다면 내가 그에게 달려가지 않을 수 있을까. 나는 전화를 걸었다. 신호음도 길지 않았다. 마치 내 전화를 기다리고 있었던 사람처럼, L은 바로 전화를 받았다. "843일이 너무 늦었지. 이렇게 늦게 도착했는데 아직도 날 기다리고 있어?" 그는 부드럽게, 마치 오래된 풍경 속에서 따뜻한 빛을 꺼내듯 말했다. "그럼요.", "내가 다시 돌아가면, 예전처럼 날 반겨줄 수 있어?" 잠시의 정적. 그러나 그 침묵마저도 따뜻했다. 휴대폰 넘어 그의 숨결이, 지금 이 순간의 공기보다도 진하게 느껴졌다. "한 번도, 반기지 않은 적이 없어요. 늘 반겼어요.", "내 이름을 불러줘." L은 단 한 번도, 내 이름을 부른 적이 없다. 그는 끝내 내게 두 가지의 호칭을 덧입히며 그 거리감 너머에서 침묵을 지켰다. 그는 천천히, 오래된 문장의 마지막 획을 그리듯, 말의 숨결을 정리하며 마침내 나의 이름을 부른다. "언젠가 피어날 줄 알면서도, 진흙 속에서 침묵하며 기꺼이 기다리는 사람. 연꽃연(蓮), 꽃화(花). 연화. 당신이라는 사람에게 이보다 더 어울릴 수 없는, 아름다운 이름이에요. 연화." 나의 이름이 입김처럼 귀에 닿는 순간, 나는 마침내 내 안의 모든 결빙이 녹아내리는 것을 느꼈다. 이제 나는, 새로운 이야기를 그리고 싶다. 시간과 계절, 추억과 상실, 모든 것을 향해 나아가고 싶다. 그리고, 나는 너를 사랑한다.

작가의 한 줄 이야기

　이런저런 이유로 감정에 앞서 늘 '핑계'가 생깁니다. 그 핑계는 격자무늬이고, 그 안에 여러 감정이 갇혀있습니다. 그것을 둘러싼 나머지는 대도시 '서울'입니다.

　그 무수히도 많은 사건과 힘들었던 지난날들이 모두 서울에서 일어난 일입니다. 하지만 그럼에도 여전히 서울을 그리워하네요. 광화문 6번 출구를 출발점으로 삼아 삼청동, 인사동, 종로, 동대문까지. 정말이지 대도시가 아닐 수 없습니다. 누군가는 서울을 삭막하고 황량한, 발붙일 곳 없고 정이 없는 도시라 칭하지요. 하지만 나는 결국 그 대도시에서 설령 격자무늬 안에 감정들을 끝내 감춰 두더라도, 언젠가 꺼내 보일 수 있는 그날을 기다리며, 역시 서울을.

　그리고, 서울에는 바보들이 참 많습니다. 물론 나 포함. 하지만 그럼에도 그 바보들은 그 대도시에서 사랑을 찾아 헤매고, 상처받아 눈물 흘리며 다시 격자무늬 안에 감정을 가두길 반복합니다. 그러니, 그 모든 것은 그저 반복일 뿐입니다.

당신의 격자무늬까지도 사랑해 보세요! 격자무늬에 갇힌 대도시의 사랑을 떠올리며 〈사계, 향〉을 집필했습니다.

부디, 이 글이 당신의 밤을 조금이라도 편안하게 만들어주길 바랍니다.